을야의 고전 여행

을야의 고전 여행

초판 1쇄 | 인쇄 2024년 8월 22일
초판 1쇄 | 발행 2024년 8월 29일

지은이 | 박황희
펴낸이 | 권영임
편   집 | 윤서주, 김형주
디자인 | heelm. J.

펴낸곳 | 도서출판 바람꽃
등   록 | 제25100-2017-000089(2017. 11. 23)
주   소 | (03387) 서울시 은평구 연서로22길 16-5, 501호(대조동, 명진하이빌)
전   화 | 02-386-6814
팩   스 | 070-7314-6814
이메일 | greendeer@hanmail.net / windflower_books@naver.com
홈페이지 | https://blog.naver.com/windflower_books

ISBN   979-11-90910-16-3   03810

값 20,000원

을야의 고전 여행

박황희 지음

바람꽃

'을야지람(乙夜之覽)'이라는 고사가 있다. 왕이 밤에 독서하는 것을 일컫는 표현이다. 나라 안팎의 정사로 바쁜 일과를 보내야만 했던 임금은 과연 언제 책을 읽었을까? 낮에는 정사를 돌보고 해가 저물어 잠자리에 들기 전, 을야(乙夜)가 되어서야 비로소 책을 읽을 수 있었다. 왕의 독서 시간인 '을야지람(乙夜之覽)'을 줄여서 '을람(乙覽)'이라 하기도 한다.

해가 지고 난 후부터 다음 날 새벽까지의 하룻밤을 갑·을·병·정·무의 다섯 시간으로 나눠 구분할 때 갑야(甲夜)는 오후 7~9시, 을야(乙夜)는 오후 9~11시, 병야(丙夜)는 오후 11~오전 1시, 정야(丁夜)는 오전 1~3시, 무야(戊夜)는 오전 3~5시에 해당한다. 임금이 책을 읽는 을야(乙夜)란 곧 오후 9~11시에 해당하는 시간이다. 또한 '을야(乙夜)'는 하루의 일과를 마감하고 자기의 내면을 성찰하는 시간이기도 하다.

내가 직접 지은 나의 호 '하전(霞田)'은 노을 '하(霞)' 자와 밭 '전(田)' 자를 쓰고 있다. 호의 의미는 "노을에, 석양에, 해 질 녘에, 밭에서 김을 매다"라는 뜻이 담겨 있는 말로서 늦은 나이에 만학하는 나 자신의 처지를 빗댄 말이다. 헤겔의 법철학 서문에 "미네르바의 부엉이는 어둠이 내려야 비로소 날개를 펴고 난다"라고 하였다. 미네르바는 지혜의 신이고 부엉이는 지혜를 상징하는 동물이다. 지혜라고 하는 것도 어떤 면에서는 고통을 겪고, 실수도 하고, 젊은 날의 열정도 식고, 가진 것을 내려놓고, 일련의 아집과 집착이 풀어져서 세상에 대한 관조가 시작될 때 비로소 얻어지는 것이다.

『장자(莊子)』의 「변무(駢拇)」편에 '장곡망양(臧穀亡羊)'이란 고사가 있다. 사내종 '장(臧)'과 계집종 '곡(穀)'은 양을 치다가 둘이 모두 양을 잃어버렸다. 장에게 어찌 된 일인지 물으니 "책을 읽다가 잃었습니다"라고 대답하였고, 곡에게 어찌 된 일인지 물으니 "놀다가 잃었습니다"라고 대답하였다. 두 사람이 한 일은 달랐지만, 양을 잃은 건 마찬가지이다. 양을 잃은 것은 같은데, 놀이를 한 사람보다 독서를 한 사람이라고 해서 더 훌륭하다고 할 수는 없다.

충신 백이(伯夷)는 명예를 위해 수양산(首陽山)에서 죽었고, 흉악한 도적 도척(盜跖)은 이익을 취하다 동릉산(東陵山)에서 죽었다. 어째서 백이는 반드시 옳고 도척은 반드시 그르다고 하는 것인가? 소인(小人)은 자기 몸을 이익(利益)에 바쳤고, 사인(士人)은 자기 몸을 명예(名譽)에 바쳤고, 대부(大夫)는 자기 몸을 국가(國家)에 바쳤고, 성인(聖人)은 자기 몸을 천하(天下)에 바쳤다. 그 때문에 이 몇 사람들의 사업이 동등하지 않고 명성의 호칭을 달리하지만, 이들도 생명을 해치고 자기의 본성을 손상하여 죽음에 이르게 한 점에서는 같다. 즉 목적에 따라 군자니, 소인이니 하는 것은 세속적인 편견에 불과하다는 것이다. 장자 특유의 아포리즘이다.

누구에게나 인생의 때는 한 번뿐이다. 인생은 연습이 용납될 수 없는 단회적 시간이다. 인생의 목적과 가치를 어디에 두었든 그것은 모두 각자의 몫이다. 중요한 것은, 인생은 '풀어야 할 숙제'가 아니라 '경험해야 할 신비'의 세계라고 하는 점이다. 이루어야 할 사명을 띠고 이 땅에 태어난 종의 삶이 아니란 말이다. 우리는 모두 지구라는 별에 소풍을 나온 나그네요, 이방인일 뿐이지만, 누구든지 존재 자체로 주체가 되는 삶이다. 그러나 때로 구름은 바람을 거스르지 못하고 물은 산을 넘지 못한다. 그러므로 가야 할 길을 가는 것, 그것이 순리이고 삶의 본질이다.

인간의 본성은 결코, 진화하지 않는다. 그러므로 현대에도 여전히 '고전'은 필요한 법이다. 세상은 끊임없이 밀어 올려야 하는 '시지푸스의 바위'가 아니며, 침대 길이에 다리를 맞춰야 하는 '프로크루스테스의 침대'도 아니다. 마음먹기에 따라 인생도 세상도 자신의 노력과 실천에 따라서 얼마든지 바꿀 수 있다. 꿈조차 꾸지 않고 희망마저 잃어버린 사람에게 내일이란 있을 수 없다. '고전(古典)'은 타인의 행위를 지적하기 위한 '블랙박스'가 아니요, 자신의 행로를 바른길로 인도하는 '내비게이션'이다.

간혹 논어나 주역 등의 고전 강해서를 써보라는 권유를 받기도 한다. 그러나 시중에 이미 수백 권의 책들이 나와 있는데, 내가 달리 보탤 것이 무엇이 있단 말인가? 행여 고전의 권위에 내 이름을 보태려 한다거나 어쭙잖은 오점을 남길까 그것이 두려울 뿐이다. 그러나 때로 고전에서 배운 선현들의 지혜를 나의 삶의 현장에서 현실에 적용하여 부딪히고 깨달았던 실제적 사건들을 기록하고 반추하는 것은, 나름대로 의미가 있을 듯도 하여 그간 신문의 칼럼이나 SNS 등에 올렸던 글들을 모아서 하나의 기록으로 엮었다.

『둥지를 떠난 새, 우물을 떠난 낙타』에서와 같이 1편 '조화석습 낙관시변(朝花夕拾 樂觀時變)'에서는 대체로 고전과 철학을 이야기하고자 하였으며, 2편 '풍성종룡 운영종호(風聲從龍 雲影從虎)'에서는 정치와 사회 문제에 관한 소회를 기술하였다. 3편 '원시반종 낙천지명(原始反終 樂天知命)'에서는 종교와 역사를 그리고 4편 '행운유수 초무정질(行雲流水 初無定質)'에서는 여행과 문학에 관한 이야기를 남기고자 하였다.

천학비재(淺學菲才)한 탓에 편견과 오류가 적지 않음을 잘 알고 있다. 애당초 이글은 누구에게 교훈을 주거나 감동을 주겠다는 목적과 의도성이 있는 것이 아니라, 나의 생애 중 한 과정에서 깨달았던 역량만큼의 고민과 갈등을 표현한 것이다. 그러므로 나의 시각과 사유의 세계를 성급한 일반화의 오류나 편견이라고 치부할 독자들이 많다는 것도 부정하지 않는다. 오늘 나 자신의 한계와 오류를 충분히 인정하고 훗날의 부끄러운 참회를 기꺼이 감수하고자 한다. 독자 제현의 질정과 너른 아량을 바랄 뿐이다.

2024년 8월

일산 상우재(尙友齋)에서

霞田 拜拜

프롤로그

1부 조화석습 낙관시변(朝花夕拾 樂觀時變)

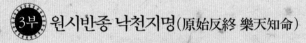

3부 원시반종 낙천지명(原始反終 樂天知命)

4부 행운유수 초무정질(行雲流水 初無定質)

1부

조화석습 낙관시변(朝花夕拾 樂觀時變)

아침에 떨어진 꽃을 저녁에 줍는다

朝花夕拾
조화석습
- 루쉰(魯迅)

·

세상의 변화를 즐겁게 바라보다

樂觀時變
낙관시변
- 사마천(司馬遷)

아침에 떨어진 꽃을 저녁에 줍는 여유로운 마음으로 세상의 변화를 즐겁게 바라본다. 세상은 풀어야 할 숙제가 아니라 경험해야 할 신비이다. 사물의 이치를 고요히 관조하며 스스로 깨닫는다.

'사' 자 들어가는 직업

한때 우리 사회에는 '사' 자 들어가는 직업이 사회적으로 선망의 대상이 된 적이 있다. 세칭 '판사', '변호사', '의사' 등 일군의 '사' 자 들어가는 직업을 두고 하는 말이다. 위에 분류한 직업의 이른바 '사' 자라는 것이 한글로는 발음이 모두 똑같지만, 한자로는 그 뜻과 의미가 전혀 다르다. 위의 직업들을 한자로 전환하여 표기하면 '판사(判事)', '변호사(辯護士)', '의사(醫師)'가 되어 '사(事)', '사(士)', '사(師)'의 군으로 나뉘게 된다.

첫째, 일 '사(事)' 자로 분류되는 일련의 직업군은 판사(判事), 검사(檢事), 도지사(道知事) 등으로, 이때 '사(事)' 자의 의미는 '벼슬'에 방점이 있다. 신분과 지위를 나타내는 관직명이다. '事' 자는 '일'이나 '직업', '사업'이라는 뜻을 가진 글자이다. 갑골문에는 '使'(부릴 사) 자, '史'(역사 사) 자, '事'(일 사) 자, '吏'(관리 리) 자가 모두 같은 글자였다. '事' 자는 그중에 정부 관료인 '사관'을 뜻했다. 사관은 신에게 지내는 제사를 주관했기 때문에 '事' 자는 제를 지내고 점을 치는 주술 도구를 손에 쥔 모습으로 그려졌다. 허신(許愼)의 『설문해자(說文解字)』에 '史'는 '일을 기록하는 사람', '吏'는 '사람을 다스리는 자', '事'는 '직책'으로 구분하고 있다.

둘째, 선비 '사(士)' 자로 분류되는 일련의 직업군은 변호사(辯護士), 세무사(稅務士), 변리사(辨理士) 등으로, 이때 '사(士)' 자의 의미는 '자격'의 의미를 내포하고 있다. '士' 자는 '선비'나 '관리', '사내'라는 뜻을 가진 글자이다. 갑골문의 '士' 자는 허리춤에 차고 다니던 고대 무기의 일종인 도끼를 그린 것이다. 지금은 학문을 닦는 사람을 '선비'라고 하지만 고대에는 무관(武官)을 뜻했다. 후대에 와서 '士' 자는 학식은 있으나 벼슬을 하지 않은 사람을 이르는 말이 되었다.

셋째, 스승 '사(師)' 자로 분류되는 일련의 직업군은 교사(敎師), 목사(牧師), 의사(醫師) 등으로, 이때 '사(師)' 자의 의미는 '존경'의 의미를 내재하고 있다. '師' 자는 '스승'이나 군사(軍士), 군대(軍隊)라는 뜻을 가진 글자이다. '師' 자는 '阜'(언덕 부)와 '帀'(두를 잡)이 결합한 모습이다. '帀' 자는 '빙 두르다'라는 뜻을 표현한 모양이다. 그러므로 '師' 자는 언덕을 빙 두른 모습을 표현한 것이라 할 수 있다.

'師' 자는 본래 군대조직을 뜻하기 위해 만든 글자로 고대에는 약 2,500명의 병력을 일컫는 말이었다. 군인의 수가 언덕 하나를 빙 두를 정도의 규모라는 뜻이었다. 후대에 와서 가르침을 얻기 위해 스승의 주변에 제자들이 빙 둘러 앉아있는 것에 빗대어 '스승'이라는 뜻을 갖게 되었다. 그러므로 모범이 되어 남을 이끄는 사람 즉 '선생'이라는 뜻을 갖게 된 것이다.

판사와 변호사에게는 아무도 판사 선생님, 변호사 선생님이라고 부르지 않지만, 의사에게만큼은 반드시 '의사 선생님'이라고 호칭을 한다. 그렇다면 어떻게 해서 교사(教師), 목사(牧師), 의사(醫師) 등의 '사(師)' 자 직업을 가진 사람에게는 존경을 표해야 한다는 암묵적 동의가 사회 전반에 형성된 것일까? 그것은 '사(師)' 자를 가진 직업이 생명이나 정신적 가치를 담당하는 '스승'으로서의 의미를 담고 있기 때문이다.

교사를 양성하는 기관을 '사범(師範)대학'이라 하는데, 이때 사범의 의미는 공자가 제자 안회(顏回)를 두고 한 말로서 '학위인사 행위세범(學爲人師, 行爲世範)'에서 나온 말이다. "학문은 남들의 스승이 되고, 행실은 세상의 모범이 된다"라는 의미를 담고 있다. 그러므로 '사(師)' 자의 직업을 가진 사람은 반드시 두 가지 의무를 져야 한다.

첫째는 자신의 행실이 '세상의 모범'이 되어야 하고 둘째는 지식을 전하는 스승으로서 '제자 양육'의 의무를 져야 한다.

동서고금의 4대 성인 가운데 공자 한 사람을 제외하고는 누구도 책 한 권 기록하지 않았다. 그럼에도 불구하고 그들이 만세의 사표요, 위대한 성인으로서 추앙받을 수 있었던 공통점은 무엇일까? 그것은 곧 삶의 현장에서의 학습과 체험을 바탕으로 한 '제자 양육'에 있다고 할 수 있다. 공자의 공문십철(孔門十哲)과 예수의 십이사도, 석가의 십대 제자, 소크라테스의 일곱 제자 등으로 대표되는 일군의 제자뿐만 아니라 이천 년이 지난 지금도 그들의 제자를 자처하는 문도들이 도처에 넘쳐난다. 역설적이지만 그들은 제자로 말미암아 더욱 위대한 스승이 되고 말았다.

선생이 '지식소매상'으로 전락하고 학생은 '지식소비자'가 되어, 더 이상 '스승'도 '제자'도 존재하지 않는 이 불온한 시대에 굳이 스승만을 탓할 일은 아니지만, 여전히 '사(師)' 자 직업을 가진 사람에게 요구되는 덕목은 '필드에 대한 존경심'과 '제자 양육'이다. 이 두 가지 조건이 모두 충족되지 않는다면 '사(師)'는 언제든 '사(似)'로 변질될 수 있다.

예로부터 '의술(醫術)은 인술(仁術)'이라 하였는데, 오늘날의 의술은 '기술(技術)'이요 '상술(商術)'이며, '권술(權術)'이요 '전술(戰術)'이 되어버렸다. 의대 정원을 확대한다는 이유만으로 환자의 생명과 안전을 방기한 채 집단 파업을 하는 의사들은 이미 스승의 자격을 잃었다. '제자 양육'의 의무를 망각한 의사들에게 스승에 대한 존경의 의미를 담은 '사(師)' 자를 쓰는 것이 과연 합당한 일일까?

자신의 세속적 욕망을 위해서만 힘을 쓰는 자는 의료 기능인일 뿐이다. 환자는 그들의 부의 축적을 위해 저당 잡힌 소모품이 아니다. 의료의 수가를 지불한 만큼 합당한 의료서비스를 제공받을 권리가 있는 의료 소비자이다. 요즘 의대 정원 확대에 따른 의료인들의 행태를 보면서 느끼는 내 생각이다. 오늘날 의사(醫師)는 다시 '의원(醫員)'이라는 이름으로 돌아가야 마땅하다.

일찍이 김구 선생은 "열 개의 경찰서를 짓는 것보다 하나의 교회를 세우는 것이 낫다"라고 하였는데, 모름지기 그것은 범죄를 막는 일보다 사람을 교화하는 일이 우선이라고 생각하였기 때문이다. 아마 지금 선생께서 살아계셨다면 검찰이나 언론 등의 권력기관 적폐보다 '종교계'와 '교육계'의 적폐를 더욱 우선시하였을지도 모르겠다.

조선의 7대 상(常)놈

어린 시절에 들었던 말 중에 조선의 7대 상놈이 '천방지축마골피(天方地丑馬骨皮)'라는 설이 있었다. 이 중에 '천(天)'은 무당이요, '방(方)'은 목수, '지(地)'는 지관, '축(丑)'은 소를 잡는 백정, '마(馬)'는 말을 다루는 백정, '골(骨)'은 뼈를 다루는 백정, '피(皮)'는 짐승의 가죽을 다루는 백정이라 하였다. 그러나 결론부터 말하자면 이 말은 근거 없는 호사가들의 낭설에 불과하다. 조선 시대까지만 해도 천민에게는 애초부터 '성(姓)'이 없었다. 특히 천민 중에 노비는 삼월에 태어나면 '삼월이' 오월에 태어나면 '오월이' 하는 식으로 주인이 제 맘대로 작명하였다. 천민에게는 성씨 자체가 없었으니 당연히 족보랄 것도 없었다.

전 국민이 성을 갖게 된 것은, 신분제를 폐지한 '갑오경장'(1894년) 이후부터이며 갑오경장 이전에 성을 가진 인구는 전체의 30%에 불과했다. 1909년 일제가 '민적법(民籍法)'을 시행함에 따라 호적이 정리되면서부터는 천민들도 주인의 성을 쓰거나 원하는 성으로 호적을 등록하여 누구나 성을 갖게 되었다.

이렇게 천민이 성을 갖게 될 때는 대체로 김(金), 이(李), 박(朴) 등 기존의 대성(大姓)이나 사회적으로 흔한 성씨를 택하는 경우가 많았다. 그들의 처지에서는 천민임을 숨겨야 하기에 흔한 성을 쓸 수밖에 없었고 인구수가 적은 성을 쓸 까닭이 없었다. 그래서 유명 성씨는 더욱더 커지게 되는 사회적 현상이 나타나게 된 것이다. 현존하는 250여 성 가운데 김 · 이 · 박 · 최 · 정 씨 등의 5대 성이 전체 인구의 50% 이상을 차지하는 중요한 이유이기도 하다.

'백성(百姓)'이라는 말의 원래 의미는 '온갖 성씨'라는 뜻으로 고대에는 귀족을 가리키다가 후대에 와서 일반 서민을 뜻하게 된 이유도 여기에서 유래한다. 이중환의 『택리지(擇里志)』에 의하면 중국식 성씨의 보급 시기를 고려 초로 보고 있다. 그는 "고려가 후삼국을 통일하자 비로소 중국식 성씨 제도를 전국에 반포함으로써 사람들이 점차 성을 가지게 되었다"라고 하였다. 또한, 고려 문종 때는 성씨가 없는 사람은 과거시험을 볼 수 없게 한다는 법령인 '봉미제도(封彌制度)'가 생긴 뒤로부터 귀족들을 중심으로 본격적으로 성이 만들어지기 시작했다.

『세종실록지리지(世宗實錄地理志)』에는 250여 개의 성이 등장하고 『동국여지승람(東國輿地勝覽)』에는 270여 개의 성이 나오며, 이의현의 『도곡총설(陶谷叢說)』에는 298개의 성이 나타난다.

이는 귀화성과 멸절된 망성(亡姓) 등이 모두 합산된 것이다. 이를 통해 본다면 15세기 이래 현재까지 한국인 성씨의 수는 대략 250개 내외였다고 볼 수 있다. 송나라 소사(邵思)의 『성해(姓解)』에 의하면 한자 성의 종주국인 중국에는 2,568개의 성이 있다 한다. 또한, 일본의 씨(氏)는 그 종류가 10만에 가까운 것을 볼 때 우리의 성씨는 지극히 적은 편에 속한다. 현재 우리나라 성씨는 통계청의 '2000년 인구센서스'에 의하면, 286개 성씨와 4,179개의 본관이 있다고 한다.

그렇다면 '천방지축마골피(天方地丑馬骨皮)'의 속설은 어떻게 된 것일까? 영양 '천(千) 씨'와 온양 '방(方) 씨', 충주 '지(池) 씨' 등은 모두 귀화 성씨로서 명문 세족이다. 이순신 장군의 장인으로 알려진 온양 '방(方) 씨' 방진(方震)은 보성군수 출신의 무관이었으며, 충주 '지(池) 씨'는 조선 태조 이성계와 사돈을 맺을 정도로 고려 말에 높은 관직에 있었다. 아울러 '축씨'와 '골 씨'는 현재 남한에는 존재하지 않는 성씨이다. 그리고 '지관'이나 '목수' 역시 천민 출신이 아니라 중인 계급이다. 특히 지관은 국가에서 선발하는 과거 제도 '잡과' 중 '음양과'에 합격하여야만 지관이 될 수 있었다. 음양과는 천문학, 지리학, 명과학으로 나뉘는데, 지금의 기상청 공무원이나 건축과 지적직 공무원에 가깝다고 할 수 있겠다.

'조선 7대 상놈'의 속설은 역사서나 고문헌의 어떤 기록에도 근거가 없어 그 유래를 알 수가 없으며, 조선왕조실록에도 해당 성씨를 가진 '백정'은 발견되지 않는다. 다만 고문서를 공부한 학자로서 사견임을 전제로 추정컨대 '천방지축(天方地軸)'의 '천방(天方)'은 하늘의 방위를 가리키는 말이고 '지축(地軸)'은 지구가 자전하는 중심선을 가리키는 말이므로 천방지축이란 "하늘로 갔다 땅속으로 갔다 하면서 갈팡질팡하다"라는 뜻으로 '당황해서 몹시 급하게 허둥지둥 날뛰는 모양'을 가리키는 말이다.

여기에 '마골피(馬骨皮)'란 '말 뼈다귀'라는 속어로서 요즈음 우리가 쓰는 욕설 가운데, "어디서 굴러먹던 '개뼈다귀'야" 할 때의 '개뼈다귀'와 같은 의미이다. 그러므로 이 말은 "하늘과 땅의 방향도 모르는 어디서 굴러먹던 말 뼈다귀 같은 놈"이라는 비속어로 보는 것이 타당하다. 근본도 족보도 없는 상놈을 비칭 할 때 쓰이던 한자 말로 된 욕설이라고 추정한다.

일제강점기에 '민적법(民籍法)'과 일본식 씨명제(氏名制)인 '창씨개명(創氏改名)'이 시행되었다. 이때 일본인에게는 '개명보다 무서운 게 창씨'였다. 조선인이 일본인과 동등한 지위, 동등한 시민권을 가질 수 있다는데 거부감을 표시한 것이다. 이는 일본인이나 한국인 모두에게 부담스러운 일이었다. 그러나 이 시기에 한국인은 '민적법(民籍法)' 시행으로 평민과 천민 모두가 양반의 성씨를 가질 수 있는 계층이동의 기회가 생긴 것이다.

창씨개명은 한국의 성명(姓名)을 일본식 씨명(氏名)으로 바꾸는 것이므로 창씨(創氏), 즉 '씨(氏)'를 창제하는 일과 함께 이름 역시 '개명(改名)'하도록 하였다. 다만 창씨만 의무였고 개명은 자유였기 때문에 창씨만 하고 개명은 안 한 사람들이 많았다. 유학을 위해 어쩔 수 없이 동참했던 송몽규(宋夢奎)는 '송촌몽규(宋村夢奎)'로 창씨만 하고 개명은 하지 않았다. 친일파 윤치호(尹致昊) 역시 '이동치호(李東致昊)'라고 창씨만을 하였으나 세인들은 그를 '이똥 치워'라고 불렀다는 후일담이 전해진다.

우스운 얘기로 '신불출(申不出)'이라는 만담가가 있었다. 그의 본명은 알 수 없지만, 그의 예명이 '불출'이 된 사연은 "이렇게 일본 세상인 줄 알았더라면 차라리 세상에 나지 말았어야 했다"라는 의미란다. 그가 창씨개명한 이름은 '현전우일(玄田牛一, 구로다 규이치)'이다. 이를 한 자로 풀이하면 玄(검을 현)과 田(밭 전)을 더하여 '畜(가축 축)'이 되고, 牛(소 우)와 一(한 일)을 더하여 '生(날 생)' 자가 된다. 그러므로 자신의 이름을 '축생(畜生)'으로 비하한 것이다. 곧 일본의 욕설인 '칙쇼(畜生)'를 파자한 것이다.

  이제는 근본도 뿌리도 없이 족보를 모르는 백성이 다수가 되어 조상을 찾는 일조차 무의미한 일로 치부하려는 경향이 있지만, 내 생명의 근원을 밝히고 뿌리를 찾아내는 것이야말로 영혼이 있는 생명으로서 무엇보다 소중한 일임에 틀림이 없다.

광화문(光化門)

문화재는 원형을 보존하는 것이 가장 중요한 핵심적 가치이다. 설령 원형이 훼손되어 복원하고자 하더라도 반드시 원형의 모습에 근접해야 문화재로서의 의미가 있다. 최근 광화문의 현판을 한글로 하자는 한글학회와 그 유관 단체 등의 주장을 여러 차례 보았다.

그들의 국수주의적 한글 사랑의 발로를 이해 못 하는 바는 아니다. 나역시 '국보 1호'는 마땅히 '훈민정음'이 되어야 한다고 생각한다. 훈민정음의 가치는 숭례문이나 흥인지문 등을 수백 개 합한다 해도 비할 바가 아니다. 그러나 그와는 별개로 광화문의 한글 현판 주장은 문화재적 측면에서는 일고의 가치도 없는 주장인지라, 더 이상의 논쟁은 지면의 낭비라생각하여 논의를 생략한다.

그보다 더욱 중요한 것은 광화문의 역사적 의미가 잘못 전해진 것을 바로 잡고자 하는 마음이 크다. 광화문 현판 복원은 근현대사에 참으로 많은 우여곡절을 겪었다. 한글 현판이었던 '광화문'은 군사정권 시절 권력자의 과욕이 빚은 참극이었다. 이 수모를 극복하고자 2010년 광복절부터 흰 바탕에 검정 글자의 한자 현판을 복원해 내걸었지만 3개월 만에 목재 표면이 갈라졌다. 이 현판 역시 제대로 된 고증을 거치지 않았다는 비판이 잇따랐다.

최근 일본의 와세다 대학 도서관에 소장되어 있던 『경복궁영건일기(景福宮營建日記)』가 2019년에 소개되면서 광화문의 현판이 '흑질금자(黑質金字)'로 되었다는 기록이 확인되었다. 비로소 검정 바탕에 금색 글자의 옛 모습으로 복원이 추진된 것이다.

광화문의 이름 '광화(光化)'라는 의미 또한 서경에서 나온 말로 '광피사표(光被四表), 화급만방(化及萬方)'에서 따온 것이라는 주장이 온 인터넷에 범람하고 있다. 게다가 그 근거로 세종 8년(1426)에 집현전 학사들이 경복궁 대문의 이름을 지으면서 경복궁의 정문을 광화문이라 명명했다는 주장이 정설로 굳어지고 있다.

심지어 2022년 3월 8일 자 조선일보에 '광화시대(光化時代 · Age of Light)'를 선도하였다는 이어령 교수를 추모하는 글에서도 생전의 이어령 교수가 이런 주장을 했다고 회고하고 있다. 그러나 『서경(書經)』 어디에도 '광피사표(光被四表) 화급만방(化及萬方)'이라는 말은 없다. 『서경』의 「요전(堯典)」에 이런 문장만이 존재한다.

"그 빛을 온 세계(사방)에 펴시니, 하늘과 땅에 이르셨다. …… 만방을 화합하여 고르게 하시니, 백성들이 변화하여 이에 화평을 누리게 되었다.['광피사표(光被四表)', 격우상하(格于上下)……'협화만방(協和萬邦)', 여민어변시옹(黎民於變時雍).]"

이는 요임금의 성덕을 찬양하는 내용이다. '화급만방(化及萬方)' 대신에 '협화만방(協和萬邦)'이 보일 뿐이다.

이 주장의 근거로 제시한 것이 『세종실록』의 '세종 8년(1426)' 기사라니 뭔가 이상하지 않은가? 조선 건국의 상징적 궁궐인 경복궁의 정문 이름이 임금이 무려 네 번이나 바뀌고 나서야 정해졌다는 것을 쉽게 이해할 수 있겠는가? 이미 태조 4년(1395년)에 경복궁의 동·서루고(東西樓庫)가 무릇 3백90여 간이나 지어졌고, 건축물의 작명도 이때 대부분 이루어졌다. 『태조실록』8권, 태조 4년(1395년) 9월 29일의 기사이다.

"뒤에 궁성을 쌓고 동문은 건춘문(建春門)이라 하고, 서문은 영추문(迎秋門)이라 하며, 남문은 '광화문(光化門)'이라 했는데, 다락[樓] 3간이 상·하층이 있고, 다락 위에 종과 북을 달아서, 새벽과 저녁을 알리게 하고 중엄(中嚴)을 경계했으며, 문 남쪽 좌우에는 의정부(議政府)·삼군부(三軍府)·육조(六曹)·사헌부(司憲府) 등의 각사(各司) 공청이 벌여 있었다.[後築宮城, 東門曰建春, 西曰迎秋, 南曰'光化門'. 樓三間有上下層, 樓上懸鍾鼓, 以限晨夕警中嚴. 門南左右, 分列議政府'三軍府'六曹'司憲府等各司公廨.]"

태조 7년(1398년) 8월 26일에는 이런 기사도 있다.

"방석 등이 변고가 일어났다는 말을 듣고 군사를 거느리고 나와서 싸우고자 하여, 군사 예빈 소경(禮賓少卿) 봉원량(奉元良)을 시켜 궁의 남문에 올라가서 군사의 많고 적은 것을 엿보게 했는데, '광화문(光化門)'으로부터

'남산(南山)'에 이르기까지 정예(精銳)한 기병(騎兵)이 꽉 찼으므로 방석 등이 두려워서 감히 나오지 못하였으니, 그때 사람들이 신(神)의 도움이라고 하였다.[芳碩等聞變, 欲率兵出戰, 令軍士禮賓少卿奉元良, 登宮南門, 覘軍衆寡, '自光化門至南山', 鐵騎彌滿. 芳碩等懼不敢出, 時人以爲神助.]"

누구로부터 촉발되었는지는 모르겠으나 잘못 인용된 '세종 8년(1426)'의 기사를 보자. 역자(譯者)들이 번역해 놓은 내용은 아래와 같다.

"집현전 수찬(修撰)에게 명하여 경복궁 각 문과 다리의 이름을 정하게 하니, 근정전(勤政殿) 앞 둘째 문을 홍례(弘禮), 세 번째 문을 광화(光化)라 하고, 근정전(勤政殿) 동랑(東廊) 협문(夾門)을 '일화(日華)', 서쪽 문을 '월화(月華)'라 하고, 궁성(宮城) 동쪽을 건춘(建春), 서쪽을 영추(迎秋)라 하고, 근정문(勤政門) 앞 석교(石橋)를 '영제(永濟)'"라 하였다.[命集賢殿修撰, 定景福宮各門及橋名. 勤政殿前第二門曰弘禮, 第三門曰光化, 勤政殿東廊夾門曰日華, 西曰月華. 宮城東曰建春, 西曰迎秋, 勤政門前石橋曰永濟.]"

『세종실록』 34권에 실려 있는 기사이다. 그러나 이는 심대한 오류가 있다. '홍례문'과 '광화문', '건춘문'과 '영추문'은 태조 때에 작명되었으며, 세종 때 작명한 것은 '일화(日華)'와 '월화(月華)', '영제(永濟)'에 불과하다.

한문의 맹점은 시제의 정확성이 모호하다는 것이다. '과거 완료형'과 '현재 진행형'의 구분이 명료하지 않아 전체적인 문장의 흐름을 파악해야만 가능한 경우가 빈번하게 일어난다. 역자들이 이 점을 간과하고 사료적 고증에 충실하지 못했던 오류이다. 그러므로 위의 번역은 이렇게 수정되어야 한다.

"집현전 수찬(修撰)에게 명하여 경복궁의 각 문과 다리의 이름을 정하게 하였다. 근정전(勤政殿) 앞의 둘째 문은 홍례(弘禮)이고 세 번째 문은 광화(光化)인데, 근정전(勤政殿) 동랑(東廊)의 협문(夾門)을 '일화(日華)'라 하고 서쪽의 협문(夾門)을 '월화(月華)'라 하였다. 궁성(宮城)의 동쪽 문은 건춘(建春)이고 서쪽 문은 영추(迎秋)인데, 근정문(勤政門) 앞의 돌다리는 '영제(永濟)'라 하였다."

서울에는 조선의 5대 궁궐이 모두 있는데 그 궁궐 정문의 이름은 다음과 같다.
 - 경복궁의 정문은 '광화문(光化門)'
 - 창덕궁의 정문은 '돈화문(敦化門)'
 - 창경궁의 정문은 '홍화문(弘化門)'
 - 경희궁의 정문은 '흥화문(興化門)'
 - 경운궁의 정문은 '인화문(仁化門)'

5대 궁궐의 정문 이름에는 모두 공통으로 똑같은 한자어를 사용하였다. 그것이 바로 '화(化)' 자이다. 화(化)는 '교화(敎化)'를 의미한다. 교화란 성군의 덕으로 백성을 유교적 가치로 인도하여 이상 세계로 나가게 한다는 의미를 지닌다.

창덕궁의 정문인 '돈화(敦化)'는 "임금이 큰 덕을 베풀어 백성을 돈독하게 하여 교화시킨다"라는 의미이다. 이는 『중용』에서 나온 말로 "작은 덕은 시내처럼 흐르고 큰 덕은 두텁게 감화시키니 이것이야말로 천지가 위대한 까닭이다.[小德川流, 大德敦化, 此天地之所以爲大也.]"라고 하였던 '대덕돈화(大德敦化)'가 그 출전이다.

창경궁의 정문인 '홍화문(弘化門)'은 "교화를 넓혀 천지를 공경하여 밝힌다"라는 말로서 덕을 행하여 백성을 감화시키고 널리 떨친다는 뜻을 담고 있다.

경희궁의 정문인 '흥화문(興化門)'은 '교화를 흥기하다' 또는 '북돋우다' 등의 의미이다. 경운궁은 현재의 덕수궁으로서, 남쪽 정문에 걸었던 현판이 '인화문(仁化門)'이다. 이는 어진 마음으로 백성을 교화한다는 의미를 담고 있다. 그러므로 '광화문(光化門)' 역시 '광피사표(光被四表)'의 의미를 담아 "군주가 성덕의 빛을 사방에 펴서 백성을 교화시킨다" 정도가 적절할 것이다.

누구의 잘잘못을 탓하려거나 오류를 지적하고자 함이 아니다. 우리의 슬픈 역사와 더불어 수도 서울을 상징하는 대표적 건축물인 광화문의 수난사에 애도하는 마음을 담고자 한 것이다.

중용(中庸)

"하늘이 명령하여 천도를 만물에 부여한 것이 '성(性)'이다. 이 천명을 따르는 것이 '도(道)'이다. 이 하늘의 도리를 올바르게 닦는 것을 '교(教)'.[天命之謂性, 率性之謂道, 修道之謂教.]"라 한다.

너무나 유명한 『중용(中庸)』의 정언 명령이다. 그렇다면 '도(道)'란 무엇인가?

"'도(道)'가 하늘에 있을 때 우리는 그것을 '명(命)'이라 하고, 만물에 있을 때는 '리(理)'라 하며, 사람에게 있을 때는 '성(性)'.[在天爲命, 在物爲理, 在人爲性.]"이라 한다.

그러므로 '천명(天命)'은 선험적인 것이며, '솔성(率性)'은 수양론적인 것이 아니고 윤리론적인 것이다. 이는 본성에 근거한 도덕법칙으로서의 도리나 원리를 말하는 것이다. 그러나 '천명'과 '솔성'은 인간의 노력으로 이룰 수 있는 영역이 아니다. 인간의 노력으로 개선할 수 있는 영역은 오직

'수도(修道)'에 있다. '수(修)'하지 않아도 되는 '도(道)'란 존재하지 않는다. 인간 세상에 노력 없이 저절로 이루어지는 '도(道)'는 없다는 말이다. 그러므로 '도(道)'는 영원히 '수도(修道)'의 대상인 것이다.

'수도(修道)'를 일러 '교(敎)'라고 한다. 현재 우리가 제도권에서 시행하는 교육은 '자연'의 영역이 아닌 '문화'의 영역이다. 노자는 도를 자연(自然)으로 이루어지는 '무위(無爲)'의 영역이요, 본성에 따른 '존재(存在)'의 영역으로 규정하였지만, 우리에게 절실한 현대적 의미의 도는 교육을 통한 '유위(有爲)'의 영역이요 수양이나 수련을 통한 '당위(當爲)'의 영역인 것이다.

중용이라 할 때의 '중(中)'은 한쪽으로 치우치거나 기울지 아니하며, 지나치거나 모자람이 없는 상태를 말한다. '용(庸)'이란 주자(朱子)는 '평상(平常)'이라 주석하였으며, 정이(程頤)는 '불역(不易)'이라 하였고, 정현(鄭玄)은 '용(用)'이라 하였으며, 다산(茶山)은 '항상(恒常)'이라 하였다.

중용이란 기계적 중립이 아닌 '적중(適中)'의 상태를 말한다. 적중이란 '시(時)'와 '처(處)'에 합당함을 전제한다. 곧 '시중(時中)'과 '처중(處中)'이 온전히 이루어진 상태가 '적중'이다. 그러므로 중용의 핵심은 '수시처변(隨時處變)'이라 할 수 있다. 율곡은 이렇게 심오한 중용의 의미를 단 여덟 자로 정리하여 매우 쉽게 풀이하였다.

當喜而喜 當怒而怒 - 당희이희 당노이노

"마땅히 기뻐해야 할 때는 기뻐해야 하고, 마땅히 분노해야 할 때는 분노해야 한다" 기뻐해야 할 일에 기뻐하지 않고 분노해야 할 일에 분노하지 않으며, 모두에게 좋은 사람이라는 인식을 심기 위해 자신의 이미지를 관리하는 것은 기회주의적인 처세에 불과한 것이지 중용의 길이 아니라 는 말이다. 어느 철새 정치인이 자신을 일러 좌도 우도 아닌 '극중(極中)' 이라 하였다. 극중이란 사전에도 없는 말이다. 자신은 좌파도 우파도 아닌 언제나 중간자적 입장에 서겠다는 말로서 보신주의적 기회주의자로 처신 하겠다는 속내를 자인하는 언어유희에 지나지 않는다.

종종 언론에서 '중도층'이라고 하는 말을 들을 때마다 나는 심사가 매 우 불쾌하다. 저들이 '중도(中道)'의 의미를 진정으로 알고서 저러는 것일 까? 좌우 진영 논리를 벗어나 어느 쪽에도 속하지 않는 유권자를 말하는 것 같은데, 내가 보기엔 중도라기보다는 '부동층'이나 '무당층'이라는 말 이 훨씬 더 적합할 듯하다.

중도층이 성립하기 위해선 중도 노선의 정당이나 중도를 지향하는 정 치 세력 또는 중도의 아젠다가 전제되어야 한다. 한낱 정치 무관심 내지 는 정치 혐오증 때문에 지지하는 정당이 없는 상태를 중도층이라 하는 것 은 정치적 난센스이다.

치열한 삶의 현장에서 생존의 경쟁을 통한 실천적 삶의 의지를 체험해 보지 못한 '관념적 철학'은 언제나 필드에 대한 존경심을 상실하는 우를 범하기 마련이다. 나는 세상의 모든 진리가 '중용'에 있다고 생각지는 않 는다. 그러나 오랜 세월 인류의 집단지성이 검증해온 사상의 결과물일 뿐 만 아니라 인간의 본성과 내면세계에 대한 철학적 균형감각이 가장 온전 하게 구현된 위대한 사상 체계임을 부인할 수 없다.

한비자는 '인성호리(人性好利)'설을 주장하였다. 인간의 본성은 '이기적' 이라는 말이다. 동물의 세계에 '이타적' 양심이란 없다. 이와 마찬가지로 사람 또한 나면서부터 이타적인 인간은 아무도 없다. 사람은 모두 '이기(利己)'에서 출발하여 '지기(知己)'에 이른다.

그러나 다수의 사람은 이 과정을 넘지 못하고 생을 마치지만 더러는 '지기(知己)'를 넘어 '극기(克己)'의 단계에 이르는 사람도 있다. 여기서부터는 이타적 인간형의 시작이라 할 수 있다. 아주 드물게는 '극기(克己)'의 단계를 초월하여 마침내 '성기(成己)'의 세계에 진입하는 존경할 만한 위인도 있다.

장자에서 말하는 '심재(心齋)'니, '좌망(坐忘)'이니, '상아(喪我)'니, '현해(懸解)'니 하는 실체가 없는 문학적 상상력에 불과한 수사학적 언어유희를 마치 구원에 이르는 수양의 도구인 양 오해해서는 곤란하다. 장자는 '인간의 본성'에 대한 정의를 구현하기보다는 문학적 상상력을 통해 '영원한 진실'의 문제를 추구한 것이었을 뿐, 사회 공동체의 공화(共和)나 구원의 길을 제시하지는 못했다.

이미 이천오백 년 전에 공자는 '노장(老莊)'을 이단으로 규정하며, '조수불가여동군(鳥獸不可與同群)'이라 하였다. 사람은 새와 짐승과 더불어 사는 존재가 아니라 사람과 함께 살아가야 하는 사회적 존재라는 말이다. 사회의 유기적 기능은 '무위(無爲)'를 통해 저절로 얻어지는 것이 아니라 부단한 '유위(有爲)'의 인위적 노력의 결과물로서 성장해 가는 것이다.

나는 동서양의 어떤 종교적 사상이나 철학적 사변이든지 간에 '빵의 문제'와 '인간과의 관계에 대한 문제'에 대해 고민하지 않는 관념 철학이나 메타포적 상상력으로 빚어낸 레토릭을 단호히 거부한다.

신문(訊問)과 심문(審問)

'유도신문'과 '유도심문' 가운데 어느 것이 옳은 표현일까? 학생들에게 '신문(訊問)'과 '심문(審問)'의 차이를 아느냐고 물었다. 아무도 대답하지 못한 채 한동안 민망한 침묵의 시간이 흘렀다. 이 어색한 적막을 깨트리고 한 학생이 기막힌 대답을 하였다.

"신문은 News paper이고 심문은 무엇을 묻는 말입니다."

'신문(訊問)'을 '신문(新聞)'으로 오해한 것이다. '신문'과 '심문'의 차이를 이해하는 학생은 아무도 없었다. '신문'과 '심문'의 결정적 차이는 주체의 대상이다. 신문의 '신(訊)'은 물을 '신'이다. '신문'은 사건의 실체나 정보를 파악하기 위해 신문하는 자에 의해 통제되는 조건에서 행해지는 직접적인 질문의 방법으로서 검찰이나 경찰 등의 수사기관이 범죄를 밝히기 위해 캐어묻는 질문이다. 그러므로 '피의자 신문'이나 '참고인 신문' '유도신문' 등으로 표현할 수 있다.

이에 반해 심문의 '심(審)'은 살필 '심'이다. '심문'은 당사자에게 진술할 기회를 주고 '심사'를 한다는 의미로서 행위의 주체가 법원이나 판사들이다. 구속의 적법 여부를 결정하는 '구속적부심(拘束適否審)'은 판사의 '심문'을 통해 이루어지는 절차이다. 그러므로 신문의 경우는 주체가 수사기관이고 심문의 경우는 법원이며, 형식에서는 신문은 문답식이며 심문은 진술이다. 내용에서는 신문이 수사를 위한 것이라면 심문은 권리나 기회의 부여에 있다.

한자를 배우지 않는 세대이다 보니 구어체 회화는 가능해도 문어체의 문장 독해와 문리에는 문해력이 턱없이 부족하여 한자를 사용하지 않고는 정확한 정보를 전달하기가 매우 어렵다.

어느 날 파주시 적성으로 도반들과 함께 답사를 나간 적이 있다. 운행 도중에 '어유지리'라는 한글 이정표를 보고 내가 이곳은 예전에 큰 연못이나 호수가 있는 동네였을 것이라고 말하였더니, 일행이 그렇게 추정하는 근거가 무엇이냐고 물었다. '어유지리'의 어는, 물고기 '어(魚)' 자일 것이고 유는 놀다라는 뜻의 '유(遊)' 자일 것이며 지는 연못 '지(池)' 자일 것이니 물고기가 노니는 큰 연못이 있던 마을이 아니겠냐고 추정하였던 것인데, 나중에 확인해 보니 내 말이 옳았다.

일제에 의해 지명 표기가 잘못된 것이 도처에 산재해 있지만, 대개는 그 의미조차 모르고 알려고도 하지 않는다. 개성(開城)으로 가기 전 마지막 역이 '도라산역'이다. 남북이 화해 무드일 때는 종종 TV에서 남한의 마지막 종착지인 도라산역 간판이 비치곤 하였는데, 이때 간판의 한자 표기가 도라산역(都羅山驛)으로 쓰여있었다. 그러나 도라산역의 '도(都)' 자는 도읍 도자가 아닌 볼 '도(覩)' 자의 오기이다.

이 지명이 생기게 된 배경은 신라의 마지막 왕인 경순왕이 고려 왕건에게 투항하면서 개성에 입성하기 전, 이 산에서 마지막으로 "신라를 향해 돌아보았다"라는 일화가 후대에 전해지면서 '도라산(覩羅山)' 또는 '도라산(睹羅山)'이라고 불렸던 것인데, 일제에 의한 지적 사업의 과정에서 오류가 발생한 것이다.

경기도 광명에는 '철산동(鐵山洞)'이라는 동네가 있는데, 이 지명에도 웃지 못할 일화가 있다. 철산이라는 지명처럼 이곳엔 무슨 광산이 있는 동네가 아니다. 원래의 한글 지명은 소의 꼴을 먹이기 좋은 고을이라는 '쇠메골'이었다. '소고기'를 '쇠고기'로 발음하였던 과거 우리의 관습대로 한자로 표기하자면 '우산리(牛山里)'가 되어야 하는데 '쇠'를 '소(牛)'가 아니 '쇠(鐵)'로 오해하여 빚어진 촌극이다.

'인자무적(仁者無敵)'이 무슨 뜻이냐고 물으면 십중팔구는 "인한 자에게는 적이 없다"라고 대답한다. 대개의 사람이 "착하고 어진 자에게는 적이 없다"라는 뜻으로 이해하고 있지만, 여기에서의 '적(敵)'은 'enemy'의 뜻이 아니라 'match'의 뜻이다. 그러므로 이 말은 "'인(仁)'에는 필적할 만한 것이 없다"라는 뜻으로 인(仁)의 가치가 가장 위대한 덕성임을 의미하는 것이다.

소동파 문하에 여섯 명의 철인이 있었는데 이를 '소문육군자(蘇門六君子)'라 하였다. 이 가운데 이방숙(李方叔)을 일러 '만인적(萬人敵)'이라 하였다. 만인적이란 만인의 적이라는 뜻이 아니라 만인을 필적할 만한 사람, 곧 혼자서 많은 적군과 대항할 만한 지혜와 용기를 가진 사람이라는 뜻이다.

군대에서 조기 전역하는 일을 '의가사제대'라 하는데 이때 '의가'를 '의가(醫暇)'로 오해하는 경우가 많다. 병의 치료를 목적으로 전역하는 경우는 '의병제대(依病除隊)'라 하고, 개인의 가정 사정으로 전역하는 경우는 '의가사제대(依家事除隊)'이다.

이 밖에도 폐소공포증(閉所恐怖症)을 폐쇄공포증(閉鎖恐怖症)으로 잘못 표기하는 경우가 많다. 폐소공포증은 창문이 작거나 없는 밀실에서 느끼는 공포의 증상으로 밀실 공포를 말한다. '폐쇄(閉鎖)'는 어떤 곳을 닫아버린다는 뜻이고, '폐소(閉所)'는 닫힌 장소 자체를 뜻한다. 그러므로 '폐소공포증(閉所恐怖症)'이라야 옳다. 또 뇌졸증(腦卒症)이 아니라 '뇌졸중(腦卒中)'이라야 맞다. 뇌졸중은 뇌의 갑작스러운 혈액순환 장애로 말미암은 증상으로서 뇌가 졸도하여 중풍을 일으킨다는 의미이다.

염치 불구나 체면 불구는 모두 잘못된 표현이다. '염치 불고', '체면 불고'가 옳은 표현이다. '불구(不拘)'는 구애받지 않는다는 뜻으로 '그럼에도 불구하고'의 뜻이고 '불고(不顧)'는 돌아보지 않는다는 의미이다. 염치를 돌아보지 않고, 체면을 돌아보지 않고, 라고 할 때는 '불고(不顧)'가 옳은 표현이다.

간혹 "내일 산수갑산을 가더라도"라고 하는 표현을 보게 되는데 이는 '삼수갑산(三水甲山)'의 오기이다. '삼수(三水)'와 '갑산(甲山)'은 함경도에 있는 오지이다. 매우 혹독한 지역의 유배지로서 아주 힘든 상황을 가정할 때 쓰는 표현이다.

누군가 "심심한 사과를 표한다"라고 하니 무슨 사과를 그따위로 하느냐며, 요즘 학생들은 조소의 의미로 이해하고 있었다. 한자를 배우지 않은 학생 입장에서는 '심심하다'라고 하는 말이 하는 일이 없어 지루하고 재미가 없다는 의미로 느꼈을 것이니, 진정성 있는 사죄의 표현으로 받아들일 리가 만무하다. 그러나 한자어의 심심(甚深)이란 앞의 '심(甚)'은 '매우', '몹시'라는 부사이고 뒤의 '심(深)'은 '깊다'라는 형용사이다. 마음의 표현 정도가 매우 깊고 간절하다는 의미이다.

한자도 역사도 배우지 않는 시대에 누구를 탓하겠는가?

안전불감증(安全不感症)

한자의 장점은 조어력과 축약력이 탁월해 어휘력과 독해력이 풍성해지고 문해력이 향상된다는 데 있다. 그러나 종종 일부 인사들의 잘못된 표현을 관행적으로 무분별하게 좇다 보니 전 국민이 문맹화되는 우를 범하게 된다.

대표적인 예가 '안전불감증'이다. '불감증(不感症)'의 사전적 의미는 감각이 둔하거나 익숙해져서 별다른 느낌을 갖지 못하게 되는 것을 말한다. 사실 '안전불감증'이란 말은 논리가 성립되지 않는 비문이다. 어떤 고약한 인생이 처음 이 말을 썼는지는 모르겠지만, 우리가 일반적으로 "우환의식(憂患意識)을 갖는다"라고 할 때의 '우환(憂患)'은 사고나 위험 등의 재난에 대한 근심을 말하는 것이다. 또한 '유비무환(有備無患)'이라 할 때의 '유비(有備)' 또한 전쟁이나 재난 등의 사고에 대한 대비를 말하는 것이다.

우리가 무심히 쓰고 있는 '안전불감증'이란 말은 사고에 대한 인식이 둔하거나 안전에 익숙해져서 '사고의 위험'에 대해 별다른 느낌을 갖지 못하는 것을 말하는 것이므로, '사고 불감증' 또는 '위험 불감증'이라고 해야 이치에 맞는 표현이다. "요즘 세대는 전쟁의 위험에 둔감하여 '전쟁 불감증'에 걸려있다"라고 해야지 "'평화 불감증'에 걸려있다"라고 표현할 수는 없지 않은가?

며칠 전 엘리베이터 안에서 어떤 병원의 홍보물이 붙어있는 것을 보았는데, 전단의 내용 중에 '피로 회복'에 최고라는 표현이 있었다. 순간 한문 전공자의 교정 본능이 발동하여 한마디 덧붙이고 싶은 충동을 가까스로 억제했다.

'회복(回復)'이란 이전의 상태로 돌이키거나 본래의 상태로 돌아가는 것을 의미한다. 피로를 회복한다는 말은 '피로(疲勞)'한 사람이 다시 피로한 상태로 돌아간다는 말이다. 피로는 회복할 일이 아니라 '해소(解消)'해야 할 일이며, 회복해야 할 대상은 피로가 아닌 '원기(元氣)'이다. 그러므로 '피로 해소' 또는 '원기 회복'이라고 해야 옳은 표현이다.

이제는 아예 표준어로 굳어져 버린 '복개공사(覆蓋工事)'라는 단어가 있는데, 이 '복개'의 '복(覆)'은 '뒤집히다'라는 의미이다. '복분자(覆盆子)'나 '복거지계(覆車之戒)' 또는 '복수불반분(覆水不返盆)'이라 할 때의 '엎다'라는 의미를 나타낼 때 쓰는 말이다. '덮다'라고 할 때는 발음을 '부'로 읽어야 한다. "하늘처럼 덮어주고 이슬처럼 윤택하게 길러 준다"라고 할 때의 발음은 '복로(覆露)'가 아닌 '부로(覆露)'이고, 허균(許筠)의 작품인 『성소부부고(惺所覆瓿藁)』라는 책 이름 가운데 '부부(覆瓿)'는 장독 덮개라는 말이다. "단지 덮개로나 쓰일, 변변치 못한 글"이라는 겸사의 표현인 것이다.

그러므로 복개공사는 '부개공사'라고 해야 옳은 말이고, '복면가왕(覆面歌王)'은 '부면가왕(覆面歌王)'이라고 해야 옳은 표현이다. 신문이나 방송에서도 이러한 엉터리 비문은 넘쳐난다. 얼마 전에는 한 기자가 "잘 알려진 '일화(逸話)' 가운데……."라고 하는 표현을 보고 기겁을 한 적이 있다. '일화(逸話)'라는 말 자체가 숨겨진 이야기, 곧 비하인드 스토리란 말로서 세상에 알려지지 않은 흥미로운 이야기를 뜻하고 있는데, '잘 알려진 일화'라니 완전한 형용모순이 아닌가?

언어라는 것이 '세(勢)'를 따른다는 대명제가 있어서, 많은 사람이 틀린 말을 오래도록 사용하여 관습이 되면 그것이 다시 표준어가 되고 마는 속성이 있으니 어쩌겠는가? 쓸데없는 전공자의 교정 본능은 기우에 불과할 뿐이니, '꼰대'라는 소리나 듣기에 딱 맞을 것이다.

한자를 배우지 않는 폐단으로 생겨난 것들이 어디 이것뿐이겠는가? 자신의 정체성을 나타내는 이름은 고사하고 지명의 내력이나 단어의 어원을 모르는 것들이 수두룩하여 '온고지신(溫故知新)'을 이루기는커녕, '망고무신(忘故無新)'의 세상을 만들어 가고 있으니, 한자를 알아야 한다고 암만 말을 한들 무엇 하겠는가? 내 입만 아플 뿐이로다.

할급휴서(割給休書)

- 조선 시대의 이혼증서

중국 윈난성에는 지구상의 유일한 모계사회인 '모수오족'이 있다. 이들의 이혼 풍습은 매우 독특하다. 여성이 남편과 헤어지고 싶으면 나뭇잎 한 장을 남자의 손바닥에 얹어놓으면 그만이다. "당신의 사랑이 이 나뭇잎처럼 가벼워졌어요"라는 이별 선언이다. 천근 같은 사랑의 무게가 하찮은 깃털처럼 변했다는 뜻이다.

뜻밖의 이야기로 들리겠지만, 조선 시대 이혼의 증서는 '옷섶'이었다. 부부 한쪽이 옷섶을 잘라 상대방에게 주면 그날로 혼인 관계가 막을 내린다. 본래 옷섶은 옷 앞부분이 벌어지지 않게 여미는 역할을 한다. 서로 겹쳐져야 할 '겉섶'과 '안섶' 중에 한쪽을 잘라냄으로써 서로 붙어있어야 할 부부가 갈라섰음을 은유적으로 표현한 것이다.

그러나 조선 사회 양반들에게는 이혼이 엄격히 통제되어 있어서 이혼하려면 먼저 왕의 허락을 받아야만 했다. 이에 반해 평민과 천민은 자율적인 합의이혼이 가능했다. 이혼 사유는 대부분 칠거지악이었는데, '사정파의(事情罷議)'라는 절차를 거쳤다. '사정파의'란 둘이 마주 앉아 이혼할 수밖에 없는 사정을 말하고 서로 승낙하는 일종의 합의이혼을 말한다. 이때 남편이 상대방에게 깃저고리 조각을 베어서 주었는데 이를 '할급휴서(割給休書)'라 한다. 이혼의 증서인 깃저고리 조각을 우리말로는 '수세'라고 하며, 한자로는 '휴서(休書)'라 하였다. 섶의 모양이 나비와 비슷해 속칭 '나비'라고도 불렀다. 이 할급휴서를 가진 여성은 재혼할 수 있었다.

이렇게 이혼을 증빙하는 문서를 '각립지표(各立之標)', 또는 '절의표지(絶誼標紙)', '이연장(離緣狀)', '기별명문(棄別明文)' 등으로 표현하였는데, 조선 후기에 와서는 '할급휴서'로 불리게 되었다. 또한, 이혼을 '무상관(無相關)', 곧 "서로 관계하지 않는다"라고 표현한 것도 이채롭다.

대표적 이혼의 사유가 되었던 '칠거지악'이란, 시부모에게 순종하지 아니하는 '불순구고(不順舅姑)', 자식을 낳지 못하는 '무자(無子)', 행실이 음탕한 '음행(淫行)', 질투하는 '투기(妬忌)', 나쁜 병이 있는 '악질(惡症)', 말이 많은 '구설(口舌)', 도둑질하는 '도절(盜竊)' 등을 말한다. 다만 '삼불거(三不去)'라 해서 쫓겨나면 갈 곳이 없거나, 부모의 삼년상을 같이 치렀거나, 가난할 때 시집와서 집안을 일으킨 경우는 이혼하지 못하였다. 반대로 처가 이혼을 요구하려면, 남편이 집을 나가 삼 년 이상 행방불명되었거나, 남편이 처의 조부모·부모를 때리거나, 형제·자매를 죽이는 등 매우 한정된 경우에만 가능했다.

수기는 '수표(手標)'라고도 하는데, 말 그대로 손으로 기록한 문서로서 어떤 물건을 매매하거나 기탁 또는 대차(貸借)할 때 주로 작성하였다. 더러는 약속이나 사건의 보증을 할 때도 일종의 증표로 작성하였는데, 여기에서는 이혼을 허여하는 문서로써 사용되었다. 내용은 다음과 같다.

痛矣, 胸其塞也. 夫婦有別, 惟人之第三大倫而無常. 妻同鋪糟糠, 不意今朝, 倍我而歸他, 則噫.

彼二女將安歸而長成乎, 言念至此, 語不成而淚先. 然渠以我則我何思渠. 想其所爲, 事當懷劍, 而惟不然者前程, 故十分恕來, 以葉錢三十伍兩, 永爲罷送於右宅. 日後之弊, 持此文, 憑考事.

— 乙酉 十二月 二十日 최덕현 手掌

애통하구나. 가슴이 미어진다. 부부유별은 사람이 반드시 지켜야 할 윤리 중 세 번째로 큰 윤리인데 무상(無常)하구나. 나의 아내는 어려운 살림 속에서도 동고동락하였는데 뜻하지 않게 오늘 아침에 나를 배반하고 다른 사람에게 시집을 가버렸으니 슬프다. 저 두 딸은 장차 누구에게 의지하여 자랄 것인가? 생각이 여기에 미치자 말이 나오기도 전에 눈물이 흐른다. 그러나 그녀가 나를 배신하였으니 어찌 내가 그녀를 생각하겠는가? 그녀가 나에게 한 행위를 생각하면 칼을 품고 가서 죽이는 것이 마땅한 일이나 그렇게 하지 않은 이유는 장차 앞길이 있기 때문이다. 그러므로 십분 생각하여 용서하고 엽전 35냥을 받고서 영원히 우리의 혼인 관계를 파기하고 위 댁(宅)으로 보낸다. 만일 뒷날 말썽이 일어나거든 이 수기를 가지고 증빙할 일이다.

— 을유년(乙酉) 12월 20일 최덕현 수표

위 수기는 1825년이나 1885년에 작성된 것으로 최덕현이 자신의 아내와 혼인 관계를 청산하고 어느 양반댁 첩으로 들여보내면서 작성해 준

문기이다. 최덕현은 양반댁으로부터 일종의 이혼합의금 또는 이혼위자료 명목으로 35냥을 받았다.

최덕현은 한자를 모르는 사람이었기에 양반들이 하는 '수결(手決)' 대신에 자신의 왼손을 그려 넣었다. 이를 '수장(手掌)'이라 하였으며, 손 마디를 그리는 것을 '수촌(手寸)'이라 하였다. 아마도 최덕현의 사정을 잘 아는 이웃 가운데 문자를 아는 사람이 대신 작성하였거나, 전문 대서인이 작성했을 가능성도 있다.

임문숙이라는 사람이 그의 처 김 씨의 행실을 문제 삼아 이혼을 하고자 만든 합의이혼 문서이다. 내용은 아래와 같다.

手標 癸卯年 月 日
右標事, 本妻金氏內有不足之行, 故永爲薄待, 則淳在同居之弊, 永永無相關之意, 以此成標爲去乎, 錢二百兩許給, 則日後, 若有諸族中, 是非之端, 則以此文記告官事.
標主 任文叔
證筆 盧元日

오른쪽 수표의 일은, 본처 김 씨 아내에게 부족한 행실이 있어, 내가 그녀를 영영 박대한다면 같이 사는데 폐단이 있을 것이니, 영원히 상관하지 않겠다는 뜻에서 이 수표를 작성하고 돈 200냥을 주기로 한다. 차후에 만일 여러 친족이 이 문제로 다시 시비를 벌인다면, 이 문서로서 관청에 고한다.
표주 임문숙
증필 노원일

김 씨의 부족한 행실이 무엇인지는 알 수 없으나 요즘 식으로 말하자면 '귀책 배우자'에게 거액의 위자료를 주었다. 이혼을 '무상관(無相關)', 곧 "서로 관계하지 않겠다"라고 표현한 것도 흥미롭다.

선조들이 남긴 문서 한 장으로 조선 시대에 양반이 아닌 평민이나 천민이었던 일반 여성들에게는 상황에 따라 이혼(離婚)과 재혼(再婚)이 모두 가능하였음을 알 수 있다. 이런 고문서는 그 시대의 사회문화상을 이해할 수 있는 1차 사료로서, 문학적·사료적·학술적으로 매우 중요한 단서를 제공하는 귀중한 자료이다.

기별과 소식 그리고 다짐

"서울에 가거든 '기별' 좀 해라", "간에 '기별'도 안 간다.", "나성(羅城-LA)에 가면 '소식'을 전해 줘요", "다시는 술을 마시지 않겠다고 '다짐'을 했다"라고 하는 말 가운데 '기별', '소식', '다짐' 등은 모두 고문서에 빈번히 출현하는 문서 양식의 용어들이다. 웬 뜬금없는 소리인가 하시는 분들도 있겠지만, 이는 순우리말이 아닌 한자와 이두로 이루어진 고문서 용어들이다.

　조선 시대 조정에서 정사와 인사이동 등에 관련된 소식을 전하던 문서를 '조보(朝報)', '조지(朝紙)' 또는 '기별(奇別)', '기별지(奇別紙)'라 하였다. 요즘의 관보(官報)와 같은 성격의 문서를 말한다. 원본은 승정원에서 작성하고 '조보소(朝報所)'에서 서리와 경저리(京邸吏) 등이 필사하여 중앙과 지방의 여러 관서와 '3공(公) 9경(卿)' 등 전·현직 관원들에게 배포하였다. 이 문서를 전달하던 사람을 '기별군사(奇別軍士)' 또는 '기별꾼'이라 하였다. 서울은 매일 발송하였고, 지방에는 4~5일 치를 묶어 한꺼번에 발송하였다.

여기서 '3공(公)'이란 '영의정, 좌의정, 우의정'을 말하고 '9경(卿)'은 '좌·우찬성' 그리고 '육조의 판서'와 '한성부윤'을 말한다. 문자적 의미의 '기별(奇別)'이라 함은 "멀리 떨어져 있는 사람에게 소식을 부친다"라는 뜻이다. 이때 '기(奇)'는 '기(寄)'와 통용하였다. 그러므로 '기별(奇別)'이란 요즘 말로 치자면 관청이나 정부 기관의 '소식지'나 소식지를 부치는 일에 해당하는 셈이다.

한편, '소식(消息)'이란 관부(官府)에서 묻는 내용에 대한 사실 확인을 해주는 답변서를 말하는데, 흔히 '답통(答通)'이라 하였다. 이는 "통문에 답한다"라는 의미로서 '통문(通文)'이란 민간단체나 개인 등이 같은 종류의 기관, 또는 관계가 있는 인사들에게 공동의 관심사를 통지하던 문서를 말한다. '소식(消息)'이라 할 때의 '소(消)'는 '사라지다', '흔적이 없어지다'라는 뜻이고, '식(息)'은 '기식(氣息)'의 의미로서 '안부'를 뜻한다. 그러므로 문자적 의미의 '소식(消息)'은 "자취가 사라진 사람의 안부"라는 뜻이다.

'다짐'이란, 이두에서 나온 말로서 한자식 표현으로는 '다짐(侤音)'이라고 한다. '다짐(侤音)'이란 요즘으로 치자면 일종의 '각서'에 해당하는 문서이다. 어떤 사실에 대한 인정을 확인하는 일과 그 일을 사실대로 실행할 것에 대한 약속을 맹세하는 문서이다. 대개 관에서 백성에게 확실한 대답을 받아내고자 할 때 쓰였다.

덧붙여 이두에 대한 예를 하나 더 들자면 '여의도(汝矣島)'의 '여의(汝矣)' 또한 이두에서 나온 말이다. 그 뜻은 '너섬' 또는 '너의 섬'이라는 의미이다. '너의 섬'이란 아무 쓸모가 없는 땅이니 "너나 가져라"라는 뜻이다. 지금은 금싸라기 땅으로 변모했지만, 조선 시대의 여의도는 배를 타고 가야만 도달할 수 있는 땅으로서 농사조차 지을 수 없는 갈대 무성한 모래섬에 불과하였다.

고문서를 강의하다 보니 일상 속의 재미있는 일화와 용례들이 참으로 많이 발견된다. 우리가 흔히 말하는 "'낙점(落點)'을 받았다"라고 할 때의 '낙점(落點)'이라든가 "조목조목 따진다"라고 할 때의 '조목(條目)' 등은 모두 고문서의 용례이며, '피곤하다'라는 의미로 잘못 이해하고 있는 '고단'이란 말 역시 고문서의 한 용례이다.

'고단'이라는 말의 한자어 표기는 '고단(孤單)'이다. 여기에 '피곤하다'라는 의미는 어디에도 없다. 고단의 '고(孤)'는 외롭다는 말이고, '단(單)'은 홀로라는 의미이다. 그러므로 '고단(孤單)'이란 "외롭게 홀로 되었다"라는 말로서, 자신의 처지가 과부임을 알리는 말이다. 이의 용례로써 '자소고단(自少孤單)'이라는 말이 있는데, 이는 "내가 어려서부터 외롭게 홀로 되었다"라는 말이다. 곧 자신의 형편이 '청상과부'임을 나타내는 말로서, 나를 도와줄 사람이 없어서 외롭고 힘든 상태라는 의미이다.

일상에서 간혹 '고단하다'라는 표현을 쓰는 사람을 만날 때가 있는데, 나는 그럴 때마다 그이가 참 피곤하다기보다는 왠지 애처롭고 쓸쓸하게 느껴진다. 나만의 생각인 걸까?

을묘년(1855) 3월 11일 다짐(侤音).
서면(西面) 지례(知禮)에 사는 권표응(權豹應) 나이 32세.
권표응(權豹應)이 김반(金班)의 선영에 '투총(偸塚)'하였다가 관으로부터 패소하여 묘를 이장하라는 처분을 받았다. 그러나 춘궁기의 어려운 사정을 고려하여 추석 때까지만 말미를 달라고 호소하며, 만약 그 후로도 약속을 못 지킬 시에는 관에서 파내도 좋다는 뜻으로 자신의 '다짐'을 바치는 내용이다. 조선 시대 가장 많은 분쟁은 '산송(山訟)' 즉, 산에 매장된 묘지에 관한 송사이다. 임야나 산이 없었던 양인이나 천민 가운데는 어쩔 수 없이 남의 산에 몰래 묘지를 쓰는 '투총(偸塚)'이 빈번하였다.

예나 지금이나 '다짐'하기는 참으로 어려운 노릇이다. 자발적 다짐이야 자신과의 약속이기에 성찰을 요하는 일로서 장려할 만한 일이 될 수도 있지만 타인에 의해 강요당하는 '다짐'은 참으로 부끄럽고 난감한 일이 아닐 수 없다.

신분과 호칭

수년 전 TV 뉴스에서 이순신 장군의 부인 이름이 '방수진(方守震)'이라는 것을 역사학계에서 최초로 밝혔다는 어처구니없는 주장으로 한바탕 소동이 난 적이 있다. 국보 76호로 지정된 이충무공 서간첩에 '처방수진(妻方守震)'이라 기록된 것을 보고, 간찰의 문리가 없는 어느 향토사학자가 학계에 주장한 것이 도화선이 되었다.

이 주장은 명백한 오류이다. 동시대를 살았던 이항복의 『백사집(白沙集)』, 「고통제사이공유사(故統制使李公遺事)」에 이런 기록이 있다.

"공은 군수(郡守) 방진(方震)의 딸에게 장가들어 2남 1녀를 낳았다.[公娶郡守方震女, 生二男一女.]"

이뿐만 아니라 김육의 『잠곡유고(潛谷遺稿)』, 「이통제충무공신도비(李統制忠武公神道碑銘)」에도 이런 기록이 보인다.

"공은 보성 군수(寶城郡守) 방진(方震)의 딸에게 장가들었다.[公娶寶城郡守方震之女.]"

위의 기록을 살펴보면 장인의 함자가 '방진(方震)'인데 그 딸의 이름에 '진(震)' 자를 넣어 '수진(守震)'이라고 한다는 것 자체가 항렬을 무시한 난센스이고 모순이다. 대체로 조선 시대의 기록에는 족보에서조차 여자의 이름은 오르지 않았다. 본관과 성씨만을 기록하고 여자의 남편인 사위의 이름을 함께 기록하는 것이 관례였다.

그렇다면 '처방수진(妻方守震)'이라고 명기되어 있는 것은 대체 무슨 의미란 말인가? 이를 현대식 문자 표현 그대로 "아내의 이름은 방수진이다"라고 번역한다면 명백한 오역이 되고 만다. 이런 식의 서술은 "아내는 군수 방진(方震)의 딸이다"라고 해야 옳은 번역이다. 한문식 표기법은 '판서 홍길동(判書 洪吉童)'이라 하지 않고, '홍판서길동(洪判書吉童)'이라 한다. 성과 이름 사이에 자신의 관직이나 직함을 넣는 방식이다. 그러므로 장인의 성인 '방(方)'과 이름인 '진(震)' 사이에 관직명인 '수령' 또는 '군수'의 의미인 '수(守)' 자가 포함된 것이다.

군대에서는 통상 '관등성명'이라 하여 상관이 자신을 호명할 때, 계급의 등급과 성명을 함께 복창한다. '병장 김막동' 또는 '대위 이복남'하는 식이다. 만약에 본인 스스로가 "이복남 대위입니다"라고 한다면 이는 자신의 신분을 '대위'로 대접해달라는 의미인 것이다. 김 아무개 교수, 이 아무개 기자, 박 아무개 목사 등은 모두 타인이 자신을 부르는 호칭어이지, 본인이 자신을 지칭하는 표현이 아니다.

간혹 TV나 매스컴을 통해 본인이 자신을 지칭하면서 "김 아무개 교수입니다", "이 아무개 기자입니다" 하는 식의 발언을 들을 때가 있다. 이는 자기 자신의 직업이나 직위에 대한 자부심의 발로로서 상대에게 자기의 신분을 대접해 달라고 강요하는 매우 권위주의적이고 무례한 발언이다. 상대방이 자신을 어떻게 대접할지는 온전히 상대방의 판단에 맡겨둘 일이지 상대에게 강요할 성격이 아니다. "저는 제일대학교 교수 최 아무개입니다" 또는 "저는 최고기업의 부장 정 아무개입니다"라고 해야 옳은 표현이다.

불교에는 '보살(菩薩)'이라는 호칭이 있다. 이는 '보리살타(bodhi-sattva)'의 준말로서 보리는 '깨달음', 사트바는 '중생'을 뜻하므로 보살은 '깨달음을 구하는 중생', 또는 '구도자'라는 의미이다. 보살의 수행을 "위로는 깨달음을 구하고, 아래로는 중생을 교화한다.[上求菩提, 下化衆生.]"라는 말로 표현하기도 한다.

초기 불교에서는 구도자로서의 석가모니를 지칭하던 것이 대승불교에서는 미륵불이나 아미타불, 비로자나불, 관세음, 문수, 보현, 지장…… 등과 함께 가장 이상적인 인간상을 아울러 보살이라 하였다. 불교 국가였던 고려에 와서는 '득도한 고승'을 지칭하다가 불교의 탄압이 심했던 조선에서는 주로 여성이 절에 다녔으므로 '여신도'를 지칭하는 의미로 쓰였다. 그것이 현대에 와서는 '부처의 도를 좇는 일체의 중생'을 일컬어 보살이라 하게 된 것이다.

'보살'이 깨달음을 구하는 중생을 지칭하는 말이라면, 기독교에서는 비슷한 유형으로 '형제자매'라는 호칭이 있다. 성경에는 "누구든지 하늘에 계신 내 아버지의 뜻대로 행하는 자가 내 형제요, 자매이다"라고 하였다.

그러나 이는 '모두 다 사랑한다'라고 하는 이율배반적인 메시지처럼 의미의 실체가 다소 모호하다. 과연 '아버지의 뜻대로 행하는 자'라는 자격에 두려움 없이 사용할 수 있는 자가 있을 수 있을까?

실제로는 대개 교회 안에서 주로 신자들끼리 '예수 안에서 하나 된 형제자매의 신분'임을 나타내기 위한 용어로 사용하고 있다. 그러나 이는 교회 밖의 예수 안 믿는 자들을 모두 남이나 원수로 돌리는 이분법을 낳는다. 비신자에게는 기독교적인 선과 악의 편 가르기식 발상으로 비칠 수 있는 대목이다.

나는 교인들이 내게 '형제'라는 호칭을 쓸 때마다 낯이 간지러워 속으로 반문한다. 과연 이 사람은 '형제'라는 표현에 진정성이 있는 것일까? '형제'라는 의미가 갖는 무게감과 책임감의 의미를 알기나 하고 이렇게 호칭하는 것일까? 입안의 사탕처럼 '형제님', '자매님' 하다가 조금이라도 관계가 소원해지면 '형제'에서 '원수'로 변하는 교인들의 변덕과 외면을 너무도 잘 알고 있기에 친소관계에 기반하여 가변적으로 사용되는 그 칭호가 늘 부담스럽고 위선적으로 느껴진다.

이는 마치 북한에서 사용하는 '동무'라는 호칭처럼 매우 불편하고 어색한 느낌이다. 동무라는 말 속에는 '이념'과 '가치'의 계급적 일반화와 함께 장유유서의 전통적 질서를 무시하고 신분적 동일성만을 강조하고자 하는 의미를 내포하고 있기 때문이다. 차라리 목적이나 지향점이 같은 '동지(同志)'라든가 깨달음을 목적으로 같은 도(道)를 수행한다는 철학적 의미로서 '도반(道伴)'이라든가 이도 저도 아니면 그냥 직분이나 존칭으로 호칭하는 편이 훨씬 거부감이 덜 할 것이다.

아무런 애정 없이 상투적으로 내뱉는 형제라는 표현은 시선을 마주치지 않고 하는 무성의한 악수처럼 불쾌한 감정을 유발하게 할 뿐이다. '진금부도(眞金不鍍)'라는 말이 있다. "진짜 금은 금색을 덧칠하지 않는다"라는 의미이다. 진짜 형제는 굳이 서로를 향해 형제라 칭하지 않는다. 가짜 형제일수록 호칭 때마다 애써 형제임을 강조하며 공동체의 결속을 강요하기 마련이다.

잘못된 칭호와 함께 전통사회의 다양한 호칭의 문화가 급속히 사라져 가는 세태가 매우 안타까워서 하는 말이다.

아리랑 목동의 몽매 사랑

달라스의 아들네 집에 머물 때 종종 한국 방송의 재방영분을 혼자 볼 때가 있었다. 어느 날인가 우연히 '가요무대'의 재방송을 보게 되었는데, 어떤 외국인 트로트 가수가 아리랑 목동을 불렀다. 너무나 반갑고 고마웠다. 가사를 옳게 부른 이유 때문이었다.

우리가 알고 있는 응원가로 더 잘 알려진 아리랑 목동의 가사 내용은 이러하다.

"꽃바구니 옆에 끼고 나물 캐는 아가씨야, 아주까리 동백꽃이 제아무리 고와도, 동네방네 생각나는 내 사랑만 하오리까."

초등학교 시절 응원 연습을 하며 처음 이 노래를 배운 뒤로 마음속에 늘 의문이 들었다. "동네방네 생각나는 내 사랑"은 도대체 어떤 사랑일까? '동네방네 소문난' 것도 아닌 '동네방네 생각나는' 것은 도대체 무슨 뜻이란 말인가? 이것은 명백한 비문이다.

외국인 여가수가 부른 가사 내용은 이랬다. "꽃 가지 꺾어 들고 소먹이는 아가씨야 아주까리 동백꽃이 제아무리 고와도 몽매간에 생각 사자 내 사랑만 하오리까" 그렇다면 '몽매간에 생각 사자'는 당최 무슨 말이며 '아주까리 동백꽃'은 또 어떤 꽃이란 말인가?

원래 이 곡은 1955년 발표된 곡으로 원작자는 작곡가가 박춘석, 작사가는 강사랑이고 최초의 가수는 박단마였다. 처음에는 크게 히트되지 못하여 사장되다시피 하였으나 훗날 이 노래를 리메이크하는 과정에서 가사집이 없다 보니 오래된 LP판에서 들리는 발음대로 가사를 옮겨왔다. 그래서 부르는 가수마다 내용이 약간씩 달랐다.

이 오래된 구전 가요 성격의 곡을 1970년대에 들어 이미자, 나훈아, 하춘화, 백설희, 은방울 자매 등이 리메이크하면서 지금의 가사로 굳어지게 된 것이다. 우습게도 '몽매간에 생각 사자'를 '동네방네 생각나는'으로 알아듣고 너도나도 의미도 모른 채 그렇게 따라 부른 것이다. 그런 사연을 알고 있던 내가 뜻밖에 외국인 여가수가 부른 원래의 가사를 듣고 나니 놀라지 않을 수 없었다.

그렇다면 '몽매간에 생각 사 자'는 도대체 무슨 뜻인가? '몽매간에 생각 사 자'는 한자어와 한글의 합성어이다. 즉 '몽매'의 '夢寐'는 곧 잠자면서 꾸는 꿈이라는 의미이고 생각 '사' 자는 생각 '思' 자라는 말이다. 그러므로 이 말은 "잠자며 꿈꾸는 사이에도 생각하고 있음"을 강조한 말이다.
또한 '아주까리 동백꽃'이라 하였는데, 세상에 그런 꽃은 없다. 이 말은 "'아주까리기름'이나 '동백꽃 기름'으로 치장한 모습이 제아무리 고운들"이라는 속뜻을 갖고 있다. 4·4조의 운율을 맞추기 위하여 의미가 다소 생략된 것이다.

우리의 언어는 한자어가 압도적으로 많다. 한자어의 의미를 제대로 파악하지 않은 채 소리글에만 몰두하여 의미 글을 방기한 결과가 이렇게 반백 년이 지나도록 우스운 꼴을 하고 전 국민 사이에 회자가 된 것이다. 이런 사례는 민요에도 있다. 우리가 익히 잘 아는 '한오백년'의 가사 내용도 수상하다. "한오백년을 사자는데 웬 성화요" 하는 부분이다. 왜 하필 '오백 년'이란 말인가. 오래 살자는 맹세나 축원에는 '천년만년 살고지고'라고 한다거나 '백수를 누리소서', '천수를 누리소서'라고 하지 '오백 수를 누리소서'라고 하지는 않는다.

그렇다면 한오백년은 무슨 의미일까. 전북대 중문과 명예교수인 김병기 교수의 주장에 따르면 아마도 이 말은 '한우백년(限于百年)'이나 '한어백년(限於百年)'의 한자어일 가능성이 높다. '한(限)'은 제한하다, 한정하다는 뜻이며, '우(于)'나 '어(於)'는 처소격 조사로서 '~에'라는 의미를 갖는다. 이때 '한우백년'이나 '한어백년'의 뜻은 '백 년에 한하여' 또는 '백 년토록'의 의미가 된다. 그러므로 가사의 원문인 "한오백년을 사자는데 웬 성화요"는 "백 년토록 함께 살자는데 웬 불만이며 하소연이란 말인가"의 의미가 된다. '한우백년'이나 '한어백년'이 구전되는 과정에서 와전된 것으로 보는 것이 타당할 것이다.

성주풀이의 가사 중 "낙양성 십 리허에~"할 때의 '허(許)'는 허락할 '허'가 대표 훈음이지만, 접미사로 사용될 때는 '그쯤 되는 곳'이란 의미를 담고 있다. 그러므로 "낙양성 십 리허에~"란 말은 "낙양성에서 십 리쯤 되는 곳에"란 의미이다. 실제로 그곳에 북망산(北邙山)이 있으며, 700여기의 고분이 있다고 한다.

한자 교육이 이뤄지지 않는 학교의 현장은 이보다 더 심각한 수준이다. '심심한 사과'를 성의 없는 사과로 이해한다거나 '금일 내로 제출하시오'를 금요일까지 제출하라는 말로 이해하고 '장사한 지 사흘 만에'를 장사 지낸 지 4일 만에 등으로 알고 있는 웃지 못할 현실이다. 심심한 사과의 '심심(甚深)'은 매우 깊은 뜻의 사과라는 의미이고 금일(今日)은 오늘이라는 한자어이다.

기초적인 한자조차 배우지 못해 문해력이 떨어지는 학생들을 보면 안타까운 마음을 금할 길이 없다.

고명사의(顧名思義)

이름은 자기의 정체성을 담은 상징으로서, 남이 자신에게 이러저러한 사람으로 기억해 주기를 바라는 의지를 담은 명칭이다. 비록 자신의 것이지만 자신이 직접 만들지 못하고 자신보다 남이 더 많이 사용하는 특징이 있다.

한자 언어권에서는 한 사람에게 하나의 이름만 있는 것이 아니라 다양한 형태의 이름이 부여된다. 태어나기 전부터 갖는 '태명'에서 시작하여 '아명'을 거쳐 '실명'을 갖게 되고 성년이 되면 비로소 '자(字)'를 갖게 된다. 이때까지는 타의에 의해 명명된 이름이지만, 자신의 철학이나 의지 등을 담아 스스로 지을 수 있는 이름이 바로 '호(號)'이다.

유학의 경전 가운데 『춘추(春秋)』라는 책이 있는데, 작명에 관한 기사가 있다. 노나라 환공(桓公) 6년 조에 당시 사람들이 이름을 짓는 기준에 관한 내용이 실려 있다. 권장하는 이름으로 다섯 가지 유형을 들었다.

"이름에는 다섯 종류가 있으니, '신(信)'·'의(義)'·'상(象)'·'가(假)'·'유(類)'이다. 출생할 때의 특징을 사용해 이름 짓는 것이 '신(信)'이고, 덕행(德行)을 나타내는 글자를 사용해 이름 짓는 것이 '의(義)'이고, 유사한 물체의 이름을 사용해 이름 짓는 것이 '상(象)'이고, 물명(物名)을 가차해 이름 짓는 것이 '가(假)'이고, 부친과 관계가 있는 글자를 사용해 이름 짓는 것이 '유(類)'이다. 또한, 사용해서는 안 되는 이름으로는 다음과 같은 여섯 가지 기준을 제시하였다.

"국가의 이름을 사용하지 않으며(不以國), 관직명을 사용하지 않으며(不以官), 산천의 이름을 사용하지 않으며(不以山川), 질병의 이름을 사용하지 않으며(不以隱疾), 축생의 이름을 사용하지 않으며(不以畜牲), 기물과 폐백의 이름을 사용하지 않는다(不以器幣)"

다시 말해 '김미국', '이장관', '박하늘', '최간암', '정염소', '조목탁' 등으로는 이름을 지어서는 안 된다는 것이다. 한자 문명권에서는 이름 자체가 공경의 대상이었기 때문에 상대의 이름을 직접 부르는 것을 꺼리는 '휘(諱)' 문화가 생겨났다. 휘(諱)란 본시 천자의 명(名)을 이르는 말로써 제왕에게만 주어진 특권이었다.

후대에 와서 일반인도 고인(故人)이 된 뒤에는 명(名) 대신에 '휘(諱)'라고 할 수 있었다. 그래서 고인이 된 조상의 명(名)을 말할 때, "휘 ○자, ○자"라고 하게 된 것이다. 또한, 국왕이나 조상, 성인 등 존중을 받아야 할 대상의 이름을 함부로 범하지 않는 것을 '피휘(避諱)'라고 하였다.

'함자(銜字)'라든가 '존함', '명함', '직함'이라 할 때의 '함(銜)'은 '재갈함' 자이다. 말에 재갈을 물려 말을 다루는 것처럼, 이름을 함부로 부르지 말라는 뜻에서 입에 재갈을 물린다는 의미로 '함자'라고 하였다. 그리하여 전통 시대에는 성년이 되면 함부로 쓰지 않는 이름자 대신 호를 더 많이 사용하게 된 것이다. 호를 짓는 방법에는 대략 몇 가지의 방식이 있다.

첫째는 '소처이호(所處以號)'이다. 자신이 처한 곳의 지명을 호로 삼는 경우이다. 율곡(栗谷), 다산(茶山), 퇴계(退溪), 송강(松江), 연암(燕巖) 등이다. 현대인으로는 통천군 아산리의 '아산(峨山)' 정주영, 신안군 후광리의 '후광(後廣)' 김대중, 거제도와 부산의 지명을 딴 '거산(巨山)' 김영삼 등이 지명을 호로 사용한 경우이다.

둘째는 '소완이호(所玩以號)'이다. 애완하는 것으로서 호를 삼는 경우이다. 도연명은 집 앞에 버드나무 다섯 그루를 심고 스스로 칭하기를 '오류선생(伍柳先生)'이라 하였다. 구양수는 '육일거사(六一居士)'라 하였는데 장서, 금석문집록, 거문고, 바둑판, 술, 그리고 자신까지 포함하여 '육일(六一)'이라 하였다.

셋째는 '소지이호(所志以號)'이다. 가장 빈번하게 사용하는 방식으로 자신의 의지나 신념을 나타내는 경우이다. '신사임당(申師任堂)'은 주나라 문왕의 어머니 태임(太任)을 스승으로 삼겠다는 뜻을 담은 것이고, '신독재(愼獨齋)' 김집은 "홀로 있을 때도 도리에 어긋남이 없이 언행을 삼간다"라는 의미로 「중용」의 '신독(愼獨)'에서 차용하여 자신의 의지를 드러낸 것이다. 추사의 또 다른 호 '완당(阮堂)'은 완원(阮元)을 스승 삼는다는 의미이고, '보담재(寶覃齋)'는 담계(覃溪) 옹강방(翁方綱)을 보배롭게 여기는 서재라는 뜻이다.

넷째는 '소우이호(所遇以號)'이다. 고문 후유증으로 앉은뱅이가 된 심산 김창숙의 만년의 호는 앉은뱅이 늙은이라는 뜻의 '벽옹(躄翁)'이다. 벼슬하지 않고 은둔해 산다는 ○○居士, ○○處士 또는 세상일 버리고 한가히 산다는 ○○散人 등이 대체로 이러한 유형이다.

나의 호 하전(霞田)은 '자줏빛 노을 아래 밭에서 김을 매다'라는 뜻으로 '자하운전(紫霞耘田)'이라는 문장을 만들고, 그 가운데 주요 의미인 노을 '하(霞)' 자와 밭 '전(田)' 자를 떼서 '하전(霞田)'이라는 호를 지었다. 그 의미는 '노을에, 석양에, 해 질 녘에, 밭에서 김을 매다'라는 뜻으로서 만학하는 나 자신의 처지를 빗댄 말이다.

지혜라는 것도 어떤 면에서는 고통을 겪고, 실수도 하고, 젊은 날의 열정도 식고, 가진 것도 내려놓고, 일련의 아집과 집착이 풀어져서 세상에 대한 관조가 시작될 때 비로소 얻어지는 것이 아닐까 하는 깨달음에서 얻은 것이다. 마치 미네르바의 부엉이가 해가 져야 비로소 날개를 펴고 날듯이 말이다.

간혹 내게 호나 이름을 지어 달라는 분이 계신다. 생면부지의 분들이 부탁해 오는 경우도 더러 있지만, 대개는 지인들이 폼 좀 나게 지어달라는 요구가 많다. 나름대로 심사숙고하여 작호기를 써주었다가 그중 더러는 이름값 못하는 위인을 볼 때, 호의 가치를 알지 못하는 것 같아 기분이 씁쓸할 때가 있다. 그나, 나나 모두가 다 이름값하기 어려운 세상이다.

설령 그렇다 한들, 쥐뿔도 없는 것들이 '가오'마저 빠지면 뭔 재미로 산다냐?

여제조대(如弟助大)

- 저와 같은 '쪼다'

우리말에 '쪼다'라는 단어가 있다. 국립국어원의 『표준국어대사전』에는 "조금 어리석고 모자라 제구실을 못하는 사람을 속되게 이르는 말"이라고 정의하였다. 그러나 이 말의 어원에 대한 설명이 없어서 이 말이 어디에서 유래 되었는가에 대해서는 정확히 아는 사람이 그리 많지 않은 것 같다. 인터넷을 검색해 보니 대략 서너 가지 유형의 가설들이 혼돈을 더해주고 있다.

첫째는 장수왕의 아들 이름이 '조다(助多)'라는 데에서 말미암았다고 주장하는 설이다. 장수왕이 96세로 장수하는 바람에 재위 기간이 하도 길어서 아들 '조다(助多)'는 태자만 하고 왕 노릇을 하지 못하였기 때문에 세상 사람들이 멍청한 사람들을 빗대어 '왕 한번 못해 본 조다(助多)' 같은 놈이라는 데에서 유래하였다는 것이다.

둘째는 한자어 '조두아(鳥頭兒)'가 변해서 만들어진 말이라고 주장하는 설이다. '조두아'는 말 그대로 "새대가리 같은 아이"라는 말로서 '멍청한 놈'이란 뜻인데 이것이 조두아 〉 조돠 〉 조다 〉 '쪼다'로 변형된 것이라고 하는 것이다.

셋째는 1960년대 상영되었던 벤허라는 영화의 주인공 '유다 벤허'에서 나왔다고 주장하는 설이다. 벤허의 유다가 너무 바보 같다는 생각에 '나쁜 놈 쥬다'로 발음하던 것에서 '쪼다'라는 말이 생겨났다고 하는 것이다. 이는 지나치게 작위적인 면이 있는 듯하다.

넷째는 석가모니 제자 '조달이'가 '쪼다'가 되었다고 주장하는 설이다. 부처의 본명은 '싯다르타'인데, 보리수나무 밑에서 깨달음을 얻은 후에 '샤카 부족의 깨달은 자[모니]'로 불려 '샤카모니'가 되었다. 이를 중국식 한자로 쓰면 '석가모니(釋迦牟尼)'가 된다.

그런데 이 석가모니에게는 사촌 동생인 '데바닷타(Devadatta)'라는 제자가 있었다. 데바닷타가 처음에는 석가모니를 따라 수행을 잘하였으나 신통력을 배우면서 욕심이 생겨 자기만의 새로운 종파를 만들고 석가모니를 시해하려고까지 하다 실패하여 용서받지 못할 악인으로 낙인찍힌 사람이 되고 만다. 이 데바닷타가 한자어로는 '제바달다(提婆達多)'가 되고 '제달(提達)'이 되었다가 다시 '조달(調達)'이 된다. '조달이'가 '조다'가 되고 마지막에 경음화 현상으로 '쪼다'가 되었다는 것이다. 친동생 '아난존자'와는 너무나 다른 인생으로 대별되는 인물이 불가에서는 바로 '데바닷타', '조달이' 곧 '쪼다'라는 것이다.

나름대로 일리가 있어 보이는 설이나 웃자고 하는 소리가 아니라면 모두 다 매우 억지스러운 주장에 불과하다. 고문서를 공부하다 보면 이 말의 진위는 쉽게 파악할 수 있다. 결론부터 말하자면 '쪼다'라는 말은 한자어 '조대(措大)'에서 유래한 말이다.

현대어 사전에 '조대'라는 말은 "청렴결백한 선비를 이르던 말"이라고 정의하고 있는데, 이 말의 속뜻은 "큰일을 조치하다"라는 뜻으로 선비들이 큰일을 잘 처리하였기 때문에 선비의 별칭을 '조대(措大)'라고 하였다. 송나라 증조(曾慥)가 편찬한 『유설(類說)』과 진계유(陳繼儒)의 「침담(枕譚)」에도 '조대(措大)'에 관한 사례가 등장한다. 우리나라에도 고려 시대 이규보의 시에서부터 선비의 별칭으로 사용된 용례는 무수히 많이 있다.

'조대(措大)'가 처음에는 '청빈한 선비'를 가리키는 말로서 '빈사(貧士)'나 '빈유(貧儒)'와 같은 뜻으로 쓰이던 것이 점차로 '빈약한 서생'을 지칭하다가 후대에는 현실적으로 '무능한 서생'을 지칭하는 말로 전이 되었다. 이것이 현대에 와서는 무능하거나 무력한 사람을 비하하는 비속어가 되어버린 것이다.

선현의 문집에서 뿐만 아니라 고간찰(古簡札)의 용례에도 '권조대 좌하(權措大 座下)', '김조대(金措大)' 등등, 셀 수 없이 많은 사례가 등장한다. 최근에 읽었던 간찰(簡札)에는 이런 문장도 있다.

> "近例使行, 皆用漢緞官服, 而'如弟措大', 豈有此等服色乎?(근례사행, 개용한단관복, 이'여제조대', 기유차등복색호?)"

"요즈음 사신의 행차를 예로 들자면 모두 중국의 비단으로 만든 관복을 사용하는데, '저와 같은 조대'[가난한 선비]가 어찌 이러한 복색을 가질 수 있겠습니까?"

일반적으로 옛 편지에서 '제(弟)'는 자신을 낮추어 이르는 말이고 상대는 나이에 관계 없이 높이는 말로 '형(兄)'이라 통칭한다. 그러므로 '여제조대(如弟措大)'란 '저와 같은 조대'라는 의미이고 '조대'가 경음화되어 '쪼대'가 되었다가 현대에 와서 '쪼다'로 발음이 변이된 것이다.

선생이라는 말이 옛날에는 지식인에 대한 극존칭으로 쓰였으나, 지금은 오히려 상대방을 얕잡아 보고 낮추어 부를 때 쓰이기도 하는 것처럼 세상 물정 모르는 선비, 그것도 가난한 선비일 경우에는 무능력하기 이를 데 없는 사람으로 보였을 것이다. 수십 년 전만 하여도 안동이나 상주 등 경상도 일대에서는 '쪼대'라는 말을 어리석은 선비의 비칭으로 많이 쓰였다. 현대에 와서 '쪼다'는 원래의 본뜻이었던 청빈한 선비로서의 '빈사(貧士)'나 '빈유(貧儒)'의 의미는 사라지고 어리석고 모자라 제구실을 못하는 사람을 백안시하는 말로 쓰이게 되었다.

그 '무능한 서생'의 비속어인 '쪼다'가 오늘은 꼭 나를 지칭하는 조롱의 말인 듯하여, 우울증에 사로잡힌 나를 더욱 의기소침하게 한다. 에고 이런 '쪼다!'

무구지보(無口之輔)

'거울' 이야기다.

"우리가 세상에 나올 때 신(神)은 거울 하나를 던져 산산조각을 낸다. 우리는 살면서 깨져 흩어진 거울 조각을 모으다 삶이 끝날 때가 되어서야 비로소 완성된 거울에 자신을 비추어 본다."

누구의 말인 줄은 잘 모르겠다. 습작 노트에 낙서처럼 어지럽게 쓰여 있는 걸 보니 어떤 책을 보다가 베껴 놓은 것 같은데, 서명을 기록하지 않아 출전을 알 수가 없다. 그러나 이 말을 홀로 곱씹어 보니 죽을 때가 돼서야 자신의 모습을 온전히 보게 되고 비로소 자신이 누구인지를 알게 된다는 의미 정도로 읽힌다.

춘추 전국시대에 '묵자(墨子)'라는 철인이 있었다. 그가 말하기를 "군자는 물로 거울을 삼지 않고 사람으로 거울을 삼는다. 물로 거울을 삼으면 얼굴을 볼 수 있지만, 사람으로 거울을 삼으면 길흉을 알 수 있다.[君子不

鏡於水, 而鏡於人. 鏡於水, 見面之容. 鏡於人, 則知吉與凶.]"라고 하였다.

거울로써 인생의 길흉사뿐만이 아니라 나라의 흥망사까지도 깨달아 거울로써 천하를 다스렸던 사람이 있다. 그가 바로 당나라 태종 이세민이다. 그에게는 세 개의 거울이 있었다고 한다.

> 구리로서 거울을 삼으면 의관을 바로 잡을 수 있고
> 옛일로서 거울을 삼으면 흥망과 성쇠를 알 수 있으며
> 사람으로서 거울을 삼으면 나의 잘잘못을 밝힐 수 있다.
> 以銅爲鏡 可以正衣冠 – 이동위경 가이정의관
> 以古爲鏡 可以知興替 – 이고위경 가이지흥체
> 以人爲鏡 可以明得失 – 이인위경 가이명득실

당 태종이 가졌던 세 개의 거울이란 '동감(銅鑑)'이라는 처신의 거울과 '사감(史鑑)'이라는 역사의 거울, 그리고 '인감(人鑑)'이라는 사람의 거울을 말한다. 당 태종은 이 세 개의 거울로써 스스로 자신을 경계하는 '감계(鑑戒)'에 힘써 마침내 정관지치(貞觀之致)의 성세를 이루어 낸 위대한 인물이 되었다.

당 태종이 정관의 치를 이루어 낼 수 있었던 비결은 자신 스스로가 역사에 정통하여 '창업'의 이치를 깊이 터득하였다는 점과 신하들의 간언(諫言)을 정책에 수용할 줄 아는 '수성'의 원리를 바르게 체득하였다는 점을 들 수 있다. 그는 역사의 거울인 '사감(史鑑)'과 사람의 거울인 '인감(人鑑)'을 두루 활용하는 탁월한 리더십으로 태평성대를 구가한 성군의 반열에 올랐다. 특별히 '위징(魏徵)'이라는 인물은 비록 황제 앞이라도 언제든 서

슴없이 바른말로 황제를 질책하고 간언을 하던 신하였는데, 그가 죽자 당 태종 이세민은 위징이라는 거울 하나를 잃었다고 매우 애통해하였다 한다.

사마광이 쓴 중국의 편년체 역사서인 『자치통감(資治通鑑)』의 '통감(通鑑)'은 "흥망의 이치를 두루 꿴 역사의 거울"이란 뜻이다. 하나라의 패망을 은나라가 거울로 삼아야 한다는 '은감불원(殷鑑不遠)'과 같은 취지의 '사감(史鑑)'인 셈이다. 조선의 실학자였던 성호 이익 선생은 거울에 대해서 다음과 같은 평을 남겼다.

> "얼굴에 더러움이 있어도, 사람은 알려주지 않을 수 있다. 거울은 말을 하지 못하지만, 모습을 나타내 허물을 보여준다. 입 없이 도와주는 것이 입이 있는 것보다 나은 듯하다. 사람이 마음에 두고 살핀다 한들 어찌 무심히 다 드러나게 해주는 거울만 하겠는가?[面有汙, 人或不告. 以故鏡不言, 寫影以示咎. 無口之輔, 勝似有口. 有心之察, 豈若無心之皆露?]"
>
> ─ 『성호집(星湖集)』, 「경명(鏡銘)」 중에서

거울을 '입 없는 보좌관[무구지보(無口之輔)]'이라고 표현한 것이 참으로 이채롭다. 나는 아침에 면도할 때와 운전 중에 자동차 백미러 보는 것 외에는 좀처럼 거울을 보는 일이 없으니, 처지가 매우 민망하다. 자신의 실체를 좀 더 겸손히 알기 위해서는 주변에 늘 '입 없는 보좌관'을 두어 자신을 경계해야 할 일이다. 인생사 도처에 널려있는 '인감(人鑑)'으로써 자신의 처신에 대한 귀감(龜鑑)으로 삼으며, '사감(史鑑)'을 정독하고 마음에 새김으로써 자신의 정신세계를 바로 잡는 일을 선행해야 할 것이다.

촛불의 대의를 망각하여 대선과 지선에 참패하여 오 년 만에 정권을 내준 모당의 직업정치인들이 이번 기회에도 '은감불원'의 교훈을 얻지 못한 채 지리멸렬하게 당내 계파싸움에만 몰두한다면 역사를 바로 세우는 일과 우리 사회의 적폐에 대한 개혁은 공허한 메아리에 불과한 허망한 꿈이 되고 말 것이다.

치재(恥齋)

― 부끄러움으로 재계하다

"가장 좋은 것은 부끄러운 행실이 하나도 없는 것이다. 그다음은 부끄러운
행실이 적은 것이다. 그다음은 부끄러운 행실을 없애는 것이다. 그다음은
부끄러운 행실이 부끄러운 것인 줄을 아는 것이다. 그다음은 부끄러운 행
실을 부끄러워하는 마음이 있는 것이다. 가장 나쁜 것은 부끄러운 행실을
부끄러워하는 마음조차 아예 없는 것이다.[泰上無恥. 其次寡恥. 其次祛恥. 其
次知恥. 其次有恥. 最下者亦無恥而已矣.]"

　　　　　　　　　　 ― 석당(石堂) 김상정(金相定)의 「치재설(恥齋說)」 중에서

　석당 '김상정'은 사계(沙溪) 김장생(金長生)의 6세손으로 영조 때 대사간
(大司諫)을 지낸 인물이다. 그는 이 글에서 부끄러움의 단계를 여섯 가지의
차등적 구조로 설명하고 있다.

　가장 낮은 단계는 부끄러운 행실을 부끄러워하는 마음조차 아예 없는

'무치(無恥)'이다. 그다음은 부끄러운 행실을 부끄러워하는 마음이 있는 '유치(有恥)'이며, 그다음은 부끄러운 행실이 부끄러운 것인 줄을 아는 '지치(知恥)'이며, 그다음은 부끄러운 행실을 없애나가는 '거치(祛恥)'이며, 그 다음은 부끄러운 행실이 적은 '과치(寡恥)'이며, 맨 마지막 가장 높은 등급이 부끄러운 행실이 하나도 없는 '무치(無恥)'의 단계이다.

가장 낮은 단계와 가장 높은 단계의 '무치(無恥)'는 하우(下愚)와 상지(上知)의 일로서 보통 사람들과는 무관한 것이다. 이를 제외한 '유치', '지치', '거치', '과치'의 단계는 보통 사람들에게 해당하는 것으로서 정도의 차이는 있을지언정 인간이라면 누구나 수양이 가능한 등급이다.

사람이 사람답게 되는 출발점은 부끄러운 행실을 부끄러워할 줄 아는 마음이 있는 데에서 시작된다. 부끄러운 행실을 부끄러워할 줄 아는 마음에서, 자신의 행실을 부끄러워할 줄 알고, 자신의 행실을 부끄러워할 줄 알아서 부끄러운 행실을 점차 줄여나가고, 부끄러운 행실을 점차 줄여나가서 거의 없게 만들고, 마침내는 부끄러운 행실이 하나도 없는 단계에 이른다면 비로소 군자가 될 수 있다고 하였다.

사람이 사람다워지는 최소한의 단계는 부끄러움을 아는 것이고, 사람으로서 최상의 단계는 부끄러운 행실이 전혀 없는 단계에 이르는 것이다. 이 때문에 부끄러운 행실을 부끄러워하는 마음이 있는 것이 귀한 것이 아니라, 부끄러운 행실이 부끄러운 것인 줄을 아는 것이 귀한 것이며, 부끄러운 행실이 부끄러운 것인 줄을 아는 것이 어려운 것이 아니라 부끄러운 행실을 제거하는 것이 어려운 것이다.

원불교의 '정산(鼎山)' 종사는 부끄러움에는 세 가지 유형이 있다고 하였다. 알지 못하면서 묻기를 부끄러워함이 '우치(愚恥)'요, 밖으로 드러난 부족과 행실에 나타난 과오만을 부끄러워함은 '외치(外恥)'요, 양심과 대조하여 스스로 부끄러워하고 의로운 마음을 지키고자 하는 것이 '내치(內恥)'이다.

김상정이 부끄러운 행실을 수양하는 '내적 단계의 차등'을 나타낸 것이라면, 정산 종사는 부끄러움의 '외적 양태의 유형'을 말한 것이라 할 수 있겠다. 어느 것이 되었든 이는 모두 맹자에게서 근원을 찾을 수 있다.

일찍이 맹자는 말하기를 "잘못을 부끄러워하는 것이 사람에게는 매우 중요한 일이다.[恥之於人, 大矣.]"라고 하였으며, "부끄러워하는 마음이 없는 것을 부끄러워하면 부끄러운 일이 없을 것이다.[無恥之恥, 無恥矣.]"라고 주장하였다.

옛 성현들의 도학(道學)을 통한 마음공부의 깊이를 가늠할 수 있는 귀한 자료들이다. 풍찬노숙으로 자신과 가족의 전부를 희생하여 이 땅을 지켜낸 순국선열들의 영령 앞에 형식적으로 잠시 추모하는 사이에 '비옷'을 입고도 그것이 부끄러운 일인 줄 모른다면 그는 '하우(下愚)'에 속하는 인생이다. 부끄러움과 염치를 모르는 사회는 이미 병든 사회이다. 세상에는 혁명가처럼 말하고 속물처럼 행동하는 사람들로 가득 찼다. 타인의 허물을 분석하고 조리 있게 비판한다고 해서 자신이 정의로워지는 것은 결코, 아니다.

미국에서 가장 존경받는 여성으로 루스벨트의 아내였던 '앨리너 루스

벨트'를 꼽는 사람이 많다. 그녀가 말하였다.

"어둠을 저주하기보다는 촛불을 켜는 것이 낫다."

'과치(寡恥)'와 '내치(內恥)'를 목표로 삼았지만, 나 또한 갈 길이 너무나 먼 인생이다. 잠잠히 나를 돌아보아야 할 때이다.

수치(羞恥)
― 부끄러움을 수행하는 법

부끄러움이 있다면 부끄러워해야 한다.

부끄러움이 없어도 부끄러워해야 한다.

[有恥可恥. 無恥亦可恥.]

부끄러움이 있는 사람은 반드시 부끄러움이 없고,

부끄러움이 없는 사람은 반드시 부끄러움이 있다.

[有恥者, 必無恥, 無恥者, 必有恥.]

그러므로 부끄러운데도 부끄러워하지 않으면 능히 부끄러움이 있게 되고, 부끄러운데 부끄러워하면 능히 부끄러움이 없게 된다.

[故恥無恥, 則能有恥, 恥有恥, 則能無恥.]

부끄러운 일에 부끄러워함이 있는 사람은 그 부끄러움을 가지고 부끄

러워하고, 부끄러운 일에 부끄러워함이 없는 사람은 부끄러움이 없음을
가지고 부끄러워해야 한다.

[恥有恥者, 以恥爲恥也, 恥無恥者, 以無恥爲恥也.]

부끄러움을 가지고 부끄러워하는 까닭에 부끄러움이 없게 되려고 생
각하게 되고, 부끄러움이 없음을 가지고 부끄러워하는 까닭에 부끄러움이
있으려 생각하게 된다.

[以恥爲恥, 故思無恥, 以無恥爲恥, 故思有恥.]

부끄러운데도 부끄러워하지 않으면 능히 부끄러움이 있게 되고, 부끄
러운데 부끄러워하면 능히 부끄러움이 없게 된다. 이것을 일러 부끄러움
을 닦는다고 한다. 요컨대 이를 닦아 힘써 행할 뿐이다.

[恥無恥而能有恥, 恥有恥而能無恥. 則是謂脩恥. 要脩之力行而已.]
　　　　　― 식산(息山) 이만부(李萬敷)의 「수치증학자(脩恥贈學者)」 중에서

선생께서는 부끄러움이 참으로 많은 사람이었던 듯하다. 부끄러움이
있는 것이 부끄럽고, 부끄러울 것이 없다고 생각한 것에 또 부끄럽고, 부
끄러운 짓을 해놓고도 부끄러워하지 않는 것이 부끄럽고, 부끄러울 것 없
다고 감히 말한 것이 또 부끄럽고, 부끄러워서 부끄럽지 않으려 다짐하고,
부끄러울 것 없다고 생각한 그 생각이 부끄러워서 또 부끄럽지 않으려고
다짐하였던 듯하다.

'부끄러움'이란 어떻게 생겨난 것일까?
태초의 인간 아담과 이브가 에덴동산에서 쫓겨난 후 제일 먼저 한 일
이 무화과 잎으로 자신의 벗은 몸을 가린 일이다. 이전에 몰랐던 '부끄러

움'을 알게 된 것이다.

그렇다면 부끄러움이란 무엇인가?

아담과 이브가 부끄러움을 알게 되었다는 것은 다른 사람의 위치에서 자신을 바라보는 눈이 생겼다는 의미이다. 부끄러움이란 '자신을 자각하는 능력'이 비로소 생겼다는 것이다. 이는 또한 선함과 악함의 구별에 그 근본을 두게 되는 것이다. 그러므로 우리가 부끄러움을 잊어갈 때 그 잊어버린 부끄러움이 또 우리를 부끄럽게 만드는 것이다. 그 부끄러움은 내가 누구인지조차 알지 못했다는 부끄러움이다.

"죽는 날까지 하늘을 우러러 한 점 부끄럼이 없기를, 잎새에 이는 바람에도 괴로워했던" 청년 '윤동주'에게 한없이 부끄러운 날이다.

나를 각성케 한 철인(哲人)의 금언 1

"상을 줄 수도 있고 안 줄 수도 있을 때, 상을 주는 것은 지나치게 인자한 것이다. 벌을 줄 수도 있고 안 줄 수도 있을 때, 벌을 주는 것은 지나치게 정의로운 것이다.[可以賞, 可以無賞, 賞之過乎仁. 可以罰, 可以無罰, 罰之過乎義.]"

"인자함은 지나쳐도 군자다운 행실을 잃지 않지만, 정의로움은 지나치면 잔인한 사람이 되고 만다. 그러므로 인자함은 지나쳐도 괜찮지만, 정의로움은 지나쳐서는 안 된다.[過乎仁, 不失爲君子, 過乎義, 則流而入於忍人. 故仁可過也, 義不可過也.]"

– 소식(蘇軾), 「형상충후지지론(刑賞忠厚之至論)」

소동파(蘇東坡)가 22세 때 응시한 과거시험 답안에서 한 말이다. 당시 문단의 영수로서 과거시험을 주관했던 구양수(歐陽修)는 이 답안지를 보고 "이 늙은이는 이제 이 사람에게 자리를 내어주지 않을 수 없게 되었다"라고 하며 그의 문장을 극찬해 마지않았다. 이에 더하여 "30년 후에는 세상 사람들이 다시는 나를 일컫지 않을 것이다"라고 하며 장차 문단의 영향력이 소동파에게 집중될 것을 예언하였다.

'사랑'은 정의를 포용하지만, '정의'는 사랑을 포용할 수 없다. 정의보다 위대한 것은, 사랑이다. 소동파의 위대한 안목에 경의를 표한다. 그러나 동파의 이 문장은 모범답안으로서는 충분히 공감하지만, 삶으로 증명해 내기란 결코, 쉽지 않은 일이다. 나는 사랑으로 허물을 덮어주기보다는 정의라는 이름으로 칼을 휘두르고 싶을 때가 훨씬 더 많은 사람이다. 동파의 모범답안이야말로 '정의'보다는 '사랑'을 훨씬 더 많이 배워야 할 내 일생의 화두이다.

그러나 간과하지 말아야 할 것은 반드시 처벌해야 할 때 처벌하지 않는 것은 이미 '정의'가 아니며, 마땅히 포상해야 할 때 포상하지 않는 것 또한 이미 '사랑'이 아니다. 아무리 위대한 사랑일지라도 정의를 외면한 사랑은 신뢰할 수 없는 법이다. 그것은 단지 사랑으로 포장된 인생의 이기적 욕망일 뿐이다. 그러므로 정의가 없는 사랑은 위선이요, 사랑이 없는 정의는 폭력이다.

나는 동파를 매우 사랑한다. 어디 나뿐이겠는가? 그의 작품과 사적은 당대에 이미 국경을 초월하여 고려에서도 동파의 문예사조가 몹시 유행하였다. 서거정(徐居正)의 「동인시화(東人詩話)」에는 "고려 문인은 오로지 동파를 숭상하여 과거급제자의 방이 나붙을 때마다 사람들이 말하기를 '33인의 동파'가 나왔구나.[高麗文士專尙東坡, 每及第榜出, 則人曰, 三十三人東坡出矣.]"라고 하였다.

그런 그가 갓 서른이 넘어서 지었던 시 한 수를 소개하고자 한다. 수주
(秀州)에 있는 초제원(招提院)의 화상 본영(本瑩)을 만나서 그가 새로 지은
누각 '정조당(靜照堂)'에 부치는 시이다. 그는 이때 이미 유학과 불교의 경계
를 초월하여 인간의 본질에 대한 철학적 고찰이 명료한 상태에 이르렀다.

秀州僧本瑩靜照堂 – 수주승본영정조당
수주 화상 본영이 새로 지은 '정조당'에 부치는 시

鳥囚不忘飛 – 조수불망비
馬繫常念馳 – 마계상념치
靜中不自勝 – 정중부자승
不若聽所之 – 불약청소지
새는 갇혀 있어도 날 것을 잊지 않고,
말은 매여 있어도 항상 달릴 것을 생각한다.
고요 속에서 자신을 이기지 못하기보다는
본성의 소리를 듣고 따르는 것이 낫다.

처음 이 시를 접하고 나는 심장이 멎어버릴 것 같은 큰 충격을 받았다.
동파와 엇비슷한 나이에 인생의 불운으로 크게 낙심하여 좌절을 겪고 있
던 나에게 동파의 시는 '왜 사는지', '어떻게 살아야 하는지'를 근원적으
로 성찰하는 계기가 되었으며, 본질적으로 '나는 누구인지'에 대한 존재적
각성을 촉발케 하였다. 결론적으로 말하자면 오늘의 나를 있게 만들어 준
내 인생의 위대한 잠언이라 할 수 있겠다.

특별히 이 시 가운데 "새는 갇혀 있어도 날 것을 잊지 않고, 말은 매여

있어도 항상 달릴 것을 생각한다"라는 이 두 구절은 내 인생의 결정적 터
닝포인트가 되었다. 간혹 귀인을 만나 내가 쓴 책을 선물할 때면 종종 이
구절을 초서로 써드리곤 하는데, 이는 나의 초발심을 잊지 않으려는 마음
과 상대에게도 그날의 감동을 전하고 싶은 간절함 때문이다.

鳥囚不忘飛 - 조수불망비
馬繫常念馳 - 마계상념치

나를 각성케 한 철인(哲人)의 금언 2

'각자무치(角者無齒)'라는 고사성어가 있다. 이는 "뿔을 가진 자는 이가 없다"라는 말로서, 그 속뜻은 한 사람이 여러 가지 복이나 재주를 한꺼번에 다 가질 수 없음을 이르는 말이다.

"대저 하늘이 만물을 내어 생명을 부여할 때 일정한 분수가 있었다. '날 카로운 이빨을 가진 동물에게는 뿔을 주지 않았고, 날개를 준 동물에게는 두 개의 발만 주었다' 이는 큰 것을 받은 것은 작은 것을 취하지 못하도록 한 것이다.[夫天亦有所分子. '予之齒者去其角, 傅其翼者兩其足.' 是所受大者, 不得取小也.]"

— 『한서(漢書)』, 「동중서전(董仲舒傳)」

이른바 동중서(董仲舒)의 '치각설(齒角設)'이란 것이다. 소나 염소처럼 이빨이 순한 동물에게는 뿔을 주어 자신을 지키게 하였고, 사자나 호랑이처럼 이빨이 사나운 동물에게는 뿔을 제거하여 그 사나움에 한계를 갖게 하였다. 모든 짐승이 네 발이로되 날개를 준 것에게는 두 개의 발만을 갖게 하였다. 곧 신의 창조의 원리이다.

나는 젊은 날 열등의식과 패배감에 사로잡혀 나 자신의 참된 가치를 발견하지 못하고 초라하고 보잘것없는 싸구려 인생으로 방치하고 말았다. 내게 없는 것에 대한 원망과 남에게 있는 장점과 재능에 가위눌려 세상을 원망하고 비관하였다. 이때 동중서를 만나 이 한마디에 참으로 크고 위대한 깨달음을 얻었다.

予之齒者去其角 - 여지치자거기각

傅其翼者兩其足 - 부기익자양기족

"이빨을 준 것에는 뿔을 주지 않았으며, 날개를 준 것에는 두 개의 발만
주었다."

한나라의 '동중서'라는 철학자는 이미 이천 년 전에 이 위대한 진리를 깨달은 철인이다. 소가 초식만을 하고 호랑이가 육식만을 하는 것도 한 생물이 모든 것을 다 가질 수 없음을 의미하는 것이다. 소는 뿔로서 만족해하며 호랑이는 이빨로서 만족해한다. 내가 가진 것, 내가 할 수 있는 것만을 가지고 그들은 부족한 줄 모르고 산다. 이것이 '각자무치'의 삶의 이치이며 지혜이다.

인간의 삶도 마찬가지이다. 단점 없이 장점만 있는 인생도 없고 장점 없이 단점만 있는 인생도 없다. 신은 한 인간에게 모든 능력을 다 부여해주지 않았다. 모든 인간에게 장점과 단점, 강점과 약점, 행복과 불행을 동시에 부여하였다. 그러므로 권력을 얻으려는 자는 재력을 포기해야 하고,

재력을 얻으려는 자는 권력을 포기해야 한다. 양립하는 두 가지를 동시에 다 얻을 수는 없는 것이 세상 이치이다. 이것 하나를 얻으면 반드시 저것 하나를 잃는 법이다.

得於此而失於彼 – 득어차이실어피

그렇다면 우리는 무엇을 해야 하고 무엇을 하지 말아야 할지 자신에게 가장 중요한 것 한 가지를 선택하여 자신이 할 수 있는 것에 최선을 다해야 할 것이다. 장자에도 '학장부단(鶴長鳧短)'이란 말이 있다. "오리의 다리가 비록 짧다고 하더라도 늘여주면 우환이 되고, 학의 다리가 비록 길다고 하더라도 자르면 슬픔이 된다"라고 하였다. 학의 다리는 길어야 하고 오리의 다리는 짧아야 하는 것이 저들의 속성이다.

鳧脛雖短 續之則憂 – 부경수단 속지즉우
鶴脛雖長 斷之則悲 – 학경수장 단지즉비
　　　　　　　　　　　　　　　　 –『장자(莊子)』, 「변무(騈拇)」

길다고 해서 여유가 있는 것이 아니며, 짧다고 해서 부족한 것도 아니다. 그러므로 본래 긴 것은 잘라서는 안 되며, 본래 짧은 것을 늘여서도 안 된다. 그 때문에 두려워하거나 근심할 까닭이 없는 것이요, 교만하거나 자랑해야 할 이유도 없는 법이다. 또한, 우리의 구상(具常) 시인은 이렇게 노래하였다.

몇 뼘도 안 되는 꽃밭에
코스모스가 서서 피고

채송화가 앉아 피는 것을 보고
만물(萬物)은 저마다 분수(分數)를 다할 때
더없이 아름답다는 것을
나는 혼자서 알아낸다.

삶에서 영원을 구현하고 영원에서 삶을 찾아내고자 했던 시인의 '정관자득(靜觀自得)' 하는 관조의 미학은 격절탄상(擊節嘆賞)할 만한 경이로움이다. 코스모스가 서서 피고 채송화가 앉아서 피어 제 분수를 다하듯, 민들레는 장미를 부러워해야 할 까닭이 없다. 호오(好惡)와 미추(美醜)의 개념은 인간이 만들어 낸 지극히 작위적인 감정일 뿐이다. 꽃이 예쁜 장미는 열매를 부실하게 하였고, 열매가 튼실한 모과는 꽃을 부실하게 한 것이 바로 신의 의지이다. "만물은 천명에 순응하여 제 분수를 다할 때 더없이 아름답다"라는 것을 깨닫게 해준 보감이 되는 잠언이다.

순자(荀子)는 말하기를 "하늘은 복록이 없는 사람을 내지 아니하고, 땅은 쓸모없는 초목을 기르지 아니한다"라고 하였다.

天不生無祿之人 - 천불생무록지인
地不長無名之草 - 지부장무명지초

"아무렇게나 피어있는 꽃이 없듯 마지못해 살아있는 꽃은 없다" 아무렇게나 태어난 인생이 없듯 마지못해 살아가는 인생도 없어야 한다. 우리는 모두 이 땅 지구에 딱 한 번 초대된 신성 불멸의 존재이다. 하늘의 반짝이는 별과 같이 빛나는 인생으로 살아가야 할 이유가 저마다 있는 법이다.
그러므로 신은 공평하다.

삼불행(三不幸)

송나라의 거유(巨儒) 정이천은 인생을 불행하게 하는 세 가지 사례를 이렇게 정의하였다.

"젊은 나이에 높은 성적으로 과거에 급제하는 것이 첫 번째 불행이고, 부형의 지위에 힘입어 좋은 관직을 얻는 것이 두 번째 불행이며, 재주가 뛰어나 글을 잘 쓰는 것이 세 번째 불행이다.[少年等高科一不幸, 席父兄之勢爲美官二不幸, 有高才能文章三不幸.]"

위에서 말한 세 가지는 대개 사람들이 부러워하고 좋아하는 것이다. 그런데 어째서 세상이 선망하고 동경하는 조건이 사람을 불행하게 만드는 단초가 될 수 있단 말인가? 위의 사례를 현재에 적용하자면 아마 이렇게 표현할 수도 있지 않을까 싶다.

첫 번째 불행은 '엄친아'이다.

너무 이른 나이에 고시에 합격하거나 벼락출세를 하여 세상에 이름을 알리게 된 사람들이다. 이들은 자신이 남들과 다르다는 선민의식에 도취되어 우월의식과 특권의식에 빠질 위험성이 매우 높다. 자기에게 부여된 권력과 지위를 당연시하는 순간 자신에 대한 성찰은 무디어지고 남의 허물은 크게 보이기 마련이다. 인생이 가장 빠지기 쉬운 함정이 교만이다. 성경은 교만을 패망의 선봉이요 넘어짐의 앞잡이라고 규정하였다. 교만은 실패나 무능의 순간이 아니라 반드시 승리와 영광의 순간에 찾아온다는 것을 기억해야 한다.

두 번째 불행은 '부모 찬스'다.

부모의 재산이나 지위 덕에 출세한 사람은 능력이 자리에 미치지 못하는 한계를 안고 있다. 지위가 높다 한들 역량이 부족하여 멸시와 빈축의 대상이 되기 쉬울 뿐만 아니라 자신의 힘으로 무언가를 성취하려는 동력이 부족하여 습관적으로 타의에 의존하려는 성향이 강하다. 이런 유의 인생은 야생에 착근하려는 자생력이 부족하여 보호막이 사라지면 거품처럼 꺼지고 말 위인들이다.

세 번째 불행은 '타고난 재능'이다.

재주가 뛰어난 사람은 특별한 노력 없이도 숙련도가 높고 생산력이 월등하여 남보다 쉽게 탁월한 성과를 낸다. 이 때문에 오랫동안 공들이는 일을 대수롭지 않게 생각하고 자만에 빠지기 쉬운 약점이 있다. 대체로 이런 유의 인생은 타인을 무시하거나 인정치 않으려는 독단의 도그마에 빠지기 쉬운 사람들이다.

조선 후기 학자 황덕길(黃德吉)은 자신의 문집 『하려집(下廬集)』, 「삼불행설(三不幸說)」에서 정이천의 주장을 인용하며, 이와 같이 말하였다.

  "내 몫이 아닌 기쁨, 실제보다 지나친 영예를 사람들은 모두 행운이라
  고 한다. 그러나 오직 군자만이 이것을 불행이라 한다.[非分之喜, 過實之榮,
  人皆曰喜, 君子惟曰不幸.]"

  덕의 기초가 없는 '명성(名聲)'과 '지위(地位)'와 '재능(才能)'은 모두 자
신의 몸을 망칠 뿐만 아니라 자신이 속한 공동체에도 크나큰 위험 요소로
작용할 가능성이 매우 크다. 그래서 선인들은 재주가 승하고 덕이 박한
사람을 일컬어 불행한 인생이라고 하는 것이다. 반드시 '재능'보다 '덕'이
앞서야만 한다는 것을 우회적으로 강조한 교훈이다.

  행복은 노력의 산물이지만 까닭 없는 행운은 악마의 유혹일 뿐이다.
누구나 일확천금을 꿈꾸고 로또를 살 수 있지만, 로또가 당첨된다고 해
서 행복을 살 수 있는 것은 결코, 아니다. 삶의 선택이 자의든 타의든 '幸
[(행)-행복]'과 '辛[(신)-고생]'은 언제나 한 획 차이에서 결정이 난다.

불만(不滿)

'불만'이란 마음에 차지 않아 언짢음을 나타내는 말로서 '만족'하지 못하다는 의미이다. '만족(滿足)'하다 할 때의 만(滿)은 '가득 차다'거나 '풍족하다'라는 뜻을 가진 글자이다. '만(滿)' 자는 '水'(물 수)와 '㒼'(평평할 만)이 결합한 글자로서 '㒼' 자는 물이 가득 찬 두 개의 항아리를 끈으로 묶어 놓은 모습을 그린 것이다.

혹자들은 '만족'의 의미를 "물이 발목까지 차올랐을 때, 멈추는 것이 곧 행복"이라는 뜻으로 욕심을 최소화한다는 철학적 의미를 담아 해석하는 경우가 종종 있다. 그러나 이는 매우 자의적인 해석일 뿐, 만족이라는 단어는 철학적 용어이기보다는 의학적 용어에 가깝다. 우리 몸에 혈액을 공급하는 '심장'에서 가장 멀리 떨어진 신체 기관은 발이다. 심장에서 만들어진 혈액이 발끝까지 가득 채워졌을 때의 모습, 곧 혈액의 순환 욕구가 발끝까지 충분히 전해진 상태를 일러 '만족'이라 하는 것이다.

신사임당의 본명은 '신인선(申仁善)'으로 알려져 있다. 그러나 그 이름의 출처에 관한 문헌은 어디에도 없다. 다만 과거 위인전을 펴낸 출판사에서 임의로 작명하였을 것으로 추정할 뿐이다. '사임당'은 당호이다. 즉 주나라 문왕의 어머니 태임(太任)을 스승으로 삼겠다는 의미에서 '사임(師任)'을 자신의 당호로 삼은 것이다. 우리나라에 현존하는 가장 고액화폐인 오만 원권에는 신사임당의 초상화가 실려 있다. 그녀는 우리에게 '현모양처'의 표상으로 널리 알려져 있다. 그러나 그녀가 아들 이율곡을 키워낸 '현모'라는 점은 수긍할 수 있지만, 그의 남편 이원수에게 '양처'였다는 점은 쉽게 동의하기 어렵다.

오만 원권 화폐에 굳이 왜 신사임당을 선정해야만 했을까 하는 의문은 여전히 내게 '불만'으로 존재한다. 유명세로 치자면 '허난설헌'도 있고, 여성 몫으로 치자면 '유관순' 열사도 있는데 말이다. '조충도'를 비롯한 그의 예술사적 업적을 폄하하려는 의도는 전혀 없다. 다만 국수주의적 안목을 배제하고 세계사적 안목으로 넓게 보자면 동시대에 르네상스의 문예 부흥을 이루었던 레오나르도 다빈치의 '최후의 만찬'이나 '모나리자', '해부도' 또는 미켈란젤로의 '천지창조', '최후의 심판', '피에타', '다비드상' 등의 작품에 비견해 본다면 감히 천재 화가 운운하는 소리를 함부로 낼 수는 없겠다 싶은 것이 나의 주관적 평론이다.

덧붙여 논하자면 우리나라 화폐의 모델에는 두 명의 성리학자가 있다. 두 분 모두 대단히 뛰어난 대학자임에는 틀림이 없다. 그러나 그들의 학문적 업적을 놓고 중국의 경우처럼 '주자학'이니 '양명학'이니 하는 독립적 학명으로서, '율곡학'이니 '퇴계학'이니 하는 학술적 칭호를 사용하기에는 매우 부적절한 일이다. 그들은 모두 주자의 아류로서, 성리학적 한계를 넘어선 독자적 사상이나 새로운 학문적 세계가 없기 때문이다.

그럼에도 불구하고 굳이 조선의 성리학자를 두 명씩이나 나라를 대표하는 화폐의 모델로 삼은 까닭에 대해서는 매우 의문스럽기 짝이 없다. 가문의 사례로 보아도 율곡과 이순신은 덕수 이씨요, 퇴계는 진성 이씨이며, 세종은 전주 이씨이다. 다른 성씨로는 유일한 여성인 신사임당이 평산 신씨이다. 대한민국을 대표할 만한 인물이 그렇게도 없었단 말인가?

지난 세모에 나는 아내와 함께 '영웅'이라는 영화를 봤다. 안중근 의사의 일대기를 다룬 영화이다. 영화라는 예술 장르에 문외한이니 감히 영화에 대한 감상평은 생략하기로 한다. 우리가 주지하는 바와 같이 '안중근'은 조선의 독립을 위해 31세의 젊은 나이에 형장의 이슬로 생을 마감한 분이다. 그러나 나의 가슴에, 민족의 정신에, 역사의 현장에 「대한제국 의병대장 '안중근'」은 영원한 구국의 영웅으로 살아있다.

나는 민족의 영웅 '안중근'에게 내 삶의 존재에 대한 근원을 가능하게 한 무한한 빚이 있다. '율곡'도 '퇴계'도 '사임당'도 존경할 만한 문인임에는 틀림이 없지만, 내가 그들에게 목숨을 담보할 만한 빚이 있다고는 생각지 않는다. 국가를 대표할 만한 민족사적 영웅이라 하기에도 여전히 부적절하다는 생각이다.

화폐는 교환의 매개물임과 동시에 자본주의 사회에서 가장 필수적인 경제 활동의 징표이다. 우리나라 최고액권 화폐의 모델로서 가장 적합한 인물은 여성 화가로서의 신사임당보다는 마땅히 민족사의 영웅인 '안중근' 의사가 선정되어야 한다고 생각한다.

안중근 의사의 가문은 대한민국 독립운동사에서 가장 많은 서훈자가 나왔다. 건국훈장 15개를 포함하여 사십여 명의 서훈자가 있다. 대한민국 국민 모두는 안중근 의사의 가족에게 갚기 어려운 빚이 있음을 결코 잊어서는 안 된다. 실제로 안중근을 조사했던 일본 검사의 말이다.

"일본인으로서 이런 말을 하게 된 것은 가슴 아픈 일이지만, 안중근은 내가 만난 사람 중에서 가장 위대한 사람이었다."

중국의 속담이 된 말 가운데는 이런 것도 있다. "혁명가가 되려거든 손문처럼 되고, 대장부가 되려거든 안중근처럼 되라."

루쉰(魯迅)의 스승이었던 중국의 석학 장타이옌(章太炎)은 안중근을 이렇게 평하였다. "안중근은 조선의 안중근, 아시아의 안중근이 아니라, 세계의 안중근이다."

1910년 4월 16일 영국의 「그래픽(The Graphic)」에 소개된 기사이다. "그는 이미 순교자가 될 준비가 되어있었다. 준비 정도가 아니고 기꺼이 아니 열렬히 귀중한 자신의 삶을 포기하고 싶어 했다. 그는 마침내 영웅의 왕관을 손에 들고는 늠름하게 법정을 떠났다."

안중근을 영웅으로 추모하는 것은 민족의 원수인 이토히로부미를 처단했기 때문이 아니다. 자기의 목숨보다 민족의 자존을 더욱더 중하게 여겼기 때문이며, 그 생각을 실천으로 옮겼기 때문이다. 이 위대한 영웅뿐만 아니라 독립운동을 한 역사적 위인 어떤 사람도 화폐의 인물로 선정되지 않았다는 것에 대해 나는 매우 분개한다.

돈의 가치를 소중히 여기는 것보다 훨씬 더 소중한 정신사적 가치가 있다면 우리의 역사를 이 땅에 존재하게 한 위대한 영웅의 '사생취의(捨生

取義)' 정신일 것이다. 영웅의 초상을 자본주의의 상징이자 시장경제의 가장 중요한 매개 수단인 화폐의 모델로 삼아 존경의 의미를 담는 것은, 살아서 빚진 자들이 해야 할 지극히 마땅한 일이라고 생각한다. 나는 이것이 이루어지지 않은 것이 여전히 '불만'이다.

학·치·술·덕(學·恥·述·德)

재산이 없는 것이 가난한 것이 아니라 '학문(學問)'이 없는 삶이 진정 가난한 것이다. 지위가 없는 것이 비천한 것이 아니라 '염치(廉恥)'가 없는 삶이 진정 비천한 것이다. 오래 살지 못하는 것이 단명한 것이 아니라 '저술(著述)'이 없는 삶이 진정 단명한 것이다. 자식이 없는 것이 외로운 것이 아니라 '덕성(德性)'이 없는 삶이 진정 외로운 것이다.

無財非貧, 無學乃爲貧. 無位非賤, 無恥乃爲賤.

無年非夭, 無述乃爲夭. 無子非孤, 無德乃爲孤.

　　　　　　　　　　－ 왕영빈(王永彬)의 「위로야화(圍爐夜話)」 중에서

　가치 있는 인생을 지향한다면 '학문'과 '염치'와 '저술'과 '덕성'이 매우 중요하다고 한다. 나는 여기에 한 가지를 덧붙이고 싶다. '무우비독 무여내위독(無友非獨, 無旅乃爲獨)' 친구가 없는 것이 고독한 것이 아니라 '여행(旅行)'이 없는 삶이 진정 고독한 것이다.

중국에서는 사마천을 일컬어 "만 권의 책을 읽고, 만 리의 길을 여행한 [讀萬卷書 行萬里路]"사람이라 하는데, 요즘엔 여기에 더하여 "만 명의 벗과 교제하라.[交萬人友]"는 격언이 추가되었다.

책에서 배우는 공부가 가두리 양식장에서 얻어지는 생선이라면, 여행을 통해 배우는 공부는 자연산 활어와 같은 것이다. 현장에서 느끼는 신선한 생동감이 있다. 책을 통해서 얻어지는 것이 '지식'이라면, 낯선 여행지에서 세상을 통해 배우는 교훈은 '지혜'이다.

자신의 부족함을 알기 위해서는 부지런히 책을 읽어야 한다. 공부란 자신이 얼마나 무지한 인생인지를 알아가는 과정이다. 책을 통해서 자신의 무지를 깨닫게 된다면 여행을 통해서는 세상에 대한 견문이 넓혀져서 비로소 자신의 안목의 빈곤과 사유의 편협함을 깨닫게 된다. 빚을 내서 집을 사고, 차를 살 것이 아니라 빚을 내서라도 책을 사고 여행을 해야 할 이유이다. 한 번뿐인 인생인데, 동시대를 사는 많은 이웃을 만나서 그들의 삶을 경청하고 다양한 인생을 배우고 싶다.

군대를 제대한 후 처음으로 산에 올랐다. 산악행군에 진절머리가 나 평생 산에는 안 가게 될 줄 알았는데 좋은 친구들의 도움으로 등산에 첫발을 내딛게 되었다. 사대문 안에서 초중고를 마친 내가 난생처음 북한산 등반이라니, 풍경으로만 보였던 북한산이 친근한 벗처럼 가깝게 느껴졌다.

문수봉에 올라 문수보살의 지혜와 산의 정기를 받았으려니 싶었는데, 녹초가 된 몸으로 막걸리에 대취해 마님께 베개로 두 방이나 얻어맞고 문간방에서 오뉴월 개구리처럼 뻗고 말았다. 지혜는커녕 뒷골이 먹먹하고 온갖 삭신이 다 쑤시고 아프다.

'국립공원 스탬프 투어 여권'이라는 신기한 수첩을 받았다. 22개 국립공원을 모두 정복할 수 있다면 나의 삶도 복 받은 인생이라고 자부할 수 있을 것 같다. 벗이 있고 여행할 수 있는 건강이 있는 것만으로도 이미 충분히 행복한 인생이다. 비록 난폭한 마님께 얻어맞고 살기는 하지만, 말이다.

아우구스티누스의 명언을 여기에 옮겨 놓는다.
"세계는 한 권의 책이다. 여행하지 않는 자는 그 책의 단 한 페이지만을 읽을 뿐이다."

화소조제(花笑鳥啼)

그대는 꽃의 웃음소리를 듣고 새의 눈물을 본 적이 있는가? 송나라 휘종 황제는 그림을 매우 좋아하였을 뿐만 아니라 그 자신 또한 솜씨가 뛰어난 훌륭한 화가였다. 어느 날 그는 전국의 화공들을 모아 놓고 미술대회를 열었다. 그림의 제목은 "꽃을 밟고 돌아가니 말발굽에서 향기가 난다"였다.

　　踏花歸路馬體香 - 답화귀로마체향

　의미인즉 "말을 타고 꽃밭을 지나가니 말발굽에서 꽃향기가 난다"라는 뜻으로서 황제는 화공들에게 말발굽에 묻은 향기를 그림으로 그려보라고 주문한 것이다. 향기는 코로 맡아서 체감하는 것이지, 눈으로 식별할 수 있는 대상이 아닌 법이다. 시간이 흐르도록 모두가 그림에 손을 대지 못하여 쩔쩔매고 있을 때, 한 젊은 화공이 호기롭게 그림을 제출하였다. 화공들의 눈이 일제히 그의 그림에 쏠렸다. 그림의 내용은 사뿐히 달려가는 한 마리의 말 뒤로 꽁무니를 따라 나비 떼가 뒤쫓아 가는 형상을 그린 모습이었다. 말발굽에 묻은 꽃향기를 나비 떼가 대신 말해 준 것이었다.

그 후로 휘종은 또 "어지러운 산이 옛 절을 감추었다[亂山藏古寺]"라는 화제를 내놓았다. 이번에도 황제를 만족시킨 그림이 한 점 있었는데, 그 그림의 화면엔 어디에도 절은 없고 오직 깊은 산속 작은 오솔길에 스님 한 사람이 물동이를 이고서 올라가는 모습뿐이었다.

황제는 매우 흡족한 표정으로 말했다. "스님이 물을 길러 나온 것을 보니, 근처에 절이 있는 것을 알 수 있겠구나! 산이 너무 깊어서 절이 보이지 않는 것이니 비록 절을 그리지는 않았지만 물을 길러 나온 스님만 보고도 가까운 곳에 절이 있다는 걸 알 수 있지 않겠느냐?"

이와 같은 기법을 한시에서는 '홍운탁월(烘雲托月)' 또는 '입상진의(立象盡意)'라는 말로 표현한다. 달을 직접 그리지 않고 주변의 구름을 그림으로써 달의 모습을 드러낸다는 이른바 '구름이 그린 달빛'이라는 의미의 기법이다.

뛰어난 예술가는 사물을 직접적으로 말하지 않는다. '화공'과 '예술가'를 구별하는 기준이 별도로 존재하겠는가마는 굳이 변별하고자 한다면 철학적 사유의 세계에 그 기준이 있지 않을까 싶다. 사물이 어떻게 보이는가에 대한 '현상 세계'의 아름다움을 추구하는 사람이 화공이라면 예술가는 사물의 본질적 실체를 관조하여 '사유 세계'를 형상화하는 사람이라고 정의하고 싶다.

화공이 외물의 형상에 대한 미학적 감식안을 가진 사람이라면 예술가는 내면에 숨겨져 있는 본질을 유추해 내는 철학적 심미안을 가진 사람이라야 그 칭호에 걸맞을 것이다. 정말로 소중한 것은 눈에 보이지 않으며, 눈에 보이는 것의 가치는 저마다 판단과 분별이 가능하다. 그러나 세상의 이치는 결코 눈에 보이는 것만이 전부가 아니다. 귀로 듣고 눈으로 보는 것 외에 형상의 이면에 숨겨져 있는 본질을 볼 줄 아는 안목을 가졌을 때, 비로소 세상의 이치를 이해할 수 있다고 할 것이다.

> "꽃은 웃어도 소리가 들리지 않고, 새는 울어도 눈물을 보기 어렵네."
> 花笑聲未聽 – 화소성미청
> 鳥啼淚難看 – 조제루난간

고려 시대의 천재 시인이었던 이규보가 6세에 썼다는 한시(漢詩)이다.

흔히 시인들은 "시를 쓴다"라고 하지 않고, "시가 내게로 왔다"라고 한다. 시가 꽃향기를 타고 시인의 가슴에 날아드는 것처럼 오늘 내게도 시심(詩心)이 날아든다. 바야흐로 '화란춘성 만화방창! 아니 놀지는 못하리라'라는 춘삼월 호시절이다.

소싯적 시인이 되고 싶은 열망이 간절했으나 시를 다 읽기도 전에 술을 먼저 배워버린 까닭에 시가 고프면 으레 술이 먼저 당긴다. 박목월 시인은 "목련꽃 그늘 아래서 베르테르의 편지를 읽노라"라고 생명의 계절 4월을 노래하였지만, 나는 양지바른 동산에 온몸을 내맡기고 꽃 꺾어 산(算) 놓으며, 시(詩)와 함께 무진무진 취하고 싶다.

아!
나의 청춘이여, 나의 봄날이여!

갑진년(甲辰年)
- 푸른 용의 해

2023년 계묘년(癸卯年) '검은 토끼'의 해가 지나고 갑진년(甲辰年), 푸른 용의 해가 밝았다. 해마다 새해가 될 때마다 '청룡의 해'니, '백호의 해'니, '흑마의 해'니 하면서 무슨 무슨 색깔로 표현되는 무슨 무슨 동물의 해라고 하는 것은 도대체 무엇을 근거로 하는 말인 것일까? 이는 이른바 '육십갑자(甲子)'란 것에서 파생되어 나온 말이다. 육십갑자란 열 개의 '천간(天干)'과 열두 개의 '지지(地支)'를 조합하여 만든 것으로 '육십간지(干支)'라고 하는데, 이것을 '육십갑자' 또는 줄여서 '육갑'이라고도 한다.

'천간(天干)'은 십신장(十神將)으로 갑(甲), 을(乙), 병(丙), 정(丁), 무(戊), 기(己), 경(庚), 신(辛), 임(壬), 계(癸)이다.

'지지(地支)'는 십이지신(十二地神)으로 자(子-쥐), 축(丑-소), 인(寅-범), 묘(卯-토끼), 진(辰-용), 사(巳-뱀), 오(午-말), 미(未-양), 신(申-원숭이), 유(酉-닭),

술(戌-개), 해(亥-돼지)이다.

'천간(天干)'과 '지지(地支)'를 조합하여 순서대로 '갑자', '을축', '병인', '정묘', '무진', '기사' 등으로 시작하여 '계해'까지 총 육십 개가 만들어진다. 이것이 이른바 '육십간지'라는 것이다. 육십간지 중 뒤의 '지지(地支)'를 통해 열두 지신을 대표하는 동물이 그 해를 상징하는 동물로 정해지는데, 그렇다면 동물의 색은 어떻게 해서 정해지는 것일까? 동물의 색을 결정하는 것은 앞의 '천간(天干)' 열 개에 의해 결정된다.

'천간(天干)'은 만물을 이루는 다섯 개의 원소 즉 '목(木)', '화(火)', '토(土)', '금(金)', '수(水)'로 구성된다.

동양 철학에서 주장하는 음양오행의 사상에 의하면,
 - '목(木)'은 청색이고 동쪽이며, 인(仁)을 의미한다.
 - '화(火)'는 적색이고 남쪽이며, 예(禮)를 의미한다.
 - '토(土)'는 황색이고 중앙이며, 신(信)을 의미한다.
 - '금(金)'은 백색이고 서쪽이며, 의(義)를 의미한다.
 - '수(水)'는 흑색이고 북쪽이며, 지(智)를 의미한다.

이를 바탕으로 열 개의 천간 중에 '갑·을'은 목(木)이고 '병·정'은 화(火)이며, '무·기'는 토(土)이고 '경·신'은 금(金)이며 '임·계'는 수(水)를 나타낸다. 그러므로 '갑·을'은 청색, '병·정'은 적색, '무·기'는 황색 '경·신'은 백색, '임·계'는 흑색의 속성을 가진다.

이를 근거로 2022년 임인년(壬寅年)을 풀어보면, '임(壬)'이 뜻하는 검은색과 '인(寅)'이 뜻하는 호랑이가 만나 '검은 호랑이의 해'가 되는 것이다. 2023년 계묘년(癸卯年)은 '계(癸)'가 뜻하는 검은색과 '묘(卯)'가 뜻하는 토끼가 만나 '검은 토끼의 해'가 된 것이다.

그렇다면 2024년은 어떻게 될까? 2023년 '계묘(癸卯)'년 다음의 해이니, 그 조합은 계(癸) 다음의 '갑(甲)'과 묘(卯) 다음의 '진(辰)'이 붙어서 '갑진년(甲辰年)'이 된다. 갑진년(甲辰年)의 '갑(甲)'은 청색을 뜻하고 '진(辰)'은 용을 뜻하니, '푸른 용의 해' 이른바 '청룡의 해'인 것이다.

연습 삼아 몇 개를 더 풀어보자. '백마의 해'와 '노란 닭의 해'는 육십갑자 중 무슨 해에 해당할까? '백마의 해'라면 우선 흰색과 관련이 있는 천간은 '경(庚)'과 '신(辛)'이며, 말에 해당하는 지지는 '오(午)'이다. 그러므로 '경오(庚午)'와 '신오(辛午)'가 해당이 되는데, 신오년은 존재하지 않으므로 '경오년(庚午年)'이 된다.

'노란 닭의 해'라면 노란색과 관련이 있는 천간은 '무(戊)'와 '기(己)'이며, 닭에 해당하는 지지는 '유(酉)'이다. 그러므로 '무유(戊酉)'와 '기유(己酉)'가 해당이 되는데, 무유년은 존재하지 않으므로 '기유년(己酉年)'이 되는 것이다.

갑진년(甲辰年), 올 한 해도 강호의 동학 제현의 행운을 기원한다.

까치설날의 비밀

음력 정월 초하루, '설날'이 되면 어김없이 듣고 부르는 노래가 있다. "까치 까치 설날은 어제께고요, 우리 우리 설날은 오늘이래요. 곱고 고운 댕기도 내가 드리고, 새로 사 온 신발도 내가 신어요" 바로 윤극영 선생이 작사 작곡한 동요 '설날'이다.

어려서 이 노래를 듣고 부를 때마다 궁금했던 것은 "설날의 어제라면 '섣달그믐날'인데, 어째서 어제는 까치의 설날이 되고, 정월 초하루인 오늘은 우리의 설날이 되는 것일까"하는 의문이었다. 훗날 알게 된 것이지만 이에 대한 설이 여러 가지가 있었다.

첫째는 민속연구의 권위자였던 국어학자 고(故) 서정범 교수의 주장이다. 그의 주장에 따르면 원래 그믐날은 '아찬 설' 또는 '아치 설'이라 불렀다고 한다. '아찬'이나 '아치'는 순우리말로 '작은' 것을 뜻하는 말인데, 설전날을 '작은 설'이라고 해서 '아치 설'이라고 했다는 것이다. 세월이 흐르면서 그 '아치'가 음이 비슷한 '까치'로 변형되었다는 주장이다.

둘째는 삼국유사의 설화를 바탕으로 한 민속학자들의 주장이다. 삼국유사의 설화에 따르면 신라 소지왕 때 왕후가 한 스님과 모의하여 왕을 시해하려 하였는데 까마귀와 쥐, 돼지, 용 등의 도움으로 이를 모면하였다 한다. 소지왕이 쥐, 돼지, 용 등은 모두 십이지에 속하는 동물이라 그날을 기념하지만, 까마귀만은 기념할 날이 없어 설 바로 전날을 '까마귀의 날'이라 정해주었는데 그 '까마귀'가 훗날 '까치'로 와전되어 전해져 왔다는 주장이다.

또한, 일각에서는 윤극영 선생이 이 동요를 작곡한 때가 '1924년'인 식민지 시절이므로 양력설을 쇠는 일제에 저항하기 위해 양력설은 '어저께'인 까치의 설날이고 음력설은 '오늘'인 우리의 설날로 상징하였다는 주장도 있다. 그러나 위의 주장들은 진위를 판단하기에는 설득력이 다소 부족한 듯하다. '아치'가 '까치'로 와전되었다거나 소지왕이 섣달그믐을 '까마귀'의 날로 정했다는 주장은 매우 작위적인 냄새가 나서 쉽게 납득하기 어렵다. 윤극영 선생이 일제의 설날을 '까치의 설'로 비유했다는 것 또한 받아들이기 어려운 대목이다. 까치는 우리 민족에겐 희소식의 상징이기 때문이다.

한문학자의 편협한 사견임을 전제로, 이것은 중국인들이 즐겨 하는 문자 유희의 일종인 '해음현상(諧音現像)'에서 기인한 것이 아닐까 싶다. 이를테면 중국인이 가장 좋아하는 숫자는 '8'인데, 그 까닭은 '팔(8)'이 '발(發)'과 발음이 유사한 데서 연유한다. '8'은 중국어로 'ba'로 발음하는데, '돈을 벌다', '부자가 되다'라는 뜻의 '발재(發財-facai)'의 'fa'와 발음이 유사하기 때문이다.

　이런 것을 '해음현상(諧音現像)'이라고 하는데, 글자의 자음이나 독음이 비슷한 경우 같은 의미로 받아들이는 현상을 말한다. 특히 중국인들은 선물할 때 '시계'나 '배', '우산' 등을 절대로 금기시한다. 그 이유는 시계를 뜻하는 '종(鍾)'은 관계가 '끝났다'라는 '종(終)'과 같은 의미가 되고, 과일을 뜻하는 배의 '리(梨)'는 '이별하다'의 '리(離)'와 같은 의미가 되며, 우산의 '산(傘)'은 '흩어지다'라는 의미의 '산(散)'과 같은 뜻이 되어 이를 동일한 행위로 받아들이는 문화 현상이 있기 때문이다.

　이러한 문자적 해음현상이 우리나라에도 영향을 미친 듯하다. 까치의 한자어는 '작(鵲)'인데 이것이 어제라는 말의 '작(昨)'과 음이 같아서 '어저께'와 '까치'를 동의어로 인식하였다고 볼 수 있다. 또한 '섣달그믐'은 전통적인 음력 12월의 명절로서 '대회(大晦)'라고 하였다. 이날을 '작은 설'이라고 하여 묵은세배를 드리는 풍습이 예로부터 전해져 왔다.

　섣달그믐을 이르는 말로는 '세모(歲暮)', '세만(歲晚)', '세종(歲終)', '세말(歲末)', '궁랍(窮臘)', '세저(歲底)', '세밑' 등으로 부르는데, 한 해를 뜻하는 '세(歲)'와 사물의 아래쪽을 의미하는 '밑'을 붙여 한 해의 가장 끝 무렵을 의미한 것이다. 특별히 섣달그믐의 밤을 '제야(除夜)' 또는 '제석(除夕)'이라고도 한다.

　이를 토대로 유추한다면 섣달그믐날인 '작은 설'은 정월 초하루의 어제이므로, 어제 '작(昨)' 자와 발음이 같은 까치 '작(鵲)' 자로 치환하여 "어저께의 작은 설날은 까치의 설날"이라 하고 "오늘의 설날은 우리의 설날"이라고 문자 유희를 한 것이 아닌가 싶다.

　비록 별 볼 일 없는 고전학자의 뜬금없는 발상에 불과하지만, 다른 여러 설보다 나름대로 설득력 있는 분석이라고 생각되어 여기에 소개한다.

2부

풍성종룡 운영종호(風聲從龍 雲影從虎)

바람은 용을 따르고 구름은 범을 따른다

風聲從龍 雲影從虎
풍성종룡 운영종호
-『주역(周易)』

바람은 소리와 함께 용을 따르고, 구름은 그림자와 더불어 범을 따른다. 바람에게 소리
는 흔적이다. 형체를 볼 수 없고 만질 수 없는 비물질의 세계를 우리가 인식하는 방법은
소리이다.

동가식서가숙(東家食西家宿)

오늘날 '동가식서가숙'이라 하면 일정한 직업이나 거처 없이 남의 신세에 기대어 사는 궁색한 형편이나 그런 처지에 있는 사람을 비유하는 말로 이해하고 있다. 그러나 중국의 대표적 백과사전인『태평어람(太平御覽)』이나『예문유취(藝文類聚)』등에 의하면 이 고사의 유래는 지금의 뜻과는 내용이 사뭇 다르다.

산동성의 옛 지명인 제(齊)나라에 한 처녀가 살고 있었는데, 어느 날 두 집안에서 청혼이 들어왔다. 동쪽 집 아들은 인물은 볼 것이 없었으나 집안이 매우 부유했고, 서쪽 집 아들은 인물은 미남이었으나 집안이 매우 가난했다. 인물을 택할 것인가? 아니면 부를 선택할 것인가? 부모는 딸의 뜻을 묻기 위해 "만일 동쪽 집으로 시집을 가고 싶으면 왼쪽 소매를 걷고 서쪽 집으로 시집을 가고 싶으면 오른쪽 소매를 걷어라"라고 하였다.

그러자 딸은 한꺼번에 두 소매[양단-兩袒]를 모두 걷었다. 부모가 놀라 그 연유를 묻자 "낮에는 동쪽 집에서 먹고 밤에는 서쪽 집에서 자고 싶어요"라고 하였단다.

효종의 사위였던 정재륜이 쓴 『한거만록(閑居漫錄)』에는 이런 재미있는 일화가 전해진다. 고려가 망하고 조선을 건국한 태조(太祖) 이성계가 조정에서 재신(宰臣)들을 불러 주연을 베풀었다. 한때는 고려왕조에 충성을 맹세했던 자들이었지만, 새로운 정권에 동조하며 지위를 약속받은 사람들이었다. 그 연회에 설중매(雪中梅)라는 기생이 있었다. 그녀는 송도의 이름난 기생으로 미모와 재기(才技)가 뛰어나 뭇 사내들에게 인기가 많았다. 연회가 한창 무르익을 무렵 어떤 늙은 정승이 술에 취해 설중매에게 치근대며 이렇게 말하였다.

"너는 아침에는 동가식(東家食)하고 저녁에는 서가숙(西家宿)하는 기생이니 오늘 밤에는 이 늙은이의 수청을 드는 것이 어떠냐?" 그러자 설중매가 대답하였다. "소첩은 동가식서가숙하는 천한 기생이온데, 어제는 왕씨를 모시다가 오늘은 이 씨를 모시는 정승 어른 같은 분을 모시는 것이야 당연하지 않겠습니까?" 이 말을 들은 늙은 정승은 얼굴이 벌게져서 고개를 들지 못하였고 좌중에 있던 사람들은 모두 탄식하였으며, 어떤 대신은 눈물을 흘리기까지 하였다 한다.

『소학(小學)』에 이런 말이 있다.
"혼인에 재물을 논하는 것은 야만족의 풍속이다. 군자는 그런 고장에 들어가지 않는다. 옛날에 남녀의 집안은 각각 '덕'을 택했지 '재물'로 예를 삼지 않았다.[婚娶而論財, 夷虜之道也. 君子不入其鄕. 古者男女之族, 各擇德焉, 不以財爲禮.]"

결혼의 조건이 사랑이 전제되지 않고, 오직 자신의 욕망과 탐욕을 충족시키는 수단이 되고 만다면 이는 피차간에 매우 불행한 일이다. 정치인이 정당을 선택하거나 정치를 하는 행위도 이와 다르지 않다. 정치의 도리가 민주주의에 대한 신념과 국민에 대한 헌신으로서의 '봉사'가 되어야지 자신의 생계와 권력욕을 충족하기 위한 명예와 치부로서의 '수단'이 되어서는 매우 곤란한 일이다. 이는 본인과 주권자를 모두 불행하게 만드는 일이다.

속칭 '수박'이라 불리며 정체성에 의심을 받는 일군의 '생계형 직업정치인'들의 철새도래지가 되어 버린 민주당에 요즈음 '조식동가(朝食東家) 모숙서가(暮宿西家)'하는 '양단(兩袒)'들로 넘쳐나고 있다. 당의 대권 주자였던 동지에 대한 탄압을 보호하지는 못할지언정 '사법 리스크' 운운하며 기정사실인 양 낙인찍기를 시도하고, 당이야 어떻게 되든 오직 자신들만의 권력 유지를 위해 내부총질로 해당 행위를 일삼고 있다. 표면적으로는 협치를 빙자하면서 뒤로는 적과 야합하고 내통하며 구태를 답습하는 행태를 보자니 저들의 개혁 의지에 회의가 들고 정치를 직업 삼고자 하는 욕망이 혐오스럽다.

자신들의 권력 유지를 위해서라면 '조국의 강'이라는 마녀사냥식 희생 제물도 마다하지 않는 위인들이 바로 '양단(兩袒)'이요 '세작(細作)'이다. 과연 그들이 동지의 피 값을 팔아 경찰국장이 된 프락치 인사를 비난할 자격이 있을까? 당내 다품종 수박의 일종인 '양단'과 '세작'들이 '프락치' 경찰국장과 과연 무엇이 다르단 말인가? 일신의 영화와 권력 지향의 욕망뿐인 저들의 양심이 프락치 국장과 무슨 변별과 차이가 있더란 말인가?

더 말하기도 부끄럽지만, 우리 역사에는 남로당원을 밀고한 대가로 사형수에서 극적으로 부활하여 쿠데타로 정권을 잡았던 정치군인이 있었는가 하면 독립군을 탄압하던 일제의 주구(走狗)가 해방정국에서는 반공주의자로 변신하여 정권의 주요보직을 꿰차고 민주인사를 탄압하였던 어처구니없는 사례가 무수히 많다. 이 청산되지 못한 민족의 원죄 때문에 숱한 변절과 배신이 난무하는 곳이 대한민국의 정치 현실이다.

그들에게 국민은 언제나 정치의 '목적'이 아닌 '수단'이며 '방편'에 불과하였다. 이런 정치인이 암약하며 기생하도록 맹목적 지지를 보내는 이 시대의 자발적 노예들 또한 역사를 퇴행하게 하는 독초의 씨앗일 뿐이다.

단테의 신곡에 의하면 지옥의 가장 마지막 단계인 제9옥 '루시퍼의 연못'에는 동생을 죽인 '카인'을 비롯해서 예수를 판 '가룟 유다'와 시저를 암살한 '브루투스' 등이 있다고 한다. 이곳은 친구나 동료를 배반했던 자들이 벌을 받는 곳이다. 조국과 동지를 배반한 대가가 어떠한 것인지 오늘날 수박 정치인으로 불리는 '양단'과 '세작' 그리고 권력의 '프락치'들은 반드시 기억해야만 할 것이다.

적어도 진보를 표방하는 양식 있는 정치인이라면 간을 빼놓고 다닐 수 있는 별주부가 아닌 바에야 '느린 토끼'나 '빠른 거북이'로 살 수는 있어도 '빨간 청개구리'가 되어 살아갈 수는 없지 않겠는가?

만절필동(萬折必東)

'만절필동'은 황하의 강물이 수없이 꺾여도 결국은 동쪽으로 흐른다는 뜻으로서 충신의 절개를 나타내는 말이었다. 그러나 이것이 후에 의미가 확대되어 '천자를 향한 제후들의 충성'을 의미하게 되었다. 제자인 자공(子貢)이 공자에게 물었다. "'큰물을 만나면 반드시 관찰해야 한다[見大水必觀]'라는 말씀은 무슨 뜻인가요?" 이에 공자는 아홉 가지 이유를 들어 친절하고 소상하게 설명하였다.

"물은 만물을 키우지만, 언뜻 보면 아무것도 하지 않는 듯 보인다. 이것은 물의 '덕(德)'이다. 비록 낮은 곳으로 흐르지만, 순리와 법칙을 따른다. 이것은 '의(義)'다. 쉽 없이 흐르지만, 물은 다하여 마름(盡)이 없다. 이것은 '도(道)'다. 막힌 곳을 뚫어 길을 내며 백장(百丈)의 절벽을 만나도 두려워하지 않으니 '용(勇)'이며, 그릇에 담아도 기울지 않으니 '법(法)'이고, 공간을 채워도 한 점 빈 곳을 남기지 않으니 '정(正)'이다. 연약하고 작지만 미치지 않는 곳이 없으니 '찰(察)'이며, 물질을 씻어 정갈하고 아름답게 하니 '교화(敎化)'이다. 만 번을 굽어도 반드시 동쪽으로 흘러가니(萬折也必東) 이것은 '지(志)'다. 이것이 바로 군자가 물을 관찰해야 하는 아홉 가지 이유이다" 이른바 '구덕론(九德論)'이라고 하는 것이다.『순자(荀子)』의「유좌(宥坐)」편에 보인다.

중국의 지형은 서쪽이 높고 동쪽이 낮은 까닭에 대체로 하천이 동쪽으로 흐르게 되어있다. 그러므로 모든 일은 본래의 뜻대로 된다는 의미이다. 처음 이 말은 충신의 절개는 꺾을 수 없음을 비유적으로 나타내었지만, 점차로 천자를 향한 제후들의 충성을 의미하는 속뜻을 갖게 되었다.

이러한 '만절필동'의 의미를 잘 살려서 천자의 나라인 명나라에 충성하고자 하는 제후국 조선의 결연한 의지와 기상을 만천하에 드러낸 곳이 있다. 충북 괴산에 있는 '화양서원(華陽書院)'과 경기도 가평에 있는 '조종암(朝宗岩)'이 바로 그곳이다. 이곳은 모두 조선중화와 숭명반청을 상징하는 소중화의 성지이다.

송시열에 의해 세워진 화양서원의 '화양(華陽)'은 중화사상이 햇살처럼 빛난다는 의미이다. 화양서원과 함께 세워진 '만동묘(萬東廟)'는 만절필동의 줄임말로서 둘 다 모두 북향으로 지었는데, 명나라를 향한 사대의 의미를 나타내고 있다. 천자를 배향하는 만동묘의 계단이 70도에 가깝도록 가파르게 지어진 것은 천자를 알현하는 신하는 개처럼 기어가야 한다는 의미를 담고 있다.

가평의 '조종암'에는 명나라 마지막 황제 의종(毅宗)과 함께 선조와 송시열 등 여러 사람의 글씨가 암각 되어있다. 이곳에 새겨진 글씨 가운데 '사무사(思無邪)'는 명나라 마지막 황제 의종(毅宗)의 필적이다. 시경에 나오는 말로서 "생각에 간사함이 없다"라는 뜻이다. '만절필동 재조번방(萬折必東 再造藩邦)'은 조선 선조의 친필이다. "황하는 일만 번을 굽이쳐도 반드시 동쪽으로 흐른다, 명나라가 제후의 나라 조선을 다시 세워 주었다"라는 의미로서 명나라의 재조지은(再造之恩: 망하게 된 나라를 구해 준 은혜-에 감복한다는 뜻이다. 황제를 향한 제후의 충성)을 다짐하는 맹세의 표현이다.

'조종암(朝宗岩)'은 선조의 손자 낭선군 이우의 글씨이다. "모든 강물이 흘러들어 바다로 모인다"라는 의미이다. '조종'은 가평의 옛 이름이기도 하지만, 제후가 천자를 알현함을 뜻한다. 이곳은 국내에서는 유일하게 강물이 동쪽으로 흐르는 지역이다. '조종'의 의미는 "강수(江水)와 한수(漢水)가 바다에 모여든다[江漢朝宗于海]"라는 고사를 둔 말로서 출전은 『서경(書經)』의 「우공(禹貢)」이다. 모든 강물이 바다를 향해 흘러가듯이 조선이 중국을 받들어 섬겨야 한다는 의미를 담고 있다.

'일모도원 지통재심(日暮途遠 至痛在心)'은 백강 이경여의 상소에 효종이 내린 비답으로 송시열이 쓴 글씨이다. "해는 저물고 갈 길은 먼데, 지극한 고통이 마음에 있네"라는 의미로서 효종의 청나라에 대한 복수의 마음을 잘 나타내고 있다.

이러한 의미를 모를 리 없는 일국의 대표인 모 인사가 중국대사로 부임하였을 때, 임지의 방명록에 '만절필동 공창미래(萬折必東 共創未來)'라고 적어 파문을 일으킨 전력이 있다. 그러나 그의 해명은 옮기기조차 궁상맞을 정도로 초라하였다. 이는 일말의 변명조차 필요 없이 '알아서 기겠다'라는 명백한 중화 사대의 굴종적 외교 자세일 뿐이다.

'만절필동'이란 말을 개인이 사용할 때는 '사필귀정' 또는 '자신의 결연한 의지나 신념' 등을 나타내는 말로 이해할 수 있지만, 국가를 대표하는 위치에 있는 사람이 상대 국가의 대표에게 이런 표현을 한다는 것은 명백한 충성 맹세이다. 부끄러운 역사조차도 수치스러운데, 자신의 안위만을 위하여 자랑스럽게 '만절필동'의 각오로 대국에 충성을 다하겠노라는 발언을 공공연히 떠벌리던 인사가 대통령 비서실장 자리에 오른 것도 모자라 이번엔 모 정당의 '도지사 후보'로 단수 공천되었다니 그 당의 저의가 자못 의심스러울 뿐이다. 도대체 상대 당과의 차별성이 무엇이란 말인가?

송시열과 같이 모화주의 망령에 사로잡혀 시대를 역행하는 사대주의 인사가 어찌 감히 국민을 대표하는 자리를 넘본단 말인가? 그런 부류의 인사는 여야를 막론하고 국민을 대표하는 어떠한 직책도 맡아서는 안 된다. 해당 지역 주민을 욕보일 뿐만 아니라 스스로 국격을 떨어트리는 참담한 일이다. 충북 도민의 현명한 선택을 기대할 뿐이다. 아뿔싸 그러면 뭐 한단 말인가? 상대 당 후보는 그보다 더한 철면피인 것을, 이것이 오늘을 사는 우리들의 또 다른 비극이다.

어쨌거나 끝내 안 팔고 남겨 둔 강남의 집값이 여전히 고공행진하는 것만으로도 이미 대박 난 인생이니 자신의 선택을 '신의 한 수'로 위안 삼고 이젠 그만 은둔하여 보신하는 것이 자신의 이름을 덜 더럽히는 지혜로운 길일 것이다.

영부인(令夫人) & 영부인(領夫人)

대통령 후보 시절에 자신이 집권하면 '영부인' 제를 폐지하겠다는 뉴스를 봤다. 나는 당시 그 방송을 보고 그의 무지에 대해 그만 헛웃음이 새어 나왔다. 그가 '영부인(令夫人)'을 행여 '영부인(領夫人)'으로 착각하고 있는 것은 아닌지 모르겠다. 대통령의 부인을 영부인으로 불렀던 관례는 박정희 시절의 전유물처럼 매우 인상 깊게 남아 있다. 대통령을 '각하'라는 별칭과 함께 온갖 존칭을 자신의 일가족에게만 적용하였던 것은 언론의 아첨에서 비롯된 것이다.

'영부인(令夫人)'이란 대통령의 부인을 지칭하는 말이 아니고 남의 부인에 대한 높임말이다. '부인(夫人)'이라는 말 자체가 남의 아내를 높여 부르는 말이지만 신분이나 지체가 높은 상대에 대한 공경의 의미를 더하여 '영부인'이라 한 것이다. 아울러 '영존(令尊)'은 남의 아버지를 높여 부르는 말이고 '영당(令堂)'이나 '영자(令慈)'는 남의 어머니의 높임말이다.

박정희 시대에 그의 딸과 아들을 '영애 근혜'양, '영식 지만'군 하는 식으로 언론에서 불렀다. 이때의 '영애(令愛)'는 남의 딸을 높여 부르는 말로서 '영원(令媛)'이라고도 한다. 또 '영식(令息)'은 남의 아들을 높여 부르는 말로서 '영랑(令郎)'이라고도 한다. 반드시 대통령의 자녀에게만 해당되는 존칭이 아니었다. 조선 시대 선비들의 손 편지인 간찰(簡札)을 보면 양반 사대부들이 쓰는 일상의 언어였다는 것을 알 수 있다. 자기의 자식을 겸양하여 낮춰 부르는 말로는 '돈아(豚兒)' '미아(迷兒)' '미돈(迷豚)' 혹은 '가아(家兒)'라고 한다. 모두 아직 어리석고 철이 없는 아이라는 뜻이다.

또한 '각하(閣下)'라는 존칭의 의미도 대통령에게 한정되어 쓰는 말이 아니라 높은 지위에 있는 사람에 대한 일반적 경칭이다. 전통적으로 동양식 사고에 기인한 경칭은 상대를 높이기보다는 자신을 낮춰서 상대를 높이는 경우가 많았다. 이를테면 황제를 폐하(陛下), 왕이나 제후국 군주를 전하(殿下), 왕세자를 저하(邸下), 정일품을 합하(閤下) 등으로 칭하였으며 신분이나 지체가 높은 사람을 통칭 각하(閣下)라 하였다.

나는 종종 친구의 아내를 자네 "어부인께서는 안녕하신가?"라고 인사할 때가 있다. '영부인'이 신분이 귀한 사람에 대한 존칭의 의미로 사용하는 것이라면 그보다 더욱 공경하여 높이는 별칭은 '어부인(御夫人)'이다. 어부인의 '어(御)'는 임금에게만 쓸 수 있는 최상의 극존칭이다. '어명(御命)', '어가(御駕)', '어필(御筆)', '어용(御用)'에서 보듯 모두 임금이나 제후국의 군주에게만 쓸 수 있는 단어이다.

상대를 기분 좋게 하고자 예우하는 말인데 봉건제의 왕조시대도 아닌 마당에 사인끼리 호칭에 있어 '영부인'이면 어떻고 '어부인'이면 어떠한가? 민주 시대의 주권이 국민에게 있다면 국민 모두가 택한 족속이요, 왕 같은 제사장이요, 거룩한 나라가 아니겠는가? 그렇다면 '영부인(領夫人)'이란 말은 무엇을 의미하는 말인가? 결론적으로 그런 말은 없다. 굳이 문법적으로 해석하자면 '령(領)' 자가 거느릴 '령' 자이니, 부인을 거느리고 있다는 의미가 되고 만다.

대통령이 되면 '영부인(令夫人)'이라는 존칭 어법 제도 자체를 없애겠다는 의도에서 한 말이라면 매우 어이없고 황당한 발언이지만, '영부인(領夫人)'을 하지 않겠다. 즉 "부인을 거느리지 않겠다"라는 발상이라면 충분히 이해가 가고도 남는다. 처의 도덕 수준이 그 정도 상황이라면 누군들 부인을 대동하고 싶겠는가?

또한, '여사(女士)'의 사전적 의미는 "학덕이 높고 인품이 어진 여자"를 높여 부르는 말이다. 그러나 신분과 지위가 높다고 해서 아무에게나 여사(女士)의 명칭을 부여할 수는 없다. 남자라는 이유만으로 모든 남성을 '선사(善士)'나 '현사(賢士)' 등으로 칭할 수 없는 것처럼, 생물학적 여자라는 이유만으로 모든 여자를 '여사(女士)'로 칭할 수는 없는 것이다. 다만, 결혼한 여자를 높여 부르거나, 사회적으로 이름이 있는 여자를 높여 이르는 말인 동음이의어의 '여사(女史)'라면 인품에 관계없이 누구에게나 적용할 수 있다.

업소 출신이라는 '전직(前職)'에 대한 의혹과 '다혼(多婚)'의 미스터리, '논문표절', '주술 신봉', '안면 변장', '주가 조작', '뇌물 수수', '양평 부지의 도로 변경' 등에서 보듯 선량한 마음과 인품이라고는 찾기가 어려운 인물에게 학덕이 높고 인품이 어진 여자에게 해당하는 '여사(女士)'의 호칭을 쓴다는 것은 존칭에 대한 모욕이 될 뿐이다.

'대통령(大統領)'이라는 표현은 1850년 일본에서 처음 사용하였다. 기존 한자어 '통령(統領)'을 활용한 신조어이다. 우리나라에서는 조미수호통상조약(朝美修好通商條約) 제1조에 '백리새천덕(伯理璽天德)'으로 처음 표현하고 있는데, 이는 '프레지던트'의 중국어 음차이다.

조선 시대에는 사대부 이상의 고위 공직자들에게만 주어지는 특별한 존칭이 있었다. '영감(令監)'은 정3품 통정대부까지를 높이는 말이고, '대감(大監)'은 정2품 자헌대부까지를 높이는 별칭이며, '상감(上監)'은 임금의 높임말이다. 또한 정3품 통정대부까지를 '당상관(堂上官)'이라 하고 종4품 조봉대부까지를 '당하관(堂下官)'이라 하였다.

공자(孔子)는 자신에게 정치를 맡기면 무엇부터 하겠느냐는 질문에 "반드시 이름을 바로 잡겠다.[必也正名乎]"라고 하였다. 그러면서 "모난 술잔[고(觚)]이 모나지 않으면, 그것을 모난 술잔의 이름인 '고(觚)'라고 칭할 수 있겠느냐"고 일갈하였다. 공자가 주장하는 정명 사상의 핵심은 이름(名)에 부합하는 실제(實)가 있어야 그 이름에 합당한 가치가 성립하며, 그렇게 되었을 때 비로소 정사를 바로 할 수 있다는 것이다.

영부인과 여사에 대한 '명(名)'과 '실(實)'이 혼돈 속에 방치되어 정명이 불순한 세상이다.

장경오훼(長頸烏喙)

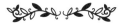

장경오훼(長頸烏喙)는 긴 목에 까마귀 부리와 같이 뾰족한 입을 가진 사람을 말한다. 이런 사람은 어려움은 함께할 수 있으나 즐거움은 함께 누리지 못할 관상을 가진 사람을 뜻하는 말로써 '와신상담(臥薪嘗膽)'의 주인공 월왕(越王) '구천(勾踐)'을 이르는 말이다.

월나라가 오나라를 멸망시키는 데 가장 큰 공헌을 한 사람은 '범려(范蠡)'였다. 범려는 이십여 년 동안 구천을 보필하며 그를 패자(覇者)로 만들었다. 그 공로로 범려는 상장군이 되었지만, 구천이 어려움은 같이할 수 있어도 즐거움은 함께할 인물이 못 된다는 것을 꿰뚫어 보고, 구천에게 작별을 고하고 월나라를 떠나 제(齊)나라로 향했다. 그가 떠나며 자신과 가장 절친했던 대부 '문종(文種)'에게 '토사구팽'의 이치를 비유하며 다음과 같은 편지를 썼다.

"날던 새가 다 잡히면 좋은 활은 창고에 감추어지게 되고, 토끼 사냥이 끝나면 사냥개는 삶겨 죽게 되는 법이오. 월왕 구천의 사람됨이 목이 길고 입은 새 부리처럼 생겼으니, 이런 인물은 어려움은 함께할 수 있어도 즐거움은 함께할 수 없는 사람이오. 그대는 어째서 떠나지 않는 것이오?[蜚鳥 盡, 良弓藏. 狡兎死, 走狗烹. 越王爲人'長頸鳥喙', 可與共患難, 不可與共樂. 子何不 去?]"

정치비평에 탁월한 능력을 보이던 어떤 독설가가 이제는 자신과 관련된 여러 인생을 모두 까기로 비난하는 행태를 보면서 전형적인 '장경오훼(長頸鳥喙)'형 인간의 단면을 보게 된다.

예수님 당시의 '바리새인'들과 '헤롯 당원'들처럼 세상 사람들 또한 공동의 이익과 목적을 위해 어제의 원수와 손을 잡고 공동의 이익을 추구하는 행태를 이해 못 할 바는 아니지만, 어제까지만 해도 입안의 사탕이라도 빼내어 줄 듯한 절친이었다가 하루아침에 철천지원수가 되어 곤경에 처한 친구에게 화살을 겨누는 행태를 보노라니 인간에 대한 서글픈 심정을 금할 길이 없다.

평소에 알 수 없던 인간의 진면목은 '고난'이나 '영광'의 때에 쉽게 드러난다. 요즈음 뜻하지 않게 장경오훼형 인간들의 속내를 너무 많이 알게 되어 우울증으로 급사할 것만 같다.

'애경사(哀慶事)'가 있을 때 흔히 주변 사람들로부터 '경사'에는 못 가도 '애사'에는 반드시 참석한다는 말을 종종 듣곤 한다. 애사에 슬픔을 함께 하겠다는 심정을 이해 못 할 바는 아니다. 그러나 인간의 본성은 자신보다 못한 처지에 있는 사람으로부터 스스로 위안을 얻으려는 속성이 있다.

타인의 애사를 위로하는 일은 인격적 성숙을 요구하는 일이 아니다. 인간이라면 누구나 할 수 있는 일에 불과하다. 맹자가 말한 바대로 우물가를 기어가는 어린애를 보면 누구라도 구하고 싶은 마음이 드는 것이 인간이 본성에 내재된 인(仁)의 단서이기 때문이다.

그러나 타인의 경사를 축하하는 일은 결코 쉬운 일만이 아니다. 자신과 비교되는 것에 대한 시기적 질투가 인간의 욕망 안에 존재하기 때문이다. 자신의 진정한 친구를 알고자 한다면 나의 '애사'를 위로할 때가 아니라 나의 '경사'에 자기의 일처럼 기뻐하고 축복해 주는 사람이 누구인가를 살펴보면 쉽게 알 수 있다.

주자의 절친이었던 '여조겸'의 『동래박의(東萊博議)』에 이런 말이 있다.

"환난을 함께 겪기는 쉽고 이익을 함께 누리기는 어렵다. 환난은 사람들이 다 같이 두려워하는 바이고 이익은 사람들이 다 같이 바라는 바이기 때문이다…… 보통 사람들의 마음은 전쟁을 할 때는 환난을 피해 뒷전에 물러나 있다가 승리하면 이익을 다투어 앞으로 나서서, 자신의 공이 없는 것을 부끄러워하지 않고 도리어 남의 전공을 인정하려 하지 않는다.[共患易 共利難…… 不慙己之無功 反不容人之有功.]"

공동체의 리더가 되고자 하는 사람 가운데는 장경오훼형 인간을 경계하고 또 경계해야 할 일이다. 아울러 자신이 모든 일의 주체가 되고자 하여 열 가지 일에 모두 간섭하고 참견하며 남을 나보다 낫게 여기는 마음이 전혀 없는 인생은 결단코 리더가 되어서는 안 된다. 그런 인생은 그저 독선형 인간일 뿐이다.

폐형폐성(吠形吠聲)

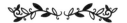

"나이 오십 이전의 나는 정말로 한 마리의 개에 불과하였다. 앞의 개가 그림자를 보고 짖으면 나도 따라 짖어댔다. 만약 남들이 짖는 까닭을 물어오면 그저 벙어리처럼 쑥스럽게 웃기나 할 따름이었다.[是余伍十以前眞一犬也. 因前犬吠形, 亦隨而吠之, 若問以吠聲之故, 正好啞然自笑也已.]"

위의 고백은 명나라 말기 철학자 이탁오의 『속분서(續焚書)』 가운데 「성교소인(聖敎小引)」에 나오는 통렬한 자기비판이다.

"천하의 이치를 어찌 주자만 알고 나는 모른단 말인가? 주자는 다시 태어난다 하여도 내 학설을 인정하지 않겠지만, 공자나 맹자가 다시 태어난다면 내 학설이 승리하게 될 것이다."

이는 유학에 대한 독자적 해석으로 사문난적으로 몰리면서까지 자신의 신념을 굽히지 않았던 조선의 사상가 백호 윤휴(尹鑴)의 자기 고백이다.

나는 이런 신념의 사상가나 자기 성찰에 뛰어난 철인의 글을 대할 때면 언제고 경외심이 솟구친다. 요즘 우리 사회의 불의한 현상을 보면서 두 사람의 고언이 간절히 생각났다. '바이든'을 '날리면'이라고 하자 황색 언론들은 일제히 '날리면'이라고 받아쓰며, 몸소 지록위마(指鹿爲馬)를 시전(施展)하였다. 자신이 뱉은 말조차 부정하는 자기기만의 교조주의적 리더에게 당과 당원은 난청과 중이염을 자처하며, 오직 '윤비어천가'만을 불러대었다. 도처에 간신들이 넘쳐나는 세상이다. 이런 불온한 시대에 이단과 배반의 멍에를 쓰고라도 충언을 하는 의인은 찾아보기 어려운 세상이다. 그야말로 난세이다.

표창장 하나로 일가족이 멸문의 화를 당하였는데, 표창장을 발행한 대학의 총장은 고졸 학력을 위조하여 무려 27년간 아무런 제재 없이 대학 총장으로 불법 취업을 하였다. 공정과 형평의 화신을 자임하는 윤 전 총장은 어찌하여 학력 위조와 불법 취업에 대해선 수사조차 하지 않았던 것인가?

나는 과문한 탓에 법치주의를 잘 몰라서 묻는다. 전 세계에 검찰 제도를 시행하는 국가 가운데 자신의 수사 대상이었던 피의자와 검사가 수사 도중 정분이 나서 동거하다 결혼까지 한 사례가 과연 지구상에 단 한 번이라도 있었던가? 이 일은 법적으로나 도덕적으로 전혀 문제가 되지 않더란 말인가?

자신의 아내는 논문을 표절하고, 학력을 위조하고, 주가 조작을 해도 수사 한번 하지 않다가 영부인의 위치에 올라 뇌물까지 수수하였는데도 김영란법에 저촉되지 않는단 말인가? 오히려 뇌물 제공자를 외국 국적의 간첩으로까지 몰고 가던데, 그렇다면 영부인이 용와대에서 간첩을 접견해도 보안법에 걸리지 않는단 말인가?

명품백을 뇌물로 받고서도 수사나 사과는커녕 "박절하게 대하긴 어렵다. 매정하게 끊지 못한 게 문제라면 문제"라고 변명하였다. 결국, 박절하게 대하지 못한 게 꼭 문제만은 아니라는 얘기 아닌가? 그렇다면 자신의 손으로 구속한 박근혜는 최순실을 박절하게 대하지 않고 매정하게 끊지 못해서 그의 조언을 받아들인 것이 문제가 아니었단 말인가?

권력지향적 해바라기 기자가 '명품백'이란 말조차 차마 꺼내지 못하고 '외국산 파우치'라고 말한 데 대하여 "질문은 집요했고 답변은 소상했다"고 한다. 이런 걸 두고 '어의의 상실'이라고 하지 않는가? 나는 윤 씨에게 진심으로 충고한다. 그렇게 건희 여사에 대한 빗나간 애정과 맹목적 비호가 일편단심이라면 이번 기회에 자신의 임기를 단축하고 건희 여사에게 권력과 지위를 양위하는 것은 어떠한지 권면하고 싶다. 그것이 법률적으로 불가하다면 차기 대권 후보를 건희 여사에게 넘겨주는 것 또한 아주 훌륭한 결단일 듯하다.

어차피 세계 모든 언론이 건희 여사의 출신과 이력을 송두리째 알고 있는데, 우리에게 국격과 체면이랄 게 어디 있겠는가? 클린턴의 부인 힐러리도 대권에 출마한 전례가 있지 않은가? 건희 여사라고 대권에 출마하지 못할 이유가 없지 않은가? 가발 쓴 아재보다 열 배, 백 배 나았으면 나았지 못할 게 뭐 있겠소. 나는 쥴리 여사를 강력하게 한 방 찍어 줄 용의가 있단 말이오.

"대한 국민 만세다."

"쥴리 댓통 만세다."

"개 한 마리가 그림자를 보고 짖으면 모든 개가 따라 짖는다. 한 사람이 헛된 말을 전하면 많은 사람은 이것이 사실인 줄 알고 전한다.[一犬吠形, 百犬吠聲. 一人傳虛, 萬人傳實.]"

왕부(王符)의『잠부론(潛夫論)』,「현난(賢難)」에 나오는 말이다. 지록위마(指鹿爲馬)의 수모를 자처하면서까지 '윤비어천가'를 부르는 이들에게 꼭 전하고 싶은 말이다. 오늘날 왕부가 말한 개는 바로 당신들 '황색언론'과 '용핵관'과 '국짐당 열혈당원'이다.

한유(韓愈)는 자신의 저서『원도(原道)』에서 "새로운 것을 유행하게 하려면 낡은 것을 막아야 하며, 새로운 것을 실행하려 한다면 잘못된 것을 멈추어야만 한다"라고 하였다. 이른바 '불색불류(不塞不流). 부지불행(不止不行)'론이다. 모택동은 자신의 논문「신민주주의론」에서 "낡은 것들을 파괴하지 않으면 새로운 것을 수립할 수 없다"라고 하였다. 이른바 '불파불립(不破不立)'론이다.

이것이 곧 "새로운 것을 세우고자 한다면 기존의 것을 부수어야 하고, 새로운 것을 유행하게 하려면 낡은 것을 막아야 하며, 새로운 것을 실행하려 한다면 잘못된 것을 멈추어야만 한다"라는 것이다.

不破不立 - 불파불립
不塞不流 - 불색불류
不止不行 - 부지불행

검찰 독재를 종식하고 야만의 세월을 벗어나 문명의 새 아침을 맞이할 역량이 진정 우리에겐 없는 것일까? 민주당은 진정 환골탈태하여 다시 새 역사의 주인이 될 수는 없는 것일까? 감성팔이 정치나 반사이익만을 기대하는 구태의연한 그대들에게 자고새 탁란의 업보를 벗고 불파불립(不破不立) 하기를 미워도 다시 한번! 알량한 기대를 건다.

　"사람이 지난날에 과실을 행했을지라도 착한 행실로서 과실을 씻어낸다면, 그는 이 세상을 비추리라. 구름을 벗어난 달처럼.[人前爲過, 以善滅之, 是照時間, 如月雲消.]"말이다.

—『법구경(法句經)』

중구난방(衆口難防)

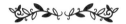

우리가 흔히 '중구난방'이라고 할 때, 그 의미는 대개 "질서 없이 정리가 안 된 어지러운 상태나 상황" 등을 연상해서 말하는 것이다. 그러나 이 말의 본뜻은 원래 그런 뜻이 아니었다.

사마천의 『사기(史記)』에 의하면 주(周)나라의 여왕(厲王)은 폭정을 일삼은 폭군이었다. 소공(召公)이 여왕에게 여러 차례 간언하였으나 그는 폭정을 멈추지 않고 무당을 데려와 점을 치게 하여 불만을 품은 사람들을 색출하여 모조리 처단하였다. 그러고는 자신을 비방하는 자가 없게 되자 태평성대라며 득의가 만만하였다.

이에 소공이 간하기를 "백성의 입을 막는 것은 냇물을 막는 것보다 어려운 일입니다. 냇물을 둑으로 막았다가 무너지면 상하는 사람이 반드시 많아지게 되는데, 백성도 이와 마찬가지입니다. 그러므로 냇물을 위하는 자는 물이 잘 흐르도록 물길을 터 주고, 백성을 위하는 자는 자유롭게 말할 수 있도록 해주어야 합니다"라고 하였다.

'백성의 입을 막는 것은 냇물을 막는 것보다 어렵다. '방민지구심어방천(防民之口甚於防川)'이라는 말이 바로 '중구난방(衆口難防)'의 기원이다. 즉 대중의 입을 막아서 언로를 통제해서는 안 된다는 뜻이다.

대통령이 순방 중에 회견장에서 시정잡배들이나 쓸 법한 비속어를 사용하여 구설수에 올랐다. 중요한 것은 대통령의 비속어 사용이 아니다. 대통령도 '욕'할 수 있고 '실수'할 수 있다. 비록 국가의 품격을 떨어트리고 국민의 자존감에 상처를 주었지만, 자신의 실수를 깨끗이 인정하고 사과하였더라면 해프닝에 그칠 수도 있는 문제였다.

문제는 그의 '거짓말'과 '대국민 협박'이었다. 자신이 한 말의 발성조차도 멀쩡한 정신으로 부정하였다. '이 새끼'는 우리 국회의원에게 한 것이었으며, 그마저도 '이 사람'이라 했고 '바이든'은 '날리면'이라고 했다는 것이다. 미 의회나 바이든에게 한 욕은 국가적 분쟁의 소지가 있으니 인정해서는 안 되고 우리 국민이 뽑은 선량(選良)에게는 '이 새끼 저 새끼' 해도 괜찮다는 말인가?

'바이든'이든 '날리면'이든 중요한 것은 청력의 문제가 아니다. 본질은 일국의 대통령이 사용하는 천박한 언어습관에 있는 것이고, 더욱 중요한 것은 자신의 발언을 거짓말로 호도하며 진실을 알렸던 국민과 언론을 권력의 힘으로 겁박한 것이다. 우리의 불행은 여기에서 그치는 것이 아니다. '윤핵관'과 '윤핵관 호소인'을 자처하는 일군의 소인배들이 사슴을 가리켜 말이라고 우기는 '지록위마'의 아첨 행렬이 끊임없이 이어져 이 나라의 국민이라는 것을 더욱 슬프게 한 것이다.

진시황은 불로장생의 영약을 구하고자 '노생'이라는 방술사를 삼신산에 보냈다. 노생은 삼신산 중 하나인 봉래산에서 '선문고'라는 선인을 만나 『천록비결(天籙秘訣)』이라는 책을 얻어 가지고 왔다. 모든 석학을 동원해 책에 담겨 있는 뜻을 해독하려 하였지만, 누구도 해답을 얻지 못하였다. 오랜 시간 동안 연구한 끝에 얻은 것이라고는 '망진자호(亡秦者胡)'라는 글귀뿐이었다.

진시황은 이 말을 '진나라를 망하게 하는 것은 흉노[胡]'라고 여기고 즉시 만리장성을 쌓았으나 그 '호(胡)'는 다름 아닌 자신의 둘째 아들 '호해(胡亥)'였다. 진나라를 망하게 한 것은 흉노가 아니라 환관 조고에게 놀아났던 무능한 '호해'였던 것이다.

사람은 누구나 실수할 수 있다. 성서에도 "천하에 의인은 없나니 한 사람도 없다"라고 하였다. 세상천지 어디에 완전한 인생이 있을 수 있단 말인가. 그래서 유가에서는 "과실이 없는 것을 귀하게 여기는 것이 아니라 과실을 고치는 것을 귀하게 여긴다.[不貴無過貴改過.]"라고 하였다.

자신의 눈에 들보는 보지 못하고 남의 눈에 티끌을 찾아내어 무자비하게 단죄하던 칼잡이 검사가 대권을 거머쥐었다. 그의 뇌리엔 온통 '건진'과 '천공' 같은 술사들의 무속과 영매의 환상으로 가득 차 있다. 국민을 영매의 힘으로 속일 수 있다고 만만하게 보는 것이다. 검사 시절 피의자를 겁박하며 마치 자신이 정의의 사도인 양 군림하던 그 안하무인하고 오만한 버릇을 여전히 버리지 못한 채 국민과 언론을 권력의 칼로 협박하며 탄압하려는 것이다.

주나라를 망하게 했던 여왕(厲王)의 사례에서 보듯이 대중의 입을 막는 것은 하천을 막기보다 어려우며, 한번 둑이 터지면 그때는 돌이킬 수 없는 재앙이 되고 만다. 대통령과 여당은 더 이상 언론을 겁박하여 대중의 입을 막을 수 있을 것이라는 착각을 해서는 안 된다. 나도 소음이 제거된 그 녹음을 반복해서 들어보았다. 행여 경솔한 판단일까 싶어 10여 차례나 반복해서 들었어도 분명한 것은 "국회에서 이 새끼들이 승인 안 해주면 바이든 쪽팔려서 어떡하나"였다. 더 이상 반복해서 듣는 것은 무의미한 일이었다.

손바닥에 왕자를 새겨 국민을 잠시 속일 수는 있었을지 모르나 그 손바닥으로 하늘을 영원히 가릴 수는 없다. 진솔한 사과와 반성만이 목숨을 부지하는 길이다. 아울러 유약한 민주당 '생계형 직업 정치인'들에게 권한다. 국정감사장에서 "국민의 대표인 국회의원에게 감히"라며 눈을 부라리고 호통을 치던 그 기개는 어디 가고 나라 밖에 있는 대통령에게 '이 새끼' 소리를 듣고도 그저 꿀 먹은 벙어리처럼 대구(對句) 한마디 못하는가?

'정언유착' 프레임에 휘둘려 겨우 외교부장관이나 실무자 처벌만을 주장하지 말고 당장 '대통령 비속어 진위 특검'을 발의하라. 국내외의 음성 분석자들을 총동원해서라도 발성의 실체를 분석해 내고 만약 그것이 대통령의 거짓말로 드러날 경우, 마땅히 '탄핵'을 시행하라. 대한민국을 망하게 하는 것은 "언론 보도에 의한 한미 동맹의 훼손"이 아니라 "석열 씨의 비속어 논란과 거짓말"에 있다는 것을 명심하라.

망한자윤 - 亡韓者尹

이것이 일국의 '대통령(大痛領)'의 품격이라니, '욕'도 할 수 있고 '실수'도 할 수 있다. 그러나 '거짓말'하는 정치인은 반드시 그 직을 걸어야 한다.

조철수문(卐撤收文)

"봉황으로 태어나 철새로 살다 치킨으로 죽은 사나이 여기 잠들다 ― '안철수' 묘비명이다."

안랩의 창시자였던 그는 50%가 넘는 국민적 지지를 기반으로 하여 '봉황'의 신분으로 정치에 입문하였다. 서울 시장 자리를 5분 만에 양보하고 청와대로 직행하려다 그만 '조류독감'에 걸리고 말았다.

이때 돌팔이에게 맞은 백신의 부작용 탓에 '철새'로 유전자가 변형이 되고 난 뒤, 이에 대한 앙심으로 그는 '극중(極中, extreme center)'이라는 사전에도 없는 용어를 만들어 '기계적 중립' 또는 '회색 중립'을 지향하였다.

일생을 수많은 '서식지'와 '도래지'를 오가며 스스로 바이러스 전사가 되어 손학규, 천정배를 비롯한 사십여 종의 맹금류를 일거에 살처분하는 기염을 토하였다. 진영을 초월하여 둥지를 틀 때마다 '조류독감' 전파에 심혈을 기울였으나 끝내는 윤씨 집안의 입양아 '핵관'이의 새총에 맞아 비명에 횡사하고 말았다. 마침내 조류계의 신화가 되어 '뼈 없는 순살 치킨'으로 화려하게 부활하였지만, 국민의 술상에 씹기 좋은 안주가 되고 마는 비운을 맞이하였다.

그가 삼국지를 읽고 이 한마디를 가슴에 새겼더라면 '핵관'이의 새총에 맞아 비명횡사하는 일은 결단코 일어나지 않았을 것이다.

非桐不棲 - 비동불서
非竹不食 - 비죽불식
"봉황은 오동이 아니면 깃들지 아니하고, 대나무 죽순 열매가 아니면 먹지 않는다."

이것이 어진 새는 나무를 가려서 앉는다는 '양금택목(良禽擇木)'의 고사 이다.

단 한 번만이라도 지조와 신념을 지켰더라면 비록 까마귀나 백로가 되었을지언정 '핵관'이의 새총에 인생을 농락당하는 철새의 수모는 겪지 않았을 것이다. 동지의 죽음 앞에서 그의 '유지'를 받들어 다당제 실현을 위해 반드시 대선을 완주하겠던 그가 49재(齋)를 치르기도 전에 끝내 'Yuji'를 받들지 못하고 그만 정치 건달 '윤가'에게 헐값에 자신의 몸을 팔고 말았다.

항간에는 그가 안중근의 후손인 '순흥 안씨'가 아니라는 설이 파다하게 떠돌고 있다. 그의 성은 본래 '우(又)' 씨이거나 '빈(頻)' 씨 성을 가진 천출 이었는데, 신분 세탁을 위하여 독립운동가 집안인 순흥 안씨의 족보에 투탁(投托)하였을 거라는 추측이 난무하고 있다. 만약에 이 가설이 사실이라면 그의 본명은 '또 철수'이거나 '빈번 철수'가 되고 만다. 이 경우 그는 자신의 출세와 영달을 위하여 환부역조(換父易祖)한 죄를 조상으로부터 면하지 못할 것이다.

자고로 때를 놓친 봉황은 닭보다 못한 법이다.[去時鳳凰不如鷄] 고스톱 칠 때 제일 불쌍한 사람이 돈 다 잃고 나서 집에 가지 않고 선수들 뒷전에 앉아 "비 먹어", "똥 쌍피 먹어" 하고 훈수 두는 인간이다. 행여 개평이나 좀 얻어볼까 하는 철없는 짓거리다. 모자란 철수 씨 누울 자리를 보고 다리를 뻗어야지, '도리도리'의 인상을 보시오. 개평 주게 생겼나?

'안철수'의 파란만장한 정치 인생은 '새(新) 정치'가 아닌 '새(鳥) 정치'를 실현하다 마침내 '안[非] 철수'가 아닌 '또[又] 철수'로 끝맺고 마는구나.

김종직의 '조의제문(弔義帝文)'은 죽은 의제를 조문(弔問)하는 글이다. 그러므로 '조의 제문'이라고 읽어서는 안 되며, '조 의제문'이라고 읽어야 한다. 마찬가지로 '조철수문(弔撤收文)'도 '조철 수문'이라고 읽어서는 안 되며, '조 철수문'이라고 읽어야 한다.

노무현 트라우마

손병관 기자가 쓴 『노무현 트라우마』를 읽었다. 책의 내용은 1부 「'지·못·미' 노무현」과 2부 「문재인의 운명과 윤석열」로 구성되어 있다. 기자 본연의 냉철한 관찰자적 시점에서 진영의 논리에 빠지지 않은 채 매우 담백하게 시대적 과제들을 객관적으로 서술하였다.

1부 「'지·못·미' 노무현」에서는 퇴임 후 이명박 정부의 출범과 함께 검찰의 모욕주기 수사로 비롯된 그의 죽음과 그로 인한 노무현 트라우마의 형성 과정을 서술하였다. 비록 노무현은 갔지만, 우리에게 남겨진 노무현 시대의 끝나지 않은 과제들을 되짚었다.

노무현은 '정치개혁'의 기치를 내걸고 대통령에 당선된 우리 헌정사에 없었던 유일한 사람이었다. 그는 새로운 시대를 여는 '세종'이 되고 싶었지만, 구시대의 막내 노릇을 할 수밖에 없는 '태종'이 될 수도 있다는 생각에 낙담하였다. 그러나 그는 이를 자신의 숙명으로 받아들였다.

군사정권이 종식되고 1987년 직선제 개헌을 통한 민주화가 이루어진 이래 군부의 통제를 받던 국정원과 기무사의 권력이 점차 약화되는 것과는 달리 정권의 견제를 받지 않던 검찰은 상대적으로 가장 강력한 권력기관이 되었다. 오 년 단임제의 대통령을 일곱 번이나 바꾸는 동안 검찰은 정파를 가리지 않는 전방위적 사정과 수사로 자신의 존재감을 키워왔다.

이에 최초로 검찰을 개혁하려다 좌초된 노무현 정부의 검찰개혁에 대한 구조적 한계와 시대의 열망에 부응하지 못했던 진보 진영의 분열과 모순이 정치사적 사건마다 생생히 표출되었다. 검찰을 개혁하려다 검찰의 칼에 희생된 '순교자' 노무현 전 대통령의 서거에 대한 상흔과 노무현을 지켜주지 못했다는 지지자들의 죄책감으로 인한 트라우마에서 촉발된 대중 의식의 새로운 변화와 함께 정치권에 미치는 영향력을 작가는 밀도 있게 분석하였다.

새롭게 알게 된 사실 하나는 검찰이 권양숙 여사에게 재소환 조사에 응해달라고 요구한 날짜가 노 전 대통령이 죽음을 택한 '5월 23일'이었다는 것이다. 노 전 대통령은 부인이 검찰에 다시 불려 가기로 한 날 죽음을 택한 것이었다.

2부 「문재인의 운명과 윤석열」에서는 노무현 대통령의 좌초된 검찰개혁의 유훈을 이어받은 문재인표 검찰개혁이 실패하게 된 과정을 기술하였다. 이 과정에서 빚어진 법무부장관과 검찰총장의 대결 구도로 탄생한 '윤석열 드라마'를 상세히 묘사하였다.

박근혜 정부가 탄핵을 당하여 불명예 하차하게 되자 진보 진영은 노무현의 후계자로 문재인을 선택했다. 그리고 노무현을 죽인 검찰과 정치 세력을 심판해야 한다는 집단 심리가 문재인 정부의 적폐 청산과 검찰개혁을 추진하는 원동력으로 작용하였으며, 정치적 위기 때마다 그를 떠받치는 구심점이 되었다.

정조 이래 개혁을 주창하는 진보 세력에게는 유사 이래 단 한 번도 없었던 권력이 문재인에게 집중되었다. 압도적 지방의회 권력과 여당 의원 180석이라는 전무후무한 가공할 힘이 그에게 주어졌다. 역대에 누구에게도 주어지지 않았던 이 천재일우의 기회를 그는 허망하게 날려 버리고 말았다. 그는 인사에서 치명적 결함과 무능을 드러내었다. 오직 절차적 정당성만을 강조하다 개혁의 대의를 망각하고 만 것이다.

책을 통해 알게 된 불편한 진실은 '윤석열의 영입'이 보좌진의 추천에 의한 것이 아니고, 대통령이 직접 윤석열을 사저의 식사 자리로 불러서 검찰총장을 맡아달라고 간곡하게 부탁하여 맡게 된 것이란다. 추미애 법무부장관 또한 자신의 사임이 용퇴가 아니라 문재인 대통령의 경질이었다는 것이다.

문재인은 자신이 정치인이 된 것은 노 대통령 때문이라고 누차 말하였다. 그렇다면 노무현이 이루지 못한 검찰개혁을 임기 초에 과감하게 단행했어야만 했다. 김영삼이 하나회 척결하듯이 검찰개혁을 했어야만 했다. 애초에 조국을 민정수석으로 임명할 것이 아니라, 정권 초부터 법무부장관에 임명하였더라면 윤석열이라는 괴물은 탄생하지 않았을 것이다. 그리 아니하였더라도 윤석열을 검찰총장에서 조기에 물러나게만 했다면, 그는 검증의 과정에서 후보가 되지도 못하였을 것이고 보수 진영은 인물

난으로 헤매었을 것이다.

검찰개혁을 최우선 과제로 밀어붙였던 문재인 정부가 자신이 임명한 검찰총장에게 도리어 권력을 내주고 말았으니 이런 비극적인 아이러니가 어디 있단 말인가. 책을 읽고서 깨달은 것은 노무현 정부가 '검찰 내 우군'을 확보하지 못한 것이 검찰개혁의 실패 요인이었다면, 문재인 정부의 검찰개혁 실패는 전적으로 문재인 자신의 '전략적 대응 미숙'과 '인사의 오판'에 있었다는 생각이다.

황석영이 쓴 소설 『장길산』에 이런 말이 있다. "세상에는 무서운 것이 세 가지가 있다. 첫째는 산에 가면 범이 무섭고, 둘째는 무식한 놈 돈 많은 것이 무섭고, 셋째는 미친놈 칼자루 잡은 것이 무섭다" 그러나 오늘날엔 여기에 한 가지를 더해야 한다. 그 넷째는 권력을 쥔 자가 들이대는 '법대로' 타령의 무서움이다. 권력을 쥔 자가 입만 열면 '법과 원칙'을 강조하며, 온갖 명분을 다 갖다 붙여 권력을 빼앗긴 자에게 '법대로'의 보복을 자행하는 시대가 도래한 것이다.

'노무현 트라우마'는 후계자 문재인을 통하여 해소된 것이 아니라 '검찰 트라우마'라는 새로운 역병을 창조해냈다.
그 고통의 대가는 오로지 국민의 몫이다.

퇴임 대통령의 죄를 묻다

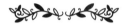

수일 전 방송에서 어느 퇴임 대통령이 자신이 사는 마을에 '동네 책방'을
열 계획이라고 한다. 마을의 작은 주택 한 채를 내부만 리모델링해서 2월
중 오픈하려고 조용히 준비 중이라 한다. 퇴직 공무원이 서점운동의 일
환으로 자신이 사는 지역사회에 북카페를 연다 한들 무슨 허물이 되겠는
가? 그러나 그는 단순한 퇴임 공직자가 아니다. 한 나라의 명운을 짊어졌
던 국정의 최고 책임자였다. 그가 권력을 빼앗긴 후 이 추운 겨울이 되도
록 수십 차례에 걸쳐 매주 토요일마다 광화문에서 촛불 집회를 하는 국민
을 생각한다면 이는 매우 염치없는 짓이다.

그가 누구 때문에 대통령에 당선이 됐더란 말인가? 누구 때문에 국민
들이 혹한의 추위에도 아랑곳없이 이 고생을 해야 한단 말인가? 단 한 번
만이라도 광화문에 나와서 지지자들에게 사죄했어야 도리가 아니었던가?
정녕 자신의 죄를 모른단 말인가?

한나라의 문장가 양웅(楊雄)은 자신의 글 「해조(解嘲)」에서 이런 말을 하였다.

"할만한 일을 할 수 있을 때 하면 좋은 결과가 있게 된다. 그러나 해서는 안 될 일을 하지 말아야 할 때 하면 흉한 꼴을 보게 된다.[爲可爲於可爲之時, 則從. 爲不可爲於不可爲之時, 則凶.]"

전임 대통령으로서 문재인 씨의 대표적인 두 가지 죄는 '할만한 일을 할 수 있을 때 하지 않은 죄'와 '해서는 안 될 일을 하지 말아야 할 때 한 죄'이다. 더 말할 나위 없이 전자는 윤석열을 파면하여 구속하지 못한 일이요, 후자는 박근혜를 사면한 일이다. 이 일로 그는 국민의 가슴에 천추의 한을 남기고 역사에 오점을 남긴 실패한 정치인으로서, 윤보선 최규하에 맞먹는 무능하고 위선적인 인물로 기록될 것이다.

문·통의 최대 실패는 인사에 대한 '무능'이 아니라 자신의 역할에 소임을 다하지 않은 '무책임'에 있다. 충분한 인사의 정보를 가지고도 자신의 고집으로 인사를 오판한 것은 '무능'의 죄에 불과하였지만, 자신의 무지와 무능을 인정하지 않고 무능으로 빚어진 과오를 시정하려는 노력조차 하지 않았던 것은 '무책임'의 죄이다.

국민이 문재인에 대하여 분노하는 것은 판단력의 '무능'에 있는 것이 아니라, 권한을 주었음에도 실력을 행사하지 아니하고 사태를 방기한 '무책임'에 있는 것이다. 이 무책임의 대가로 국민들은 말할 수 없는 참담한 고통 속에 빠져있다. 그러나 정작 본인은 얼마나 큰 역사의 죄를 지었는지를 도무지 깨닫지 못한 채, 자신이 성공한 대통령이라는 확증 편향에 빠져 자기합리화에 집착하는 인지 부조화를 드러내고 있다.

윤석열을 벼락출세시켜 중앙지검장과 검찰총장에 앉힌 것은 문재인의 패착이었을 뿐만 아니라 국민적 재앙이었다. 인사에 대한 수많은 사전 정보가 있었음에도 자신의 고집으로 임명을 강행시킨 것은 백 번을 양보하여 사람이면 누구나 할 수 있는 실수라고 용납할 수 있다.

그러나 자신이 임명한 장관을 인사청문회 도중 수사 한번 없이 기소한 일이나 생방송 도중 야당 의원에게 기소한다는 정보를 제공하여 공소 제기도 전에 전 국민 앞에서 피의사실을 공표하는 일은 전대미문의 참람한 하극상이었다. 이는 자신의 인사 임명권에 대한 명백한 불복이며 하극상에 의한 항명인 것이다. 건국 이래 초유의 사태가 발생하였음에도 즉각 파면하고 구속하기는커녕, 절차적 정당성만을 주장하며 "나는 여전히 윤 총장을 신뢰한다"라는 무책임한 망언을 쏟아 내었다.

마치 무슨 '빅 픽쳐'가 있는 것처럼 연막을 치며 근엄한 표정으로 위장하며 지지율 관리만을 하였다. 추미애 장관이 검찰 수뇌부와 총장을 개혁하려는 일촉즉발의 대결 국면에서도 오히려 그녀를 경질하면서, "윤석열 총장은 문재인 정부의 총장이다"라고 말한 대목에 이르러서는 자신의 무능과 무책임의 극치를 보여준 치욕적인 사건이었다.

이때 이미 문재인 정권은 무너지기 시작한 것이다. 각 부서의 장관들은 행정부 관료를 장악하지 못하였고 오직 자신의 임기와 보신에만 급급하였다. 자신의 부하를 책임져 주지 않는 비정하고 무능한 리더를 보면서 누구도 그런 리더를 위해 충성을 다하지 않았다. 오직 배를 갈아탈 기회만 엿보고 있었던 것이었다. 임기 말년에 이르러서는 국민이 촛불을 들어

탄핵한 박근혜를 아무런 국민적 합의 없이 자신의 화합형 이미지 제고용으로 너무 쉽게 사면해주고 말았다.

그는 퇴임 전 수차례나 잊힌 삶을 살겠다고 공언해 왔다. 그런 그가 잊히기 위한 자숙과 은둔의 삶과는 달리 잊히지 않기 위해 안간힘을 쓰는 모습을 보자니 입맛이 쓰다. '책방 운영'은 사양 사업이 된 지 이미 오래다. 대학가에서도 점차 책방이 사라져 가고 있는 현실을 도외시한 채 손바닥만 한 촌구석에서 책방을 하겠다니, 그 꿍꿍이를 미루어 짐작하고도 남음이 있겠다. 돈 몇 푼 때문에 대북화해의 상징인 '김정은의 개'마저도 내버린 사람이 곡절이 없지 않고서야 이런 일을 할 수 있겠는가?

더욱 가관인 것은 책을 사랑하는 전직 대통령에게 믿음이 간다는 '대깨문'들의 망언이다. 미분화된 그들의 편협한 의식세계가 '태극기 부대 전광훈'류를 보는 것 같아 역겹기 짝이 없다. 착한 사람이란 '착하게 생긴 사람'을 의미하는 것이 아니라, '착한 행위를 실재적으로 한 사람'을 말하는 것이다. '수불석권(手不釋卷)'이라는 고사의 주인공이었던 조조나 나폴레옹, 모택동 역시 전장 속에서도 일생을 책과 함께 살았던 사람들이다. 책을 사랑해서 훌륭한 사람이 되었던 것이 아니라 책의 내용과 교훈을 실천으로 옮겼기에 난세임에도 뛰어난 리더가 되었던 것이다.

정의의 반대말은 불의가 아니라 '자비'라는 말이 있다. 그와 마찬가지로 성공의 반대말은 실패가 아니라 '아무것도 하지 않는 것'이다. 설거지를 하지 않으면 접시를 깨트릴 일은 결코 없다. 이미 우리는 해방된 조국에서 독립운동가들이 일제의 충견이었던 경찰들에게 오히려 다시 붙들려 뺨을 맞고 고문당하는 치욕을 겪었다. 해방 후 70년이 넘도록 지금까지 여전히 우리는 '자비'의 후유증을 톡톡하게 겪고 있는 중이다.

문재인, 그는 결코 정의로운 사람이 아니다. 국민은 그의 무능과 실패를 탓하는 것이 아니다. "할만한 일을 할 수 있을 때 하지 않은 무책임"을 책망하는 것이다. 지금 우리가 그의 행태에 분노하는 것은, 산불을 낸 방화범이 자신은 멀리 떨어진 호숫가 낚시터에 홀로 앉아 한가로이 책이나 읽으면서 수수방관하는 모습으로 느껴지기 때문인 것이다.

낙불사촉(樂不思蜀)

유비(劉備)가 세운 '촉(蜀)'나라는 서기 263년 위나라 사마의에 의해 멸망한다. 촉나라 2대 황제인 유비의 아들 유선(劉禪)은 제갈량이 숨진 뒤 위나라가 침공하자, 자신의 손목을 묶고 성문을 열어 항복하고 말았다. 그후 안락공으로 봉해져 위나라의 수도 낙양에서 살게 된 유선을 회유하기 위해 어느 날 위나라의 대장군 사마소가 연회를 열었다.

그 자리에서 촉나라 음악이 연주되자 촉나라 사람들이 모두 울기 시작했다. 그러나 유선은 홀로 잔치를 즐겼다. 사마소가 어이가 없어 물었다. "그대는 촉나라가 그립지 않은가?" 이때 유선의 대답이 걸작이었다. "이곳 생활이 즐거워 촉나라 생각이 나지 않습니다!"

'낙불사촉(樂不思蜀)'의 고사가 여기서 나왔다. 창업 군주인 유비와 그의 의형제 제갈량, 조자룡 등을 비롯한 수많은 사람이 피땀 흘려 세운 촉나라가 불과 1대를 넘기지 못하고 망한 이유를 극명하게 보여주고 있다. 세인들은 이런 유선을 아버지 유비의 유지를 저버린 '호부견자(虎父犬子)'라고 불렀다.

자신이 임명한 수하인 검찰 총장에게 정권을 빼앗긴 문재인 씨는 퇴임 후 청와대를 나서며 지지자들에게 둘러싸여 이렇게 말했다.
"다시 출마할까요?"
"여러분 성공한 대통령이었습니까?"

조국 전 장관의 1심 선고가 2023년 2월 3일에 있었다. 문재인 정권에서 장관으로 지명된 이후 주지하는 바와 같이 그의 가족은 멸문지화의 고통을 당하고 있으며, 하루하루 생지옥 같은 나날을 보내고 있다. 재판 결과를 불문하고 문재인 씨는 조국을 비롯한 턴압받는 동지들과 지지자들에게 단 한 번이라도 진심 어린 사과를 한 적이 있는지 묻고 싶다.

그는 민주당 지지자들에게 참으로 위대한 교훈을 남겼다. 해방 후 "독립운동하면 패가망신한다"라던 한국 사회의 고질적이고 망국적인 병폐를 민주화 이후 "기득권 개혁하면 패가망신한다"라고 하는 것으로 멋지게 재현해 낸 것이다.

아직도 문재인 대통령은 잘못이 없고 '낙엽 일파'와 민주당만의 잘못이라고 하는 '대깨문'들은 여전히 그를 비호하기에 여념이 없다. 그들에게서 박정희를 숭배하는 태극기 부대의 환영이 어른거린다. 참모진은 참모로서의 실무에 대한 책임(responsibility)을 지면 되지만, 대통령은 리더로서 관리책임(accountability)뿐만 아니라 모든 것에 대한 무한책임을 지는 자리이다. 그들에게 트루먼 대통령의 책상에 놓여있었다는 그 유명한 문구를 상기시켜 주고 싶다.

"모든 책임은 내가 진다 - The Buck stops here."
이제 와 새삼스럽게 책임의 소재를 규명하자는 것이 아니라, 뼈를 깎는
자기반성과 성찰의 모습을 원했던 것이다.

책방이나 차려 놓고 개 끌고 산책이나 하면서 여전히 유유자적하는 모
습에서 유선의 '낙불사촉(樂不思蜀)'하는 모습이 보이고, 노무현의 유서를
가지고 다니면서 운명이라고 자기 이미지화하던 모습에서 캄보디아 어린
이를 안고 선행을 위장하던 탬버린 여사의 모습이 오버랩되는 것은 나만
의 착시일까?

나는 그를 알면 알수록 '호부견자'라는 생각과 '카레맛 나는 청산가리'
같은 존재라는 생각을 지울 수가 없다.

낙정하석(落穽下石)

'낙정하석(落穽下石)'은 함정에 빠진 사람에게 돌을 떨어뜨린다는 뜻으로, 어려운 처지에 놓인 사람을 도와주기는커녕 도리어 괴롭힘을 비유적으로 이르는 말이다. 이 말의 출전은 한유(韓愈)의 「유자후묘지명(柳子厚墓誌銘)」 이다. 한유가 친구 '유종원(柳宗元)'의 억울한 죽음을 애도하며 지은 추모 의 글이다. '자후(子厚)'는 유종원의 자이며, 두 사람은 모두 당송팔대가(唐 宋八大家)의 한 사람들이다.

유종원은 '왕숙문(王叔文)' 등이 주도하는 정치개혁에 가담하여 부패한 관료사회를 혁신하기 위한 정풍운동을 벌이다 모함을 받고 귀양살이 끝 에 죽음을 맞았다. 한유는 고문부흥(古文復興) 운동을 함께 주도했던 동지 의 불행한 죽음에 몹시 안타까워하며 그를 위한 묘지명을 지었다. 다음 글은 그가 지은 묘지명의 일부이다.

"선비는 어려운 일에 처했을 때 비로소 그 사람의 지조를 알 수 있는 법이다. 오늘날 사람들은 평소에 함께 지내면서 술과 음식을 나누고 자신의 심장을 꺼내 줄 것 같이 쉽게 말하지만, 만약 머리털만큼의 작은 이해관계만 얽혀도 서로 모르는 채 반목을 한다. 함정에 빠진 사람에게 손을 뻗어 구해주기는커녕, 오히려 구덩이에 더 밀어 넣고 돌까지 던지는 사람이 세상에는 많다.[落陷穽, 不一引手救, 反擠之, 又下石焉者, 皆是也.]"

민주당 대표 '이재명의 고난'은 예견된 수순이었다. 대권후보였던 그가 0.7%의 근소한 표 차이로 석패하였을 때부터 정치 탄압은 이미 정해진 행로였다. 험난하기만 한 그의 앞날을 보면서 한때의 동지라 여겼던 자들이 자신들의 살길을 찾고자 '수박 클럽'을 결성하였다. 위기에 봉착하고 나니 자신들의 탐욕스러운 본성이 여과 없이 드러난 것이다. 함정에 빠진 동지의 생사에는 아랑곳없이 살려고 발버둥 치는 동지에게 잔인하게 돌을 던지며 비웃고 있다.

정치가 아무리 다수결에 의한 지지자들의 세력 싸움이라지만 자신들의 밥그릇 앞에선 추호의 망설임조차 없이 면종복배하는 저들의 얄팍한 처신 앞에 그저 한숨만 나온다. 저런 것들을 믿고 정치개혁을 기대한다는 것이 얼마나 난망한 신기루였더란 말인가? 혹자는 국회의원 개개인이 입법기관이니 다양성을 존중해야 한다고 말하는 자들도 있다. 다양성이란 옳고 그름의 판단을 유보하자는 말이 아니다. 다양성의 수용은 '근원적 동일성'이 전제되었을 때만이 비로소 '현상적 다양성'을 존중할 수 있는 것이다. 잘못된 주장을 하면서 다양성을 인정하라고 주장하는 것은 매우 비이성적인 논리일 뿐만 아니라 자가당착적 모순에 지나지 않는다.

자기의 몸에 암 덩어리를 지고 적과 싸우겠다는 것은 섶을 지고 불길로 뛰어드는 것과 같이 어리석은 짓이다. 이 대표는 이참에 강력한 결단을 해야 한다. 상대의 적폐 세력을 개혁하려 할 것이 아니라 내부 세력의 적폐부터 먼저 전면적 개혁을 실행해야 한다. 암세포가 더 이상 전이되지 않도록 과감하게 환부를 도려내야만 대치한 적과 전면전에 나설 수 있다.

설령 만에 하나, 당 대표가 구속되는 불행한 사건이 일어난다고 할지라도 끝까지 대표직을 사수하여 '옥중 공천'을 단행해야 한다. 정치가 세 싸움이라는 것을 이해 못 하는 바는 아니지만, 수박들의 숫자에 기대어 통합이니 화합이니 운운하며 세력을 키워 집권한다 한들 결단코 '문재인 시즌 2'를 면치 못할 것이다.

국민은 두 번 다시 민주당에게 180석을 몰아주는 헛된 '뻘짓'은 더 이상 하지 않을 것이다. 이 대표는 '숫지의 논리'를 믿지 말고 오직 '국민'과 '역사의 신'을 믿기 바란다. 국민이 민주당 생계형 정치인들에게 바라는 바는 '정권'을 위해 싸우는 정략적 정치꾼이 아니라 '정의'를 위해 싸우는 진정한 정치인이 되길 바라는 것이다.

'이재명의 민주당'에게도 강한 주문을 하고 싶다. 더 이상 실기하지 말고 문재인 정부의 실패에 대한 반성과 함께 대국민 사과를 하기 바란다. 그리고 "나는 문재인과 다르다"라는 것을 천명하라. 더불어 다시는 문재인 정부의 실패를 반복하지 않겠다는 결연한 의지를 보여라. 그때 비로소 나는 이재명 지지자가 될 것이다. 지금의 나는 불행한 정치인을 동정하고 있을 뿐이다.

이재명의 집권이 '문재인 시즌 2'가 된다면 국민에게 어떤 희망도 줄 수 없을 것이며, 역사에 아무런 진보도 이루어 내지 못할 것이다.

사제사초(事齊事楚)

사제사초(事齊事楚)는 "'제(齊)'나라도 섬기고 '초(楚)'나라도 섬긴다"라는 의미이다. 양쪽의 중간에 끼어 이러지도 저러지도 못하는 경우를 이르는 말이다. 어려운 선택을 해야 할 때 자주 쓰는 표현으로『맹자(孟子)』에 나오는 고사이다. 강대국인 '제(齊)'나라와 '초(楚)'나라 사이에 낀 '등(騰)'나라 신세라는 뜻으로 약한 자가 강한 자들 사이에서 괴로움을 받는다는 '간어제초(間於齊楚)'라는 성어도 여기에서 나왔다.

'사제사초(事齊事楚)'의 고사를 기막히게 비유하여 화를 모면한 노류장화(路柳墻花)가 있었다. 그녀는 국가에서 선발된 기생으로서 성종의 총애를 받던 여인이었다. 하루는 그녀가 궁중연회에서 행주[(行酒)-임금 대신 술을 따름]의 명을 받고 권주가를 부르게 되었다. 제일 먼저 성종에게 잔을 올리며 평조 한가락을 읊었다.

태평성대로다 어즈버 태평연월이로다

격양가(擊壤歌) 울려오니 이 아니 성세인가

순군도 계시지만 요(堯)야 내 임금인가 하노라.

현재의 임금이 순임금보다도 요임금에 가까운 성군이시라고 칭송하는
노래로서 성종의 마음을 단번에 사로잡았다. 다음은 삼정승을 지나 육조
판서가 잔을 받을 차례이다. 그런데 서열을 무시한 병조판서가 예조판서
의 앞자리에 앉아 있는 것을 보고는 촌철 같은 비유로 다음과 같은 시를
노래했다.

당우(唐虞)를 어제 본 듯 한당송(漢唐宋)을 오늘 본 듯

통고금(通古今) 달사리(達事理)하는 현철사(賢哲士)를 어디 두고

저 설 데 역력(歷歷)히 모르는 무부(武夫)를 어이 좇으리.

'당우(唐虞)'는 백성을 덕으로 다스려 태평성대를 이루었던 요순시대를
가리키며, '한당송(漢唐宋)'은 문화와 문물이 번성했던 한·당·송나라 시
대를 일컫는다. 이렇게 요순시대를 어제 본 듯, 한·당·송나라의 시대를
오늘 본 듯, 고금의 일에 통달하고 사리에 밝은 명철한 선비를 따르지 않
고 제가 설 곳도 제대로 알지 못하는 무부를 어떻게 따르겠느냐는 내용이
다. 무관을 비하하고 문관을 찬양하는 노래로서, 무관들이 노여워하는 것
은 당연한 일이었다. 이에 무관들이 화를 내자 다시 무관에게 행주를 하
며 이렇게 노래했다.

전언(前言)은 희지이(戲之耳)라 내 말씀 허물마소

문무일체인 줄 나도 잠깐 아옵나니

두어라 규규무부(赳赳武夫)를 아니 좇고 어이리.

이 노래의 의미는 "앞에 한 말은 귀를 즐겁게 하고자 한 농담일 뿐이니 허물로 여기지 마시오, 문신과 무신이 한 몸인 것을 나도 잘 압니다. 저토록 훤칠한 장부인 병판대감을 어찌 따르지 않으오리까" 하는 말이다. 그러자 이번에는 또 문관들이 화를 내자 다시 다음과 같은 시를 지어 노래했다.

제(齊)도 대국(大國)이오 초(楚)도 역대국(亦大國)이라
조그만 등국(滕國)이 간어제초(間於齊楚) 하였으니
두어라 하사비군(何事非君)가 사제사초(事齊事楚)하리라.

이 노래를 통해서 그녀가 전하고자 하는 뜻은 "제나라도 큰 나라이고 초나라 또한, 큰 나라이다. 조그만 등나라가 그 사이에 끼었으니 누구를 섬긴들 임금이 아니겠는가? 제나라도 섬기고 초나라도 섬기리라"라고 하는 말로서 자신을 등나라의 처지에 비유한 시이다. 위 시들의 출전은 『해동가요(海東歌謠)』이다.

자유분방하고 거침없는 표현으로 병도 주고 약도 주며, 좌중의 신하는 물론 성종까지도 탄복하게 만든 뛰어난 재치요 거침없는 풍자이다. 임금 앞에서 문무관을 마음대로 희롱하며 연회의 즐거움을 주도했던 그녀가 바로 성종이 총애한 선상기(選上妓) '소춘풍(笑春風)'이다.

"봄바람에 웃다"의 의미 '소춘풍(笑春風)'이라는 그녀의 이름은 당나라 시인 최호(崔護)의 시 '제도성남장(題都城南莊)'의 마지막 연 '도화의구소춘풍(桃花依舊笑春風)'이라. 즉 "복사꽃만 옛날처럼 봄바람에 웃는구나"라고 하는 데서 따온 이름이다.

이 땅에 한사군이 설치된 이래로, 우리는 강대국 틈바구니에서 한시도 자유로운 때가 없었다. 오늘날 스스로 경제 대국임을 자처하지만, 여전히 '전시작전권'조차 없는 약소국에 불과하다. 전시작전권이 없다는 말은 스스로 자주국방이 불가능하여 외세의 힘을 빌지 않고는 생존이 불가능하다는 말이다.

한 나라의 국군을 통수할 권한을 가진 자가 '중국'을 욕보이고 '러시아'에게 들이대며, 오직 '미국'과 '일본'의 힘만을 믿고 일사 불전의 자세로 거들먹거리고 있다. 중국과 러시아에는 오만 건방을 떨다가 미국과 일본에는 한없는 저자세로 굴종하고 있는 꼴이 꼭 조폭의 똘마니 같은 형국이다. 이 땅의 선조들이 어떻게 지켜온 나라인데, 자기 멋대로 국가의 안위와 국민의 생명을 볼모로 위험한 도박을 하려 드는 것인가.

국가와 국민은 권력이 벌이는 도박판의 판돈이 아님을 명심해야 한다.

천공의 주술 정치(呪術 政治)

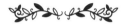

조선 후기 가야산 '묘암사'에 석탑이 하나 있었는데, 이 석탑에는 송나라 황제 진상품인 용담승설차(龍潭勝雪茶)와 그 밖의 진귀한 물건이 소장되어 있었다. 바로 이 탑 자리에 묘를 쓰면 후손 중에서 왕이 두 명이나 나온다는 주술이 떠돌았다.

이 주술을 굳게 믿은 대원군은 묘암사를 사들여서 불을 질렀다. 그러고는 연천에 있던 아버지 남연군의 묘를 그 석탑의 자리에 이장하였다. 그리고 석회벽을 두텁게 발라 도굴을 못 하게 하였다. 훗날 독일 상인 에른스트 오페르트가 도굴범 조직을 만들어 행담도에 배를 정박한 후 밤중에 몰래 도굴하려 했으나 실패하고 도망갔던 역사가 있다.

주술의 효력 때문인지는 몰라도 대원군은 고종과 순종 두 명의 후손이 왕이 되는 가문의 영광을 누렸지만, 며느리 민비에 의해 수모를 당하고 나라가 망하는 치욕을 겪게 되었다. 민비는 대원군보다 한술 더 떠 아예 주술에 미쳐 일개 무당을 '진령군'이라는 작위를 주고 전국 곳곳에 산신을 모시는 사당을 지어 왕실의 안녕을 빌었다. 그러나 끝내 왜인의 칼에 베이고 시신이 불태워져 암매장되고 말았다. 조선을 망하게 한 일등공신은 주술의 힘을 신앙처럼 믿었던 황실의 가족들이었다.

신비주의 학문으로 일컬어지는 '오컬트(Occult)'는 과거 서양 사회에서 주술이나 유령 등의 영적 현상에 관해 탐구하고 그것에 어떤 원리나 규칙이 있다고 믿으며, 이를 정치와 생활에 적용했던 신념을 가리킨다. 라틴어 '오쿨로(ócŭlo)'에서 유래했는데, 이는 '씨앗을 흙으로 덮다', '숨기다'라는 의미이다. 여기에서 '숨겨진', '비밀의'라는 뜻이 파생되었으며, 이를 우리말로 번역한 것이 '신비학(神祕學)'이다.

이 신비주의 학문의 분파 가운데 '수비학(數秘學)'이라는 것이 있는데, 이는 숫자에 의미를 부여하여 숫자와 사람, 장소, 사물 등의 사이에 숨겨진 의미와 연관성이 있다고 믿으며, 인간의 힘을 뛰어넘는 어떠한 신비가 있다고 주장하는 학설이다. 단순히 숫자만이 아니라 마방진이나 마법진의 도형 또한 수비학에 포함된다. 이를테면 '4' 자를 죽을 '사(死)' 자와 연관 지어 재수 없다고 피하는 것이나, '7' 자를 행운의 숫자로 여기는 것 또한 수비학의 일종이라 할 수 있다.

최근 '천공'이라는 무속인의 숫자놀음이 연일 화제이다. 이 무속인을 멘토로 삼아 그의 말을 하늘의 운명으로 받들고 순종하는 이 나라 통치자를 보면 조선이 망할 때와 상황이 너무나 유사하여 마음이 몹시 착잡하다.

손바닥에 '왕(王)' 자를 새기고 생방송 토론회에 참석했던 일이나, 청와대에 죽음의 기운이 서려 있다며 대통령 집무실을 용산으로 옮기는 초유의 사태는 모두 '천공'의 작품이다. 그의 논리를 빌자면 '二'에다 '十'을 합치면 '王'이 되고 여기에다 '百'을 합치면 '皇'이 된다. '2×10×100'은 '2,000'이 된다. 그러므로 숫자 2,000은 제왕의 통치술을 상징하는 숫자가 된다는 해괴한 논리이다. 천공의 주술을 실제로 국정에 적용했던 사례를 보자면 기막힌 정도가 아니라 경악할 노릇이다. 조선을 망하게 한 숨은 주역이었던 죽은 진령군이 환생을 했단 말인가?

- 의대 정원 2,000명 확대
- 학교폭력 수사관 2,000명 증원
- 비수도권 취업 청년지원 2,000명
- 인천대교 통행료 2,000원 인하
- 오염수 방류 어민지원 2,000억
- 대구 로봇테스트필드 2,000억
- 장병급식비 2,000원 인상
- 돌봄 학교 2,000곳
- 국민 만남 2,000명
- 공무원 승급 2,000명

지난번에 용산 윤 씨가 사전 투표를 한 곳이 부산 강서구 명지 1동 행정복지센터였는데, 이곳의 주소가 '명지동 2000번지'였다. 그곳은 아무런 기반시설조차 갖춰지지 않은 허허벌판이었다. 이것이 과연 단순히 우연의 일치로만 이루어진 일이었을까?

나는 지금 소름이 오싹 돋는다. 이들은 과학이 종교의 허상을 밝혀낸 금세기에서조차 여전히 미토스의 신화적 세계에서 벗어나지 못한 사람들이다. 축구선수 이영표는 "월드컵은 경험하는 자리가 아니라 증명하는 자리"라고 했다. 스포츠 경기의 선수조차도 인기나 명성에 앞서 실력의 검증을 요구하는 것이 세상 사는 이치요, 사람을 선발하는 기준이라고 말한다. 하물며 일국의 대통령 자리에 대해서는 더 말할 것이 무엇이 있겠는가? 대통령의 직분이야말로 초보 정치인이 '국정을 경험하는 자리'가 아니라, 인고의 세월을 견디며 준비하고 훈련된 인재가 '경륜을 펼쳐야 하는 자리'여야 함이 마땅하다.

우리는 면허증의 유무도 불확실한 초보 운전자에게 대한민국이라는 국가의 운명을 책임져야 하는 자리를 너무도 쉽게 내맡기고 말았다. 게다가 그의 '난폭'과 '음주'의 전력은 이미 백일하에 드러난 바 있다. 초보 운전자가 스포츠카의 성능에 도취되어 '난폭 운전'과 '음주 운전'을 상습적으로 일삼는다면 그땐 나라의 불행을 어찌할 것인가?

'난폭 운전자'는 성격을 고쳐서 교정할 수 있고 '음주 운전자'는 술을 끊어서 교정할 수 있다지만, 마약보다 위험한 '주술에 세뇌당한 난폭음주 운전자'는 이미 교정의 범위를 벗어난 단계이다. 이런 자는 사회의 안녕과 질서를 위해 운전하는 행위 자체를 불가능하게 해야만 한다. 반드시 적발과 동시에 구속함이 마땅하다.

지금 대한민국은 전대미문의 주술에 빠진 초보 정치인에게 국가의 명운을 저당 잡힌 채 '국가의 안위'와 '국민의 목숨'을 담보로 한 건곤일척의 도박을 벌이고 있다. 현명한 국민이 투표로 심판하는 것만이 누란의 위기를 벗어나는 길이다.

나의 한 표가 주술에 빠진 대한민국을 건져낼 위대한 능력이 될 것이다.

일반지은(一飯之恩)과 애자필보(睚眦必報)

한(漢)나라의 개국공신이었던 '한신(韓信)'에게는 '표모반신(漂母飯信)' 또는 '걸식표모(乞食漂母)'라는 유명한 사례가 있다. 그가 끼니를 거르던 백수 시절에 빨래하는 아낙으로부터 밥을 얻어먹은 일이 있었는데, 훗날 초(楚) 왕에 봉해지자 빨래하던 아낙을 찾아 밥 한 끼 얻어먹은 은혜를 천금으로 보답하였다.

전국시대 위(魏)나라에 '범수(范雎)'라는 사람이 있었다. 도피자였던 범수(范雎)는 사선을 넘나드는 간난신고의 세월 끝에 진(秦)나라 소왕(昭王)에게 원교근공(遠交近攻)의 계책이 채택되어 마침내 진(秦)나라의 재상이 되었다. 권력을 잡은 후 그는 자신이 유리걸식하던 시절에 눈 한번 흘기며 질시했던 사람에게도 반드시 찾아가 보복하였다.

사기(史記)에 이른바 "밥 한 그릇의 은혜에도 반드시 보답하였고, 눈 한번 흘긴 원한도 반드시 갚았다.[一飯之恩必償, 睚眦之怨必報.]"라는 고사는 범수를 두고 한 말이다.

범용한 인생이라면 누구나 공감할 만한 이야기이다. 정상의 자리에서 절대 권력을 갖게 된다면 누구나 한 번쯤 이러한 마음을 품어보지 않겠는가? 은혜를 갚고 원수를 징벌하는 권선징악의 주체가 된다는 일은 상상만 해도 얼마나 통쾌한 일인가?

그러나 이 이야기는 결코 미담이 아니다. 선과 악에 따른 판단의 주체가 본인이 되어서도 곤란하지만, 그 기준이 자신의 감정의 호오(好惡)에 따른 것이라면, 이는 더더욱 불가한 일이다. 성공한 사람이 어려운 시절에 사적인 은혜를 갚는 일을 어찌 탓할 것이 있겠는가마는 그것은 사적인 일에 그쳐야 한다. 한 나라의 공적인 자리에서 국가적 권위로 행혜지는 상벌과 거취의 인사 문제라면 그것은 반드시 시스템에 의한 절차적 검증이 우선되어야 한다.

사적인 인연으로 나를 도왔던 사람이 포상과 등용의 대상이 되는 것이 아니라 세상에 이롭고 의로운 일을 행한 자가 포상과 등용의 대상이 되어야 하며, 사적인 감정으로 나와 원수 되었던 자가 징벌의 대상이 되는 것이 아니라 세상을 어지럽히고 악행을 행한 자가 마땅히 징벌의 대상이 되어야 한다.

흔히 하는 말로 "좋은 게 좋은 것이다"라고 하는 말은 매우 이기적이고 음모론적이며, 왜곡되고 편향된 논리이다. 단순히 내 취향과 기호에 맞는 것이 좋은 것이 아니라 비록 내게 다소 불편하고 성가신 것일지라도 '옳은 것이라야 좋은 것'이다. 상벌과 인사의 대상이 권력자의 감정의 호오와 친소에 따라 결정된다면 '바이든'을 '날리면'이라고 하는 어처구니없는 지록위마(指鹿爲馬)와 같은 아첨은 끊임없이 이어질 것이다.

한때 대선 가도에 정적이었던 사람을 집권 후 이 년 동안 삼백칠십여 차례의 압수수색 끝에 만신창이가 되도록 검찰을 동원하여 보복하였으며, 자신에게 눈 한 번이라도 흘겼던 자는 반드시 검찰 캐비닛을 열어 보복하였다.

'일반지은'의 은혜는 이미 아득히 잊어버렸지만, '애자필보'의 복수만큼은 여야를 불문하였다. 자당의 허수아비 대표는 기침 소리만 크게 내어도 생사가 바뀌어 이 년간 일곱 차례나 바지사장이 바뀌는 촌극이 벌어졌으며, 국내 굴지의 기업체 총수는 일 년 열두 달을 해외 순방이나 국내 먹방에 따라다니는 동네 꼬마로 전락해 버리고 말았다. 명색이 입법기관인 국회가 합의하여 채택한 발의안에도 이 년간 무려 아홉 번이나 거부권을 행사하였다.

정권은 유한하고 권력은 오래도록 흥하지 않는다. 칼로 흥한 자, 칼로 망하는 것이 역사의 필연이다. 권력의 칼춤을 추고자 하는 자는 반드시 한신과 범수의 말년을 상기해 볼 필요가 있다. "새를 다 잡고 나면 좋은 활은 창고에 감추게 되고, 교활한 토끼가 죽고 나면 사냥개는 삶아 먹게 되는[蜚鳥盡良弓藏 狡兔死走狗烹]" 것이 역사의 교훈이 아니었던가?

진시황은 불로초가 있는 곳을 알아낼 수 있다는 『천록비결(天祿秘訣)』이라는 책을 받아 들고 수많은 학자를 동원하여 해독하게 하였다. 그러나 "진나라를 망하게 할 것은 호(胡)이다.[亡秦者胡也]"라는 한마디 말만을 해

석하였을 뿐 다른 어떤 것도 해독하지 못하였다. 그러나 그마저도 '호야
(胡也)'를 북방 오랑캐로 잘못 해석하여 서둘러 만리장성을 쌓기 시작하였
지만, 정작 진나라를 망하게 한 것은 북방의 오랑캐가 아니라 자신의 둘
째 아들 '호해(胡亥)'였다.

윤 씨 정권을 망하게 할 것이 '쥴리'인지 '동훈'인지 현재로선 알 수 없
다. 그러나 한 가지 분명한 것은 윤 씨의 허세와 권력 놀음이 그 단초를 제
공하게 될 것은 분명해 보인다. 절대 권력을 쥔 자가 복수의 화신이 되어
자신의 감정대로 권력의 칼을 휘두른다면 결국, 그는 그 칼에 자신이 베
임을 당하고 말 것이다. 어느 사회에서든 공동체의 리더를 자임하는 자는
자신의 권력의지에 대한 도덕성과 역사를 객관화하여 볼 수 있는 능력을
갖추는 것이 자신의 천명을 보존하는 첩경일 것이다.

나는 윤 씨에게서 '망진자호야(亡秦者胡也)'의 어두운 그림자가 짙게 스
며들고 있음을 보고 있다.

무등산(無等山)

무등산을 오르다 탐방로를 검색해보니 무등산에 대한 지명의 의미에 대하여 '무등(無等)'이 등급을 매길 수 없어 그 이상 더할 수 없다는 뜻이라 한다. 누구의 주장에서 비롯되었는지 모르겠으나 이런 오류가 한결같은 내용으로 복사하여 퍼 날라 시비를 가릴 수 없는 지경이다.

무등산이라는 이름은 원래의 이름이 아니라 나중에 만들어진 명칭이다. 원래 이 산의 옛 이름은 '서석산(瑞石山)'이었다. '서석'의 한자적 의미는 상서로운 돌이란 뜻이지만, '서석'의 속뜻은 '무지개를 뿜는 돌'이라는 매우 신비하고 아름다운 의미를 담고 있다. 이 '무지개를 뿜는 돌'을 '무돌'이라 하였다. '무돌'의 향찰식 표기가 바로 '무등(無等)'이다. 이러한 속뜻과 진위를 알지 못하고 한자대로만 풀이하려다 보니 너무나 좋아서 등급을 매길 수조차 없는 산이라는 그럴듯한 견강부회(牽强附會)를 낳고 만 것이다.

어디 이것뿐이겠는가? 강원도에는 군부대가 밀집한 '인제', '원통'이 있는데 한때 이곳의 지명이 "인제 가면 언제 오나 원통해서 못 살겠네"라고 한데서 나왔다는 속설이 있었다. 그러나 '인제(麟蹄)'는 기린의 발굽이라는 뜻이다. 전설상의 동물인 기린은 풀을 밟아도 풀이나 벌레가 죽지 않는다는 신령한 영물로서 인자와 자비를 상징한다. '원통(圓通)'은 원융회통(圓融會通)이라는 말에서 나온 지명으로 원만하게 통한다는 의미이며, 교통의 요충지라는 함의가 있다.

또한, 문경에 가면 '새재'가 있다. 한자로는 '조령(鳥嶺)'이다. 새재가 먼저 있었던 말이고 조령은 나중에 한자로 옮긴 말이다. 그러나 조령이 사람들의 입에 굳어지자 대중들 사이에 "새도 날아서 넘어가지 못하는 고개"라는 식의 견강부회(牽强附會)가 이루어진 것이다. 새재란 '사이 재' 즉 '샛 고개'라는 뜻이다. 경상도에서 한양으로 올라올 때 이 길이 가장 지름길이므로 생긴 이름이다.

그리고 문경(聞慶)에는 "경사스러운 소식을 듣는다"라는 속뜻이 있다. 웃자고 하는 소리겠지만 영남 지방의 선비들이 과거를 보러 한양에 가는 길에 문경새재와 추풍령고개, 죽령고개가 있었는데 주로 문경새재를 이용했다고 한다. '추풍령(秋風嶺)'은 추풍낙엽 떨어지듯 시험에 떨어진다는 설이 있고, '죽령(竹嶺)'은 대나무처럼 죽죽 미끄러진다는 속설이 있는 데 비해 '문경(聞慶)'은 경사스러운 소식을 듣는다는 문자적인 속뜻이 있어 호남의 선비들조차 이곳을 통해 올라갔다는 설이 있다. 그러나 이는 호사가들이 만들어 낸 입방아에 불과하고 실상은 도적이 많던 시절 '새재'는 관군이 많이 지키고 있어서 안전했기 때문에 이 길을 이용했다고 한다.

달마대사가 동쪽으로 간 까닭은 불법을 전파하기 위함이요, 석가여래가 이 세상에 태어난 의미는 '개(開)·시(示)·오(悟)·입(入)'하기 위함이다. 내가 화란이 춘성하고 만화가 방창하며 춘풍이 화류하는 이 호시절에 꽃놀이를 마다하고 남쪽으로 무등산을 찾아간 까닭은 절대고독과 마주한 한 사내에게서 잃어버린 민족의 기상을 깨달았던 까닭이요, 이 땅 빛고을에 충절의 소나무를 심고자 함이다.

옥중 창당을 하여 영어의 몸으로 출마한 송영길은 지금 감옥에서 단식 중이다. 목숨을 건 단식으로 선거운동을 하는 중이다. 그는 단순히 DJ 이후에 호남을 지배할 패권주의자가 아니라 대륙을 횡단하여 유라시아까지 한민족의 기상을 드높일 준비가 된 리더이다. 반도의 패배 의식에 젖은 우리에게 우리는 대륙의 민족이요, 고구려인의 후손임을 깨닫게 해준 큰 꿈을 가진 사람이다. 야권의 200석도 중요하고 조국당의 15석도 중요하지만, 만약 송영길을 잃게 된다면 잘 준비된 차기 리더 한 사람을 잃게 되는 것만이 아니라 민주 진영의 의리와 양심은 실종되고 마는 것이다.

송영길은 이재명을 위해 지역구를 양보했을 뿐 아니라 당의 기획으로 서울 시장이라는 사지에 출마하였으며, 망치 테러를 당하면서도 당을 위해 헌신했다. 이재명이 단식을 할 땐 외면하지 않고 그의 곁에서 힘을 보탰다. 그런 그가 구속수감 중이다. 인간의 도리라면 면회도 하고 그의 구속에 항의도 하며, 보석 허가를 하지 않는 법원에 규탄 성명이라도 냈어야 한다. 더욱이 송영길의 지역구에는 무공천을 해서 음으로 양으로 지원을 했어야 도리이다. 옥중의 송영길이 애달픈 소리로 민주당과의 연합을 제의했지만, 이재명과 민주당은 철저히 외면하였다. 리더의 그릇의 크기와 인격을 가늠해 볼 대목이다.

무등산을 오르는 도중 뜻밖에 소나무당의 강력한 비례 주자 한 분이 광주 모처에서 선거운동을 한다기에 한걸음에 달려가 만났다. 서로의 일정을 전혀 알지 못하고 있었는데, 뜻이 있으면 길이 있다더니 이런 기막힌 우연도 있구나 싶다.

"제비가 왔다고 봄이 아니다. 봄이라서 제비가 온 것이다" 이제 이재명은 답을 해야 한다. 무지개를 뿜는 돌 '서석'과 같이 민주의 성지 광주가 송영길을 지켜 줄 것을 간곡히 호소드린다.

닥치고 '소나무당'이다.

경기도 유감(遺憾)

오늘 경기도가 남북 분도를 시도한다는 소식을 접했다. 경기도 북부의 이름을 공모하여 '평화누리 특별자치도'로 선정하였고 남부는 그대로 경기도로 존속할 모양인 것 같다. 남부 쪽에만 경기도로 지명을 쓴다는 발상에는 균형과 형평의 차원에서 매우 문제가 많아 보이고 북부만을 '평화누리'라고 도명을 정하는 것 또한 국가 전체의 도에 대한 명칭의 균형을 생각한다면 어색하기 그지없다.

'조선 팔도(八道)'라 할 때 '팔도(八道)'는 조선 태종 때 확정된 광역 행정 구역인 여덟 개의 도(道)를 통틀어 이르는 말이다. 곧 경기도, 충청도, 전라도, 경상도, 강원도, 황해도, 평안도, 함경도가 이에 해당한다. 그러나 모든 도는 남북이나 좌우의 도로 나누었지만, 경기도만은 단일 지명이었다. 그 이유는 '기(畿)' 자의 뜻에 연유한다.

원래 '기(畿)' 자에는 오백 리의 뜻이 있다. 수도 서울을 중심으로 사방

오백 리 이내의 땅을 이르는 말이다. 그러므로 당시 수도였던 한양을 중심으로 사방 오백 리 이내의 땅을 경기도라 한 것이다. 만일 통일이 되어 평양이 수도가 된다면 평양을 중심으로 사방 오백 리의 땅, 즉 평안남북도가 경기도가 되는 것이다. '기내(畿內)'라는 말이 나라의 서울을 중심으로 뻗어나간 가까운 행정구역의 안을 말하는 것과 같이 '경기(京畿)'는 남북이나 동서로 나눌 수 있는 성격의 행정구역이 아니다.

또한, 과거에는 전라좌도 전라우도 하는 식으로 좌우로 나누었는데 지도를 볼 때 우측을 좌도라 하고 지도상의 좌측이 우도가 되는 것은, 임금을 중심으로 기준 삼은 것이었기 때문이다. 동양의 전통적 사유로 임금은 '북극성'에 해당하므로 남면(南面)을 하여 백성을 통치하고, 백성은 임금을 향하여 북면(北面)하는 것으로 이해한 것이다. 목포에서 서울에 갈 때도 "서울 올라간다"하고 함경도에서 서울에 갈 때도 "서울 올라간다"라고 하는 것은 서울의 위도가 높아서가 아니라 임금이 있는 쪽을 높여서 부른 것이다. 그러므로 북향 사배한다는 것은 임금이 계신 쪽을 향하여 사배를 한다는 의미이지 북쪽의 어떤 특정한 지역을 말하는 것이 아니다.

요즘 경기도의 분도에 관한 명칭으로 의견이 분분하다. '경북(京北)'과 '경남(京南)'으로 하자는 것은 경북(慶北)과 경남(慶南)의 한글 발음이 같으므로 혼란을 줄 여지가 있어서 곤란하고, 북경(北京)과 남경(南京)으로 하자는 말은 문법적으로 맞지 않아 곤란하다. '기내(畿內)'의 의미는 사라지고 '북쪽 서울'과 '남쪽 서울'이 되기 때문이다.

그렇다면 경기의 북쪽이나 남쪽을 의미하는 '기북(畿北)'과 '기남(畿南)'으로 한다든가 북쪽 경기나 남쪽 경기를 의미하는 '북기(北畿)'와 '남기(南

畿)'로 지명을 정하는 방안을 고려해 볼 수 있겠다. 그러나 이 또한 입에 붙지 않아 매우 어색하지만 말이다. 그런데 도대체 왜 경기도를 분도하고자 하는가? 아마도 그 속내는 인구의 증가로 인한 행정의 편의가 그 목적일 것이다. 김포를 서울로 편입시키려는 의도나 경기도를 남북으로 나누려는 것은 근본적 해결책이 아니다. 국토의 균형적 발전을 고려한다면 과밀해진 수도권에 대한 억제 정책이 필요하다.

근본적 대책은 수도를 이전하는 것이다. 노무현이 옳았다. '관습적 헌법'이니 하는 개소리로 국민을 현혹할 일이 아니다. 대통령 집무실과 종합청사 그리고 국회까지 모조리 세종시로 이전하고 국립 서울대를 비롯한 국유시설을 모두 지방으로 이전하여 서울은 경제도시로 세종은 행정도시로 개편하여 수도권의 인구가 다시 지방으로 이전하는 역발전의 시대를 열어야 한다. 각 지방을 특색있게 균형적으로 발전시켜야 좁은 국토를 효율적으로 사용하는 경쟁력 있는 국가로 성장하게 될 것이다.

지방으로 홀로 여행을 다닐 때마다 느끼는 생각인데 비단 나 혼자만의 생각은 아닐 것이다. 서울에 기득권을 둔 신흥 호족들을 지방으로 내려보내든지 아니면 그들의 권력을 무장해제하든지, 혁명적 조치를 하지 않고서, 김포의 서울 유입이니 경기의 분도니 하는 사탕발림으로는 어림도 없는 수작에 지나지 않는다.

당장 눈앞의 표나 지지율만을 의식하지 말고 국토의 백년대계를 위한 충정을 가지고 역사에 남을 일들을 좀 하자, 이 위정자님들아.

화천대유(火天大有)

한때 '화천대유'와 '천화동인'이라는 회사가 세간의 화제였다. 이른바 대장동 사건으로 유명해진 김만배 일당이 만들었다. 도시개발사업과 자산관리를 담당하는 회사이다. 특정 정치인하고 모종의 관계가 있다는 보도가 연일 매스컴에 오르내린다. 나는 그 회사가 무슨 회사인지 알지도 못하고 해당 정치인도 잘 모르지만, 처음 들어보는 사명이 매우 특이하여 관심이 간다.

'화천대유(火天大有)'라는 사명은 아마 주역에서 따온 듯한데, '화천대유'는 주역의 64괘 중 14번째 괘로서 '천화동인(天火同人)' 괘의 다음에 해당하는 괘이다. 우선 13번째인 '동인[同人 - ䷌]' 괘를 살펴본다면 위에는 천(天-乾 괘)이 있고 아래로는 화(火-離 괘)가 있는 괘상(卦象)으로서 하늘에 해가 떠올라 만물이 활동하여 서로 모이는 상이 곧 '천화동인' 괘의 의미이다. '동인(同人)'이라는 글자 의미는 '모든 사람[人]이 뜻을 하나[同]로

하여 함께 한다.'라는 뜻이다.

그다음의 14번째 괘인 '대유[大有 - ䷍]' 괘는 위에 화(火-離 괘)가 있고 아래에 천(天-乾 괘)이 있는 괘상으로서 해가 중천에 걸린 상이 곧 '화천대유(火天大有)' 괘이다. '대유(大有)'의 의미는 "크게 소유한다"라는 뜻이다.

「서괘전(序卦傳)」에 남과 함께하는 자는 반드시 큰 성과를 거두게 된다. 그러므로 동인괘 다음에 대유괘를 둔 것이라 하였다. '대유괘'가 14번째인 데에는 기망[幾望: 14일]의 의미도 담겨 있다. 달이 보름이 되면 이미 기울어지기 시작하므로 풍대(豊大)의 정점을 향하고 있다는 의미를 내포하고 있는 대유괘를 14번째에 두었다는 학자들의 주장도 있다.

명리학에서는 '대유괘'를 "하늘의 도움으로 천하를 얻는다"라는 의미로 받아들여 지도자가 되는 점괘로 보기도 한다. 하늘의 불은 곧 태양을 상징하므로 태양이 온 천하를 비춰서 크게 이로움을 얻는다는 의미로 해석하는 것이다. 또한 '동인' 괘는 여러 사람의 도움으로 "마음먹은 일을 성취할 수 있다"라는 운세이므로 사업가의 점괘로서 매우 적합하게 보고 있다.

천화동인(天火同人)의 괘(卦)는 화천대유를 뒤집으면 나오는 괘다. 천화(天火), 즉 하늘에 불이 났음으로 세상이 잘못돼 가는 것을 꾸짖는다는 의미를 내포하고 있고, 이것을 동인(同人), 즉 뜻을 같이하는 사람들이 세상을 바로 잡는다는 뜻으로 설명하고 있다.

화천대유, 천화동인을 한마디로 줄이면 "엄청나게 길함으로 풍요를 얻어서 세상을 바로 잡겠다"로 해석할 수 있을 것이다. 그러나 누가 그 이름을 지어서 웅지를 품었는지는 모르겠지만, 모두가 재판을 받는 신세가 되고 말았다. 대체로 사명이나 인명에 '동인'이나 '대유'라는 주역의 괘명을 쓰는 경우는 여럿 보았지만 괘 상까지를 포함하여 '화천대유'라거나 '천화동인'이라고 작명하는 경우는 매우 이례적인 것 같다.

언젠가 어디서 우연히 본 이름 중에 '풍림화산(風林火山)'이라는 회사명을 본 적이 있다. '풍림화산'이란 손자병법에 나오는 말로서 그 뜻은 "바람처럼 빠르게, 숲처럼 고요하게, 불길처럼 맹렬하게, 산처럼 묵직하게 적을 엄습한다"라는 의미이다. 글자 수가 무슨 대수이겠는가? 자신의 철학과 정체성을 담은 것이라면, 그 나름대로 의미가 있다 하겠다.

글을 쓴 김에 한마디 더 보태보자. 법률용어 중에 '영구미제'라는 단어가 있다. 해결이 나지 않는 경우의 사건을 '미해결' 사건 혹은 '미제' 사건이라 부르는데, 일정 시간이 경과하여 공소시효가 만료되면 이를 '영구미제' 사건이라 한다.

그 '미제'라는 말이 한자로는 '미제(未濟)'인데, 주역의 마지막 괘인 64번째 괘 '화수미제(火水未濟)'에서 나온 말이다. '미제[未濟 - ䷿]' 괘는 물(水-坎 괘) 위에 불(火-離 괘)이 있는 상으로 불은 위로 타오르고 물은 아래로 흘러 서로 사귀지 못함을 의미한다. 주역을 '미제(未濟)' 괘로서 마친 것은 천도(天道)가 마침내 종말하고 만다는 의미가 아니라 끝없이 순환하여 반복한다는 이치를 보이고자 한 것이다.

예전에 한참 주역 공부를 할 때는 64괘의 내용을 줄줄 외고 다녔는데 지금은 물레방아 도는 내력처럼 먼 옛날이야기가 되고 말았다. 어쨌거나 다양한 사람들이 모여 사는 재미있는 세상이다. 나와 같은 변방의 아웃사이더는 그저 낙관시변(樂觀時變)할 뿐이다.

바람 없는 천지에 꽃이 피겠나

'1909년 10월 26일.' 안중근 의사가 조선 통감 이토 히로부미를 만주 하얼빈역에서 처단한 날이다. 70년 후 '1979년 10월 26일.' 김재규 의사가 유신 독재자 박정희를 궁정동 안가에서 처단한 날이다.

국가보훈처에서 규정하는 '의사'와 '열사'는 모두 나라를 위하여 절의를 굳게 지키며 충성을 다하여 싸운 의로운 사람이라는 정의는 다 같지만, 의사(義士)는 무력으로 항거하여 의롭게 죽은 사람을 뜻하고 열사(烈士)는 맨몸으로 저항하여 자신의 지조를 나타낸 사람이라고 규정하고 있다.

김재규 장군을 '의사'라 칭하는데 사회적 의견이 분분하지만, 사육신이었던 '성삼문'이 충신으로 인정받기까지는 250년의 세월이 걸렸으며, 홍범도 장군의 유해는 서거 78년이 돼서야 조국의 품으로 돌아올 수 있었다. 그를 담당하였던 강신옥 변호사는 "김재규 장군 역시 반드시 역사의 재평가를 받을 것이라 굳게 믿는다"라고 하였던 것처럼 나 또한 그의 역사적 재평가를 굳게 믿는다.

'응무소주이생기심-應無所住而生其心'

"민주화를 위하여 야수의 심정으로 유신의 심장을 쏘았다"라던 그가 형장의 이슬로 사라지기 전 그의 수양록에 남겨 두었다는 글귀이다. 사형이 집행되던 날 어느 신문에서 위의 내용이 짤막하게 보도된 것을 읽은 기억이 있다.

"응당 머문 바 없이 네 마음을 내라."

당시 고등학생이던 나는 이 말의 의미를 도저히 이해할 수 없었다. 행여 그가 전하고자 했던 속내를 이 말속에 담아둔 것은 아닐까? 주변에 물어도 누구 하나 명쾌히 설명해 주는 사람이 없었다. 세월이 한참이나 흐른 후에야 나는 이 말이 『금강경(金剛經)』의 「사구게송(四句偈頌)」에서 나온 것임을 알게 되었다.

아마도 그는 자신의 거사에 대한 당위성을 이 게송을 통해 이야기하고 싶었는지도 모르겠다. '사구게송'의 전체 맥락은 "사람은 누구나 부처가 될 수 있다. 그러나 자신의 눈을 믿는 자는 결단코 성불할 수 없다"라는 취지로 요약할 수 있다. 이 취지를 고려하여 그의 심경의 일단을 엿본다면, 현직 대통령 시해 사건이라는 '현상'에 집착하지 말고 자신의 총으로 군사독재 정부를 종식해야만 했던 시대적 요구에 대한 행동의 당위성, 즉 사건의 '본질'을 봐달라고 주문한 것은 아니었을까?

이제 내 나이가 당시 그의 나이보다 훨씬 더 많아졌음에도 불구하고 나는 여전히 그날의 거사에 대해 의문이 많다. 당시 언론에서 평하기를 "계획적이라고 보기에는 너무 엉성하고, 우발적이라고 보기에는 너무 치밀하다"라고 하였지만, 법정에서의 그의 증언은 한결같이 담대하였으며 매우 논리적이었다.

김재규 부장은 법정 진술에서 '유신헌법'은 결코 자유민주주의가 아님을 설파하였다. 10·26 동기는 "유신이라는 영구집권을 꾀하는 박정희로부터 민주주의와 자유를 되찾아 국민에게 돌려주기 위해서이다"라고 주장하였다. 또한 "권력이 국민을 짓밟는 것을 보고 침묵한다면 나는 죽은 시체에 불과하다"라고 선언하였다.

김재규가 박정희를 죽인 이유는 박정희가 죽어야 했던 이유이기도 하다. 평소 "자신의 무덤에 침을 뱉으라" 했던 박정희를 김재규가 역사의 이름으로 처단한 것은 개인 간의 사적 동기에 의한 '우발'이 아닌 역사의 변증법에 의한 '필연'이었을 뿐이다.

김재규가 평시에 즐겨 인용하던 한비자의 문장을 여기에 옮겨 놓는다.

非·理·法·權·天 – 비·리·법·권·천
'非'不能勝過理 – '비'불능승과리
'理'不能勝過法 – '리'불능승과법
'法'不能勝過權 – '법'불능승과권
'權'不能勝過'天' – '권'불능승과'천'

"비리는 이치를 이길 수 없고, 이치를 주장하는 자는 법을 이길 수 없다. 법은 권력을 이길 수 없고, 권력은 하늘을 이길 수 없다" 오늘날 권력을 가진 자들이 굳게 새겨야 할 대목이다.

바람 없는 천지에 어찌 꽃을 피울 수 있단 말인가?

無風天地何開花 – 무풍천지하개화

조광조의 개혁

조광조의 개혁은 왜 실패하였을까? 혹자는 '이상주의와 급진성'을 들기도 하고 혹자는 '개혁 지지기반의 상실'을 원인으로 말하기도 한다. 퇴계는 "명분에만 집착한 나머지 정세 전반을 파악지 못하고 정치적 타협이 없었다"라고 주장하였으며, 율곡은 "현철한 자질은 갖추었으나 학문이 무르익기 전에 출사하여 뜻을 이루지 못하였다"라고 진단하였다. 간혹 드라마에서는 중종의 변심에 방점을 두고 '훈구'와 '사림' 두 세력 간, 왕권과의 친소관계에 따른 정세의 반전으로 대립을 극화시키며 시청자의 상상력을 자극하기도 한다. 모두가 다 일리 있는 주장이다.

조선은 성리학을 건국이념으로 삼아 유교적 이상을 꿈꾸었던 사대부의 나라였다. 왕권과 신권의 견제와 균형 속에 성종 무렵부터 본격적으로 '사림파(士林派)'와 '훈구파(勳舊派)'의 대립이 수면 위로 부상하였다. 개국공신을 중심으로 한 '훈구파'의 전횡에 맞서 정몽주(鄭夢周), 김숙자(金叔滋), 김종직(金宗直), 김굉필(金宏弼), 조광조(趙光祖)로 이어지는 '사림파'가

목소리를 내기 시작한 것이다.

조광조가 내세웠던 개혁의 명분은 '위훈 삭제'와 '현량과 설치', '소격서 폐지' 등이었다. 모두 다 국민 정서에 기반한 것으로 시대정신에 부합하는 것들이었다. 민심과 시대정신을 앞세웠음에도 그의 개혁이 실패한 가장 큰 원인은 무엇일까? 지극히 나의 주관적인 견해이긴 하지만 그는 사헌부의 수장으로서 자신의 지지 세력을 언관에만 치중한 나머지 행정부[삼정승]의 실질적 권력을 장악하지 못한 데 가장 큰 원인이 있다고 생각한다. 아울러 병권을 제어하지 못한 한계 또한 개혁기반의 동력을 상실하게 된 원인의 한 축으로 작용하였을 것이라고 본다.

명분과 이상이 옳으면 타협이 없이도 개혁이 가능할 것이라는 망상이나, 권력을 잡기만 하면 누구나 공직사회를 장악할 수 있을 것이라는 착각을 버려야 한다. 명분과 공약, 스팩과 이미지 등이 아무리 좋아도 관료사회의 이너서클과 공고한 관료주의의 권력 카르텔을 지배하지 못한다면 그것은 결국 빛 좋은 개살구가 되고 말 것이다. 관리형 리더십의 한계를 그간 우리는 생생히 목도해왔다.

진정으로 유능한 개혁 대통령을 원한다면 반드시 관료사회를 능동적으로 선도할 능력과 철학과 경험이 있는 사람이라야만 한다. 공직의 기강을 바로 세울 수만 있다면 언론의 폐해를 정화하는 것은 그다지 어려운 일이 아니다. '징벌적 손해배상제도'와 '세무조사'만 철저하게 시행하여도 수구 언론의 망동은 쉽사리 잠재울 수 있다.

원래 겁이 많은 개가 사납게 짖어대는 법이다. 폭군 걸왕의 개가 성군인

요임금을 보고 짖어대는 것처럼, 개에게는 애당초 시비(是非)의 대상이 존재하지 않는 법이다. 개의 본성은 먹이에 있다. 먹이를 주기만 하면 누구에게나 꼬리를 흔드는 것이 개의 속성이다. 문제는 관료주의의 혁신이다.

"강을 건넜으면 뗏목을 버려야 하고 물고기를 잡았으면 통발을 잊어야 한다.[사벌등안(捨筏登岸) 득어망전(得魚忘筌)]"

'뗏목'과 '통발'에 집착하는 온정주의 인사 정책으로는 결코 관료사회의 이너서클을 장악할 수 없다. 관료사회는 언제나 자리에 약한 법이다. 자리를 매개로 하는 마피아리즘을 무장 해제할 비책과 복지부동의 철 밥그릇, 보신주의를 타개할 방책이 없는 한 개혁은 한갓 구두선(口頭禪)에 불과하다. 개혁을 요구하는 시대는 언제나 칼을 다룰 줄 아는 리더십이 필요하다.

우리는 지금 개혁의 완성을 이루어 낼 태평성대의 세종과 같은 리더를 요구하는 것이 아니다. 친일 청산의 원죄가 해결되지 않은 미완의 시대에 한 가닥 개혁의 불씨를 살려낼 희생의 리더십을 원하는 것이다. 청와대를 죽을 자리로 여기겠다는 결기와 함께 기꺼이 자신의 목숨을 한 알의 밀알로 삼아 개혁의 불을 지펴줄 그런 '불씨'가 필요하다. 개혁의 완성이 이루어지는 새로운 세상은 자신이 산화한 뒤에 이루어질 다음의 세상이다.

저마다 새로운 세상을 만들겠다는 권력의 의지는 넘쳐나되 밀알이 되어 죽고자 하는 이가 없으니, 나의 표는 여전히 미완이 되고 말 것이라는 슬픈 예감을 어쩔 수가 없다. 역사는 언제나 이상주의자들의 실패에 의해 발전해 간다는 사실을 간과해서는 안 되는 이유가 여기에 있다.

영정치원(寧靜致遠)

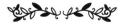

"마음이 담박하지 않으면 뜻을 밝힐 수 없고 마음이 안정되지 않으면 뜻을 이룰 수 없다.[非澹泊 無以明志 非寧靜 無以致遠.]"

― 『제갈무후전서(諸葛武侯全書)』

'담박명지 영정치원(澹泊明志 寧靜致遠)'으로 더 잘 알려진 이 고사는 제 갈량이 54세가 되던 해 전쟁터에 나가면서 8세된 아들 제갈첨에게 보낸 편지 '계자서(誡子書)'에 나오는 이야기이다. 훗날 제갈첨은 아버지의 이런 뜻을 잘 이어받아 촉나라와 마지막을 함께 하며 아버지의 이름을 더럽히 지 않았다고 한다.

'담박(澹泊)'은 욕심이 없고 마음이 깨끗한 상태를 뜻하고, '영정(寧靜)' 은 편안하고 고요한 상태를 의미한다. 맑고 깨끗하고 안정된 마음이 있 어야 만이 미래를 내다보고 큰일을 이루는 '통찰력'을 얻을 수 있다는 것 이다.

'서울의 봄'과 '노량' 두 편의 영화를 보았다. 관람 내내 역사에 대한 기시감과 환영 때문에 매우 고통스러웠다. 황정민과 정우성의 연기력을 높이 평가하는 사람이 있던데, 나는 영화에 문외한인지라 그런 건 잘 모르겠다. 다만 역사적 사건에 기초한 감정을 제어하기가 힘들어 분노 에너지가 극에 달했다.

12·12 후 장태완 사령관은 어떤 매체와의 인터뷰에서 "전두환보다 더 미운 사람은 최규하 대통령과 노재현 국방부장관이다"라는 말을 했다. 국군 통수권자나 각 군의 참모총장을 지휘 감독하는 국방부장관이 "반란을 주도한 자를 체포하라"라는 명령만 내렸어도 역사는 분명히 다른 방향으로 흘렀을 것이다. 또한, 선조는 무능하고 비겁한 원균을 비호하기 일쑤였다. 선조가 원균을 등용한 결과 조선 수군은 일시에 궤멸되고 말았다.

한 나라의 운명을 책임질 리더로서 매우 부적격하였던 '최규하'나 '선조'를 보면서 작금의 '검사의 난'에서 겪었던 무능과 무책임의 지도자 '문재인'이 떠올랐다. 코로나 사태 시, 생계가 막연하였던 자영업자에게 손실보상금을 지원하지 않았던 점과 공권력을 동원해 법관을 사찰한 '혐의자'에게 한사코 '문재인 정부의 검찰총장'이라며 그를 비호하고 오히려 하급자인 총장에게 아부까지 하던 일이 머릿속을 가득 메웠다. 지지율과 인기에만 목을 매던 그는 어쩌면 연예인 병에 걸린 대한민국 최초의 정치인이었을지도 모르겠다.

나는 반란군 전두환보다 '최규하'가 더 밉고, 칠천량 해전에서 조선 수군을 궤멸당하게 한 원균보다 '선조'의 무능이 더욱 밉고, 윤석열의 검찰

쿠테타를 방조한 '문재인'이 더욱 혐오스러웠다.

인류의 역사 이래로 끊임없이 전쟁이 존재해 왔던 것처럼, 외부의 침입이나 내부의 반역은 언제든지 일어날 수 있는 일이다. 쿠데타와 전쟁은 천재지변이 아닌 인재에 불과하다. 중요한 것은 지도자의 의지이다. 침략자나 반역자를 소탕하겠다는 지도자의 의지만 있다면 얼마든지 막아내고 지켜낼 수 있는 일이다. 리더가 누구냐에 따라서 민초들은 명량해전과 같은 비현실적 상황에서도 드라마틱한 역전을 가능하게 하는 것이다.

우리 역사에서 국가적 존망의 위기 때마다 나라를 구해낸 것은 대통령이나 군주와 같은 지도자가 아니었다. 자신의 위치에서 결사 항전의 의지를 불태웠던 '장태완'이나 '이순신', '추미애'와 같은 인물이 있었기에 우리의 역사는 국란의 위기에서도 명맥을 유지할 수 있었다.

반역자와 왜적 때문에 민족이 불행해지는 것이 아니다. 무능한 지도자 한 사람 때문에 공동체 전체가 파국을 맞이하는 비극이 벌어질 뿐이다. 역사는 반복된다. 역사에서 교훈을 얻지 못하는 민족은 같은 일을 끊임없이 되풀이 당하고 말 것이다. 이런 비극이 나의 당대에도 두세 번이나 벌어졌는데, 더 이상 반복되지 말라는 법이 어디에 있겠는가?

'통찰력'은 나라의 지도자이든, 회사를 경영하는 사업가이든 또는 조직을 관리하는 사람들뿐만이 아니라 각 개인에게도 매우 중요한 덕목이다. 『춘추좌씨전』에는 "명철한 사람은 화근의 원인을 일찍 깨달아 멀리 있을 때 제거한다.[君人者, 將禍是務去, 而速之, 無乃不可乎.]"라고 하였으며, 『육도(六韜)』에는 "아는 것이 남과 다름이 없다면 나라의 스승이 될 수 없다.[智與衆同, 非國師也.]"라고 하였다.

문재인! 과연 그는 역사를 내다보는 '통찰력'은 고사하고 사람을 보는 안목이나 있었던 사람이었을까? 그저, 시비곡직을 불문하자. 그렇다면 과연 그는 자신의 과오를 인정하고 성찰이나 반성이라도 하는 사람일까? 이 시국에 팔자 좋게 책방 놀이나 하며, 표정 관리에 열중하고 있을 때인가?

'담박명지 영정치원(澹泊明志 寧靜致遠)'은 조선과 민국의 애국지사들이 참으로 좋아했던 문구이다. 특별히 안중근 의사가 중국의 여순 감옥에 갇혀 있을 때 쓴 글씨로도 유명하다. 역사에 가정이란 없지만, 만약 문재인 씨가 평소 안중근의 정신을 십 분의 일, 백 분의 일만이라도 닮기를 원하였다면 오늘과 같은 비극은 결코, 없었을 것이다.

내가 '최규하'나 '선조'보다 '문재인' 씨를 더욱 미워하는 것은 최규하나 선조는 국가가 누란의 시대여서 불가피한 측면도 일견 있었지만, 그가 통치하던 시대는 시스템만으로도 얼마든지 반란을 막을 수 있는 평화의 시기였음에도 불구하고 국민을 기만하고 몰래 정권을 갖다 바친 비열한 인성의 인물이기 때문이다.

3부

원시반종 낙천지명(原始反終 樂天知命)

시작을 근원으로 하여 그 마침을 돌아본다
하늘의 뜻을 즐거워하며 하늘이 내게 주신 명을 알다

原始反終 樂天知命

(원시반종 낙천지명)

-『주역(周易)』

자신의 생명의 근원을 살펴서 내가 누구인지를 깨닫는다면 하늘을 받아들일 수 있을 것
이다. 하늘의 뜻을 즐거워하고 나의 운명을 받아들일 수 있는 삶이라면 안분지족한 삶이
될 것이다. 안분지족할 수 있다면 죽음은 두려운 일이 아니라 나의 삶의 일부일 뿐이다.

무명변(無命辯)
- 운명이란 없다는 것의 변론

마땅히 그래야 할 것이 그렇게 되는 것은 '의(義)'이고, 그렇게 하지 않았는데도 그렇게 되는 것은 '명(命)'이다. 성인은 '의(義)'로 말미암았지만 '명(命)'이 그 가운데 있고 군자는 '의(義)'로써 '명(命)'에 순종한다. 보통사람 이상은 '명(命)'으로서 '의(義)'를 단정하고 보통사람 이하의 사람은 '명(命)'을 알지 못하고 '의(義)'도 잊는다.

이 때문에 "'명(命)'을 알지 못하고서 '의(義)'에 편안할 수 있는 사람은 드물고, '의(義)'에 통달하지 못하고서 '명(命)'에 편안할 수 있는 사람은 있지 않다. 그러나 '명(命)'은 때때로 말을 하지 않지만, '의(義)'는 가는 곳마다 행하지 않을 수 없다.[當然而然者, 義也: 莫之然而然者, 命也. 聖人由義而命在其中, 君子以義順命. 中人以上, 以命斷義: 中人已下, 不知命而忘其義. 是以, 不知命而能安於義者, 鮮矣, 不達於義而能安其命者, 未之有也. 然, 命有時而不言, 義無往而不行.]"

'명(命)'이란 알 수는 있어도 어떻게 할 수는 없는 것이다. '명(命)'이란 믿을 수는 있어도 꼭 그렇게 되기를 기약할 수는 없는 것이다. 어째서 알 수는 있지만 어떻게 할 수는 없다고 하는가? '무위(無爲)'한 것은 하늘이요, '유위(有爲)'한 것은 인간이니, '명(命)'이란 것은 인간이 어떻게 할 수 있는 것도 아니며, 또한 하늘이 어떻게 할 수 있는 것도 아니다.

어째서 믿을 수는 있지만, 꼭 그렇게 되기를 기필할 수는 없다고 하는가? 그렇게 되기를 기필할 수 있는 것은 '이치(理致)'이고 그렇게 되기를 기필할 수 없는 것은 '일(事)'이다.

— 연천(淵泉) 홍석주(洪奭周)의 「무명변(無命辯)」 중에서

"하늘이 명령하여 천도(天道)를 만물에 부여한 것이 '성(性)'이다. 이 천명을 따르는 것이 '도(道)'다. 이 하늘의 도리(道理)를 올바르게 닦는 것을 '교(敎).'[天命之謂性, 率性之謂道, 修道之謂敎.]"라 한다.

너무나 유명한 『중용(中庸)』의 정언 명령이다. '천명(天命)'과 '솔성(率性)'은 인간의 노력으로 이룰 수 있는 영역이 아니다. 인간의 노력으로 개선할 수 있는 영역은 오직 '수도(修道)'에 있다. '수(修)'하지 않아도 되는 '도(道)'란 존재하지 않는다. 인간 세상에 노력 없이 저절로 이루어지는 '도(道)'는 없다는 말이다. 그러므로 '도(道)'는 영원히 '수도(修道)'의 대상인 것이다.

'수도(修道)'를 일러 '교(敎)'라고 한다. 현재 우리가 제도권에서 시행하는 교육은 자연의 영역이 아닌 문화의 영역이다. 노자는 도를 자연(自然)으로 이루어지는 '무위(無爲)'의 영역이요, 본성에 따른 '존재(存在)'의 영역으로 규정하였지만, 우리에게 절실한 현대적 의미의 도는 교육을 통한

'유위(有爲)'의 영역이요, 수양을 통한 '당위(當爲)'의 영역이다.

치열한 삶의 현장에서 생존의 경쟁을 통한 실천적 삶의 의지를 체험해 보지 못한 관념적 철학은 언제나 '필드에 대한 존경심'을 상실하는 우를 범하기 마련이다. 나는 세상의 모든 진리가 중용에 있다고 생각지는 않는다. 그러나 오랜 세월 인류의 집단지성이 검증해 온 사상의 결과물일 뿐만이 아니라 인간의 본성과 내면세계에 대한 철학적 균형감각이 가장 온전하게 구현된 위대한 사상 체계임을 부인할 수가 없다.

한비자는 '인성호리(人性好利)'설을 주장하였다. 인간의 본성은 '이기적'이라는 말이다. 동물의 세계에 이타적인 양심이란 없다. 이와 마찬가지로 사람 또한 나면서부터 이타적인 인간은 아무도 없다. 사람은 모두 '이기(利己)'에서 출발하여 '지기(知己)'에 이른다. 그러나 다수의 사람은 이 과정을 넘지 못하고 생을 마치는 사람도 있지만 더러는 '지기(知己)'를 넘어 '극기(克己)'의 단계에 이르는 사람도 있다. 여기서부터는 이타적 인간형의 시작이라 할 수 있다. 아주 드물게는 '극기(克己)'의 단계를 초월하여 마침내 '성기(成己)'의 세계에 진입하는 존경할 만한 위인도 있다.

'심재(心齋)'니, '좌망(坐忘)'이니, '상아(喪我)'니, '현해(懸解)'니 하는 실체가 없는 문학적 상상력에 불과한 수사학적 언어유희를 마치 구원에 이르는 수양의 도구인 양 오해해서는 곤란하다. 장자는 '인간의 본성'에 대한 정의를 구현하기보다는 문학적 상상력을 통해 '영원한 진실'의 문제를 추구한 것이었을 뿐, 사회 공동체의 공화(共和)나 구원의 길을 제시하지는 못했다.

이미 이천오백 년 전 공자는 '노장(老莊)'을 이단으로 규정하며, '조수불가여동군(鳥獸不可與同群)'이라 하였다. 사람은 새와 짐승과 더불어 사는 존재가 아니라 사람과 함께 살아가야 하는 사회적 존재라는 말이다. 사회의 유기적 기능은 '무위(無爲)'를 통해 저절로 얻어지는 것이 아니라 부단한 '유위(有爲)'의 인위적 노력의 결과물로서 성장해 가는 것이다.

나는 동서양의 어떤 종교적 사상이나 철학적 사변이든지 간에 '빵의 문제'와 '인간과의 관계에 대한 문제'에 대해 고민하지 않는 관념 철학이나 메타포적 상상력으로 빚어낸 레토릭을 단호히 거부한다.

하나님과 하느님

1992년 '하나님 이름 도용사건'이라는 희대의 재판이 있었다. '하나님 호칭 되찾기 범 민족회의'의 대표라는 사람이 하나님 이름을 도둑맞았다면서 천주교와 개신교 및 대한성서공회 등을 상대로 소송을 제기한 사건이다.

원고 측 주장의 요지는 이렇다. '하나님(하느님)'은 천손 민족인 우리 민족이 옛적부터 숭배해온 '천제(天帝)' 또는 '상제(上帝)'의 호칭인 '한울님'과 '하늘님'이 변형된 말인데, 개화기에 기독교가 이 땅에 들어오면서 영어 성서의 갓(God)을 '하나님'으로 번역하여 마치 기독교 신의 고유한 명칭인 것처럼 사용하고 있으니, 그 사용을 금지해 달라는 것이다.

그러나 담당재판부는 "하나님은 누구나 쓸 수 있는 보통명사로서 원고는 물론 기독교에서도 사용할 수 있는 것이므로, 원고는 기독교의 하나님 호칭 사용을 금지할 권한이 없다"라는 취지로 원고의 주장을 배척하였다. 그 후로도 원고는 굴러들어온 돌이 박힌 돌을 빼내 버린 꼴이라며 세 번이나 같은 소송을 냈지만 모두 패소하고 말았다.

신의 보통명사는 히브리어 '엘'(단수) '엘로힘'(복수), 라틴어 '데오'(Deo), 헬라어 '테오스'(Θεός), 영어의 '갓'(God) 등인데 우리말 성서에는 모두 하나님으로 번역되었다. 구약 창세기에는 '엘'·'엘로힘'이라는 보통명사와 '야훼'라는 고유명사가 함께 쓰이고 있다. 성서비평 학자들은 앞엣것을 엘로힘의 영문 표기 첫 글자 E를 따서 'E 문서', 뒤엣것을 야훼의 영문 표기 첫 글자 J를 따서 'J 문서'라고 구분하여 부르면서 그 신학적 의미를 달리 해석하기도 한다.

'야훼'는 유대교·천주교·기독교·이슬람 등의 아브라함 계통의 종교에서 숭배하는 유일신을 기리킨다. '야훼'는 고유명사이고, '하나님'은 보통명사로서 우리말로는 '천주(天主)' 또는 '상제(上帝)'라고 할 수 있다. 원래 '하느님' 또는 '하나님'은 특정한 신의 이름인 고유명사가 아니라 범신론적인 의미에서 종교적 신앙의 대상이 되는 초자연적이고 신성한 존재인 조물주를 널리 일컫는 보통명사이기 때문에, 어느 종교도 독자적인 사용권을 주장할 수 없다. 이슬람교의 경전인 한글판 쿠란에서도 이슬람의 신 알라를 '하나님'으로 번역했다. 그러므로 '하나님'의 호칭을 도둑맞았다는 민족종교 측의 주장은 인정되기 어려운 것이다.

마테오 리치가 쓴 '천주실의(天主實義)'에는 신의 호칭이 '하눌님'으로 표기되었다. 그 후 '아래아(·)'가 탈락하면서 '하늘님'이 되었다가 다시 닿소리 'ㄹ'음의 탈락으로 '하느님'이 되었다.

한글 문법상으로는 '하느님'이 옳은 표기이다. 우리말의 개수를 나타내는 기수에는 원칙적으로 존칭어가 붙지 못한다. '하나님', '둘님', '셋님'이라고 하는 것은 문법적인 오류이다. 다만 순서를 나타내는 서수에는 첫째 형님, 둘째 형님으로 붙일 수 있다. 굳이 존칭을 붙이자면 하나님이 아니라 '한 님'이라고 해야 문법적으로 옳은 표현이다. '한 분'이지 '하나 분'이라고 할 수는 없는 것과 마찬가지이다.

하나님 호칭을 둘러싼 다툼은 민족종교와 기독교 사이에만 있었던 일이 아니다. 개신교의 하나님과 가톨릭의 하느님이 싸워온 것은 이미 오래전부터 있었던 일이다. 제2차 바티칸공의회의 교회 일치 정신의 영향으로 한국에서도 신·구교 일치 운동이 일어나 1977년 공동번역성서를 출간하기에 이르렀다. 신부 5인과 목사 5인으로 구성된 '용어통일 회의'는 9:1의 표결 끝에 '하느님'으로 호칭을 채택했다. 그러나 개신교 보수 교단이 공동번역성서의 사용을 거부했다. '하나님'이 옳고 '하느님'은 그르다는 이유였다. 결국, 개신교와 가톨릭은 각기 따로 성서를 발간하고 말았다.

'하나님'이나 '하느님'이나 어차피 외국어인 히브리어를 우리 민족의 종교적 정서에 맞게끔 번역한 단어일 뿐이다. 그 작은 표현의 차이가 마치 '유일신'과 '우상', '정통'과 '이단'을 구별하는 신앙의 가늠자라도 되는 양 각기 제 주장을 굽히지 않았다. 그 기저에는 편협한 선민의식과 함께 배타적 종교 우월주의가 숨어있다. '하나님'이든 '하느님'이든 '야훼'와 '엘로힘'의 신앙에는 전혀 문제될 것이 없다.

굳이 문제를 논하자면 가톨릭의 '하느님'은 하늘 그 자체를 신격화하는 범신론적 경천사상에서 나온 말로, 하늘과 땅이 모두 신의 피조물이라고 선언하는 성서의 입장과는 조화되지 않는 측면이 있다. 또한, 개신교가 주장하는 '하나님'은 문법적인 오류가 있을 뿐만이 아니라 유일신의 의미를 강조하는 측면에서 '하나'라고 하는 의미에 천착하지만, 그들이 주장하는 교리인 삼위일체와는 모순되는 주장이다.

신의 속성에는 '유일성'만 있는 것이 아니라 만유 일체를 포괄하는 '보편성'도 있다. '하느님'이 틀린 호칭이 아니라 그것을 틀린 호칭으로 여기는 경직된 신앙이 틀린 신앙이며, '하나님'이 그릇된 말이 아니라 그것을 그릇된 말로 여기는 도그마가 잘못된 교리이다. 종교적 형식이나 신학은 신앙의 본질이 아니다. 본질은 창조주가 있다는 믿음이고, 신본주의적 세계관을 가지는 것이 중요한 것이다.

여름의 매미가 겨울의 눈을 알 수 없는 것처럼, 인간이 신을 이해한다는 것 자체가 관중규천(管中窺天)이요, 군맹무상(群盲撫象)에 불과한 일이다. 누구도 신을 완벽하게 규정할 수 없는 것처럼, '정통'이니 '이단'이니 하는 것 역시 신의 의사와는 전혀 무관한 한갓 인간의 언어유희에 지나지 않을지 모른다.

도대체 누가 정통이고 누가 이단이란 말인가? 유대교가 정통이고 가톨릭이 이단인가? 가톨릭이 정통이고 개신교가 이단인가? 유대교와 이슬람은 누가 정통이고 누가 이단인가? 또한, 가톨릭과 개신교는 누가 정통이고 누가 이단이란 말인가? 같은 교파 내에서도 이단 논쟁은 그치지를 않는다. 정통과 이단이 신자의 숫자 놀음으로 종교 권력의 헤게모니에 의해 결정된다는 것은 모두에게 비극적인 불행이다.

배타적 신앙의 편협함으로 자신이 이해하는 믿음만이 구원의 대상이고 타인의 성경 해석이나 신관은 모두가 이단이며 심판의 대상일 것이라는 그런 교조적 심판자의 태도 역시 매우 비성서적이고 비신학적이다. 그들이 신앙하는 믿음은 구원에 이르는 진리가 아니라 중세의 종교 재판관들이나 가졌을 법한 왜곡과 편견에 가득 찬 맹목적 교조주의일 뿐이다.

신의 이름조차 창씨개명하는 족속들이 신앙이든 신학이든 자기 소견에 좋은 대로, 나와 다르면 모두 이단이라 규정짓기를 어찌 주저하겠는가마는 오랜 시간 '하나님'과 '하느님'은 다른 것이며, '하느님'을 믿는 종교는 모두 이단이라고 교육받았던 보수 교단의 세뇌 후유증이 참으로 크다.

소천(召天)과 명복(冥福)

어느 학생에게 아버지의 나이를 물었더니 "향년 54세입니다"라고 하였다. "그럼 돌아가신 지는 얼마나 되었는가?" 하였더니 학생은 당황하여 "지금 집에 계시는데요"라고 하였다. 아마 학생이 '향년(享年)'을 나이의 높임말인 연세(年歲)나 춘추(春秋) 등과 같은 의미로 혼동하였던 모양이다. 향년은 살아생전의 나이 곧 죽은 이가 이 땅에서 향유(享有)하였던 수명을 말한다.

우리말 가운데 죽음에 대한 별칭은 매우 다양하다. 사망(死亡), 임종(臨終), 별세(別世), 타계(他界), 하직(下直), 서거(逝去), 작고(作故), 선서(仙逝), 기세(棄世), 하세(下世), 귀천(歸天), 영면(永眠), 영서(永逝), 영결(永訣), 운명(殞命), 절명(絶命)…… 이 외에도 엄청나게 많다. 이는 우리 선조들이 오래도록 죽음을 고민하고 살았다는 반증이기도 하다.

간혹 신문 기사에서 "운명(運命)을 달리했다"라는 표현을 보게 된다. 이 또한 잘못된 문장으로 "유명(幽明)을 달리했다"라고 해야 옳다. "'유(幽)' 와 '명(明)'을 달리했다"라는 말은 생과 사를 달리했다는 말로서 '幽'는 어둠·밤·죽음·저승·악·무형·어리석음 등을 의미하고 '明'은 밝음·낮·삶·이승·선·유형·지혜로움 등을 뜻한다. 굳이 '운명했다'라는 표현을 하고자 한다면 "암 투병 끝에 '운명(殞命)'했다"라고 해야 옳다.

죽음의 종교적 별칭으로는 불가에서는 열반(涅槃), 입적(入寂), 입멸(入滅), 멸도(滅度) 등이 있으며, 유가에서는 역책(易簀), 결영(結纓), 불록(不祿) 등으로 표현한다.

'역책(易簀)'이란 『예기』의 「단궁편(檀弓篇)」에 나오는 말로서, 학덕이 높은 사람의 죽음이나 임종을 이르는 말이다. 증자(曾子)가 운명할 때, 일찍이 계손(季孫)에게 받은 대자리에 누워 있었는데 자신은 대부가 아니어서 이 자리를 깔 수 없다 하고 다른 자리로 바꾸게 한 다음 운명했다는 고사에서 유래한다.

'결영(結纓)'이란 『춘추좌씨전(春秋左氏傳)』에 나오는 말로서 갓끈을 고쳐 맨다는 것을 의미하는 말이다. 자로가 위(衛)나라 난리에 싸우다가 적의 창에 맞아 갓끈이 끊어졌는데, "군자는 죽을 때에도 갓을 벗지 않는다"라고 하며 갓끈을 고쳐 매고서 죽었다는 데서 유래한다.

'불록(不祿)'이란 신분에 따른 죽음의 다섯 가지 등급 가운데 하나이다. 즉 천자(天子)는 붕(崩), 제후는 훙(薨), 대부(大夫)는 졸(卒), 선비는 불록(不祿), 서인(庶人)은 사(死)라고 한다. 또한 『예기』, 「곡례(曲禮)」에는 장수하다가 죽은 것을 '졸(卒)'이라 하고, 젊어서 죽은 것을 '불록(不祿)'이라 한다고 하였다.

천주교에서는 일반적으로 '선종(善終)'이라 하는데, 이는 선생복종(善生福終)의 준말로서 '착하게 살다 복되게 생을 마쳤다'라는 의미이다. '믿음대로 살다 천국에 갔다'라는 의미를 내포하고 있다.

개신교에서는 많은 사람이 "소천(召天)하였다"라고 말들 하는데, 이는 매우 잘못된 표현이다. "아무개 님이 하나님의 부름을 받아 소천하였다"라는 표현은 명백한 문법상의 오류이다. '소천(召天)'이라는 말은 우리말 사전에도 없는 신조어로서 문법적으로 본다면 "하늘을 부른다"라는 뜻이 된다. 대개 '소명(召命)'이나 '소집(召集)'이란 단어가 능동형으로 쓰일 때, 그 주체는 부르는 존재를 말한다. 예를 들자면 신학교를 입학하고자 하는 신학생은 "소명을 받았다"라고 하지 스스로 "소명했다"라고 하지 않는다. 훈련장에 가는 예비군은 "소집을 당했다'라고 하지 자신이 "소집을 했다"라고 하지 않는다.

굳이 '소천'이라는 단어를 쓰고자 한다면 "소천하셨다"가 아니라 "소천을 받았다"라고 해야 옳다. "소천(召天)을 하였다"라는 말은 내가 "하늘을 불렀다"라는 뜻이므로 이제 때가 되었으니 "내가 죽고자 한다"라거나 "나를 죽여달라"라는 뜻이 된다. 인간이 자신의 수명을 위해 신을 불러낸다는 망령된 표현은 결국 죽을 권리가 나에게 있다는 의미를 내포하고 있는 셈이다.

한편, 망자나 그 가족에게 흔히 하는 상례의 인사말로서 "고인의 명복을 빕니다"라는 말들을 한다. '명복(冥福)'이란 죽은 뒤에 저승에서 받는

복을 의미한다. 그러므로 "명복을 빈다"라는 말은 명부(冥府)에서의 행복을 기원하는 행위이다. 불가에서는 사람이 죽으면 명부(冥府)로 가서 심판을 받는다고 믿었기에 서방 정토에 가서 극락왕생하도록 기원하는 불사(佛事)를 행하는 일을 "명복을 빈다"라고 하는 것이다.

"고인의 영면을 기원합니다"라거나 "고인의 별세를 애도합니다" 또는 "고인의 영면을 추모합니다", "고인의 영원한 안식을 기원합니다" 등등 고인의 생전에 종교나 신념에 따라 얼마든지 추모할 수 있는 표현들이 많은데도 무턱대고 한결같이 "고인의 명복을 빕니다"라는 말은 진정성도 의미도 반감되는 매우 무성의한 예법이다.

더욱이 기독교인이나 천주교인에게 "고인의 명복을 빕니다"라고 하는 것은 매우 큰 결례의 표현이다. 불교에서 말하는 "죽은 이의 명복을 빕니다"라고 하는 것은 무간지옥에 떨어진 중생을 구제하는 보살인 '지장보살'과 '관세음보살'에게 기도하는 천도(薦度)의 발원(發願)을 의미하는 것이기 때문이다.

"언어는 세를 따른다" 하였으니 이러한 모순된 말조차도 오랜 기간 많은 사람이 사용하다 보면 표준어로 굳어질 날이 있을 것이다. 신(神)의 이름조차 인간의 의지대로 개명하는 족속들인데 뭔들 못하겠는가마는 그래도 알고는 써야 하지 않을까?

그나저나 죽을 권리가 정말 나에게 있는 것인지 그것이 알고 싶다. 오늘 명동에서 존엄사를 다룬 영화 '다 잘된 거야'를 도반들과 함께 관람했다. 존엄사를 두고 "인간의 마지막 권리"라는 주장과 함께 "천명을 거부하는 인간의 욕망이다"라는 의견이 분분하였다. 국가가 허용하는 적정선의 연령을 두고서도 각양의 이론이 교차하였지만, 안락사 문제를 다루었던 인도 영화 '청원'의 명대사를 말하던 한 도반의 이야기만이 내 가슴에 오래도록 남았다.

"용서는 빠르게, 키스는 천천히, 사랑은 진실하게, 웃음은 크게, 그리고 당신을 웃게 한 어떤 것도 후회하지 마시길."

헌금(獻金)과 연보(捐補)

'헌금(獻金)'이라 할 때 '헌(獻)'의 주체는 인(人)이나 민(民) 등의 개인이고, 대상은 '황제'나 '신(神)'이다. 황제에게 바치는 것을 '헌상(獻上)'이라 한다. 제후국의 왕에겐 '헌'보다는 '진(進)'이라는 말을 사용한다. 임금에게 바치는 것을 '진상(進上)'이라 하였다. 진상은 지방의 토산물이나 진귀한 물품 따위를 왕이나 고관들에게 바치는 것을 이르는 말이다. 지방의 관리나 아전들이 양민들의 특산물을 검열할 때 이건 임금에게 바칠 품목이라고 지정하는 것을 속된 말로 "진상 짓 한다"라고 일컬었다. '진상 손님'이라는 말의 유래가 여기에서 나왔다.

'연보(捐補)'라는 말의 '연(捐)'은 '버리다'라는 뜻이고 '보(補)'는 '돕는다'라는 의미이다. 그러므로 연보란 "내게 필요 없는 것을 버리는 마음으로 남을 돕는다"라는 의미인 것이다. 생색을 내고 자랑을 하며 남을 돕는 것이 결코 아니다. 그 속뜻은 오른손이 하는 일을 왼손이 모르게 하라는 말과 같은 것이다.

예수가 구약의 율법을 파하고 승천하였으니 십일조 등, 각종 명목의 헌금은 교회에서 사라져야 마땅하다. 신약의 예수 정신은 '헌금'이 아니라 '연보'에 있다. '헌금'이 신에 대한 충성의 표현이라면 '연보'는 이웃에 대한 사랑의 표현이다. 그러나 한국 교회는 연보는 없이 오직 각종 명목의 헌금만이 존재한다. 개역 성경도 작위적 해석으로 연보를 죄다 헌금으로 번역해 놨다.

종교단체와 종교 자영업자들의 사악한 짓이다. 헌금이 아니라 연보가 옳다. 신은 결코, 헌금을 원하지 않았다. 생계형 종교인의 배를 채우는 헌금이 아니라 이웃 사랑을 실천하는 연보가 예수의 정신이다. 목사들은 조선의 토호나 아전들처럼 신을 빙자하여 더 이상 '진상 짓' 하지 말아야 한다.

수십 년 전 내가 겪었던 보수 교단에서는 '일천 번제 헌금'이라는 것이 있었다. 성전건축을 빙자하여 감사 헌금을 천 회에 걸쳐 종용하였던 무지막지한 사기행위였다. 솔로몬이 일천의 번제를 드린 것은, 단 회에 걸친 사건이었지 일천 회에 걸쳐 바친 예물이 아니었음에도 보수 교단의 목사라는 위인이 이를 신자들에게 조장하였다.

헌금을 지나치게 강조하다 보니 '십의 일조'도 부족하여 '십의 칠조'를 드린다는 사람도 있었다. 그는 정유업계 사장이었는데 매달 '십의 칠조'를 헌금하였다. 교회는 그 신자를 장로로 세우고 집회마다 간증 연사로 내세워 홍보하였지만 결국 그는 파산하고 말았다.

성전을 건축한다는 명목으로 「학개서」를 인용하여 "나의 전이 황무하였거늘 너희가 판벽한 집에 거하는 것이 가하냐"라는 말씀을 들어 전 성도들에게 직분에 합당한 액수의 헌금을 할당하고 강요하였다. 당시 고속철도 부장이었던 어떤 이는 스스로 명퇴하여 자신의 퇴직금 전액을 헌금하기도 하였다. 교회는 그를 앞세워 신앙심이 투철한 간증 사례로 여기저기 외부 강연에 연사로 세웠지만, 결국 그는 파산하여 가축을 키우는 축사에 사는 신세를 면치 못하였다. 이것이 첨단과학의 시대인 21세기에 실재하였던 이야기다.

목사와 장로라는 직분 역시 '신분제'가 아니라 '임기제' 또는 '담임제'라야 옳다. 사역을 맡은 일정 기간만 그 신분을 유지하고 사역이 끝나면 마땅히 신학 전공자로서의 일반 평신도 신분을 회복해야 한다. 서양의 '노예제도'도 폐지하고 동양의 '양반', '상놈' 하는 '신분제도'도 폐지한 마당에 한국 교회는 버젓이 교회의 이권과 권력을 세습하는 어처구니없는 일을 벌이고 있다. 이 기현상이야말로 전 인류에게 부끄럽고 참담한 일이 아닐 수 없다. 한국 개신교의 교회 목사란 헌신과 봉사의 '직분'이 아니라 종교 자영업을 통한 이권과 권력의 '신분'이기에 어떤 비난을 받더라도 기어이 자식에게 세습하고자 하는 것이다.

목사 제도는 성경의 산물이 아니라 사회적 산물에 불과하다. 16세기에 마르틴 루터와 칼뱅의 종교 개혁 이후 생겨난 신학교의 부산물에 불과한 것이다. 목사를 구약의 '선지자'나 '제사장'으로 착각해서는 안 된다. 그러므로 목사는 반드시 생계의 수단을 위한 직업을 가져야 한다. 바울이 자비량 선교를 하였던 것처럼 목사 또한 일정한 생업을 가져야지, 종교가 생계의 수단이거나 직업이 되어서는 곤란하다.

종교는 삶이고 생활이어야지 생계의 수단일 수 없다. 목사가 직업이 되어서는 안 되는 또 다른 현실적 이유는 대개의 목사가 목사의 신분을 생계의 수단으로 삼아 예수를 빙자하여 자신의 사욕을 채우려는 장사꾼에 지나지 않기 때문이며, 영업 수완이 좋은 일부 대형교회의 목사들은 그 프리미엄을 자식에게 세습하는 악행을 서슴없이 행하고 있기 때문이다.

대한민국 목사들의 위선적 권위와 그 알량한 신분적 특권을 더 이상은 보고 싶지 않다. 아직도 교회에서는 헌금 바구니를 돌린다거나, 헌금자를 호명한다거나, 주보에 헌금자 명단을 기록하거나, 십일조를 독려하여 예배당을 짓는다거나 예배당을 '성전'이라 호칭하는 등의 속이 뻔히 보이는 유치한 짓을 하고 있다. 이젠 그만둘 때가 되지 않았는지?

21세기의 종교 개혁은 반드시 대한민국에서 일어나야 한다. 개신교 오백 년사에 가장 부패한 나라가 대한민국이기 때문이다.

불가능의 멍에 - 사랑

원수를 사랑하라

나는 사십여 년 동안 신앙생활을 하면서 "네 이웃을 네 몸과 같이 사랑하라"든가 "원수를 사랑하라"라는 말씀을 읽고 들을 때마다 매우 절망스러웠던 경험이 있다. 이른바 '믿음'이라는 것이 생기면서부터 마음속으로 가장 힘겨워했던 짐이 바로 '이웃사랑'이라는 불가능의 멍에였다.

"신을 사랑하라"라는 말씀에는 아무런 거부감 없이 쉽게 동의할 수 있었지만, 이웃이나 원수를 사랑하라는 설교를 들을 때면, 어째 저런 불가능한 주문을 인간의 본성에 대한 철학적 고민이나 갈등의 흔적조차 없이 그렇게 쉽게 말할 수 있을까? 하는 의문이 들었다.

대체로 설교자들은 '이웃의 범위'와 사랑의 '당위성'만을 강조하였지, 실천의 방법과 가능성에 대해서는 일체의 언급이 없었다. 오직 "계명에 순종하라"든가 "성령의 인도하심에 따라야 한다"라는 등의 메시지로 이웃사랑의 실천적 당위만을 강조할 뿐이었다. 이때마다 나는 내 안의 좌절과 분노로 인해 오래도록 심하게 몸살을 앓았다.

교회에 나갈 때마다 성령을 갈망하며, 마음으로부터 어떤 죄도 짓지 않고 다음 주까지 온전하게 경건 생활을 하리라고 수도 없이 다짐했건만, 일주일은커녕 단 하루도 제대로 지켜본 적이 없었다. 새벽기도회에서 은혜와 감사로 충만해졌던 굳센 의지도 한나절이 못되어 지극히 사소한 일에도 감정조절이 안 되어 힘없이 무너지기 일쑤였다. 이처럼 자신조차도 용서하기가 힘든데 하물며 이웃을, 원수를 무슨 수로 사랑한단 말인가? 나는 이 질곡의 멍에를 한시도 벗어버릴 수가 없었다.

원수에게 공정하라

『논어(論語)』의 「헌문(憲問)」편에 이런 대목이 있다. 공자와 제자의 대화 중에 어떤 이가 물었다. "덕으로써 원한을 갚는 것이 어떻습니까[以德報怨]?" 공자께서 말씀하셨다. "그렇다면 은혜는 무엇으로 갚겠느냐? 원한에는 정직으로써 대해야 하고,[以直報怨] 덕에는 덕으로써 갚아야 한다.[以德報德]" 만일 원한이나 은혜를 모두 덕으로써 갚겠다고 한다면 원수를 진 자에게나 은혜를 입은 자에게 모두 똑같이 대우하는 것이 되고 만다.

그러므로 공자는 이 두 가지를 구별하여 다르게 행동할 것을 주문한 것이다.

이에 대하여 주자(朱子)는 이렇게 주석하였다.

"그 원한에 대하여 '애(愛)·증(憎)·취(取)·사(捨)'를 한결같이 지극히 공평하게 하고 사사로움이 없게 하는 것이 '직(直)'이다. 덕에 대하여서는 반드시 덕으로써 갚고 잊지 말아야 한다.[於其所怨者, 愛憎取舍, 一以至公而無私, 所謂直也. 於其所德者, 則必以德報之, 不可忘也.]"

공자의 덕은 근원적으로 보편성을 담보하고 있지만, 방법적으로는 차별성을 내포하고 있다. 즉, 모든 인간에게 인의 덕을 실천하되 특별히 은혜를 입은 자에게는 은혜로서 갚고 잊지 말아야 한다는 말이다. 그러나 원수에게까지 은혜의 덕을 실천하라는 말은 아니며, 단지 사적인 원한을 배제하여 한결같은 기준으로 공평하고 공정하게 대하라는 것이다.

'직(直)'의 실체적 증거

원수에게조차 사사로운 감정의 개입 없이 오직 정직하게 '공평'과 '공정'을 실천하였던 실체적 사례가 유향(劉向)의 『신서(新序)』에 잘 기록되어 있다.

전국시대 위나라 제왕 문후가 '해호'라는 신하에게 물었다.

"서하 지방을 지킬 태수를 찾고 있는데, 누가 좋겠소?"

"'형백류'라는 사람이 적임자입니다."

임금이 깜짝 놀라서 말하였다.

"아니 그 사람은 그대의 원수가 아니오?"

"임금님께서는 제게 서하의 적임자를 물으셨지, 저의 원수가 누구인지를 물으신 것이 아닙니다."

이에 임금은 해호의 도량에 크게 감탄하여 형백류를 서하의 태수로 삼았다.

비록 자신과 정치적 대척점에 있는 원한의 관계였지만, '애·증·취·사'의 사사로움 없이 정직함으로써 공평과 공정을 실천한 대표적 사례라 할만하다. 이른바 『대학(大學)』에서 말하는 "좋아하면서도 그의 나쁜 점을 알고, 미워하면서도 그의 아름다운 점을 안다"라고 했던 정직과 균형의 발현이다.

그러나 선악과를 따먹은 원죄의 DNA가 남아있는 인류의 보편적 인간들에게 선과 악의 판단의 중심에는 언제나 '신(神)'이 아닌 '인간'이 그 자리를 대신하고 있다. '나'의 감정의 호(好)·오(惡)가 선악의 판단에 주체가 되어 진실을 왜곡하는 것이다. '애·증·취·사'에 치우쳐 내 마음에 합하면 상대의 단점조차도 개성으로 이해하지만, 내 마음에 합하지 않으면 상대의 장점마저도 결점으로 간주하는 오류를 범하고 만다. 선악의 판단에 있어 균형을 잡아줄 '정직'이라는 중심추를 상실해 버린 양심의 오작동 때문이다.

최고선(最高善) & 절대선(絕對善)

공자가 말하는 '이직보원(以直報怨)' 즉 "원수에게조차 공정하게 대하라"라는 명제는 인간의 수양과 노력으로 이룰 수 있는 선의 최대치이다. 그러므로 이것은 인간에게 요구되는 '최고선(最高善)'의 단계라고 할 수 있다. 그러나 예수가 말하는 "네 이웃을 네 몸과 같이 사랑하라"든가 "원수를 사랑하라"라는 정언 명령은 인간의 도덕적 의지와 능력만으로 실현 불가능한 별개의 차원이다. 그러므로 이것은 인간에게 요구되는 '절대선(絕對善)'의 단계라고 할 수 있다.

그렇다면 예수는 왜 신만이 가능한 영역을 인간에게 요구하는 것일까? 인간에게 좌절의 쓴맛을 통해 원죄를 알게 하려는 것인가? 아니면 인간의 위선과 가식의 최대치를 검증하고자 하는 것인가?

방법적 차등의 사랑

유가(儒家)에서 요구하는 사랑은 점층적 차별의 단계로서 이른바 '친친이 인민 인민이애물(親親而仁民 仁民而愛物)'이다. 곧 "가족을 친애하고서 사람을 인으로서 대하며, 사람을 인으로서 대하고서 사물을 아끼는 것이다."

사랑의 깊이는 '親(친애) 〉 仁(어짐) 〉 愛(아낌)'로 낮아지지만, 사랑의 범위는 '親(가족) 〈 民(타인) 〈 物(사물)'로 넓혀가는 것이다. 이것을 두고 '방법적 차등의 사랑'이라 하는데, 동양적 사랑의 원리에는 근원적 동일성과 함께 현상적 다양성이 존재한다. 그러나 예수가 말하는 사랑은 통시적이고 획일적이다. 모든 인간에게 동일하게 "네 이웃을 네 몸과 같이 사랑하라"라는 것이다.

사랑에 어떠한 편견과 차별의 조건이 없다. 이 사랑은 불완전한 인간에게 불가능한 도전의 굴레를 씌우는 것이다. 나와 내 가족에 대한 사랑과 이웃이나 원수에 대한 사랑의 농도가 어떻게 같을 수 있단 말인가?

논어와 파우스트

나는 이 불가능한 멍에에 대한 해답을 성경이 아닌 다른 두 권의 책을 통해서 깨달음을 얻었다. 하나는 앞서 말한 『논어』이고 다른 하나는 괴테의 『파우스트』이다. 『파우스트』는 괴테가 24세에 시작하여 82세에 마무리

지은 작품으로 무려 육십 년에 걸쳐 완성한 불후의 명작이다.

이 이야기의 시작은 하느님과 악마 메피스토펠레스의 '내기'로부터 출발한다. 마치 성경 속에서 '욥'을 사탄의 손에 내어주었던 것처럼 여기서도 하느님은 회의에 빠진 '파우스트'를 메피스토펠레스에게 내어주며 시험해보라고 부추긴다. 그러면서 이때 하느님은 매우 의미심장한 한마디의 말을 덧붙인다.

"인간은 노력하는 한, 방황하기 마련이다"
"As long as humans try, they will wander."

『파우스트』에서 괴테가 말하고자 하는 내용을 한마디로 정리한다면, '인간의 노력'과 '방황'이다. 신은 인간의 도전이 실패할 것을 이미 알고 있었고, 인간 역시 이 도전이 불가능한 것임을 예견하고 있다. 인간은 비록 악마에게 영혼을 팔아버린 파우스트와 같이 한낱 유혹에 흔들리는 연약하고 불완전한 존재에 불과하지만, 끊임없는 '노력'과 '방황'을 통해 지속적인 성장이 가능한 존재라는 것이다. 또한, 불가능에 도전하는 과정에서 겪는 시행착오와 시련은 단지 한 인간이 온전히 성숙해지기 위한 필요충분의 조건일 뿐이지 실패를 증명하는 과정이 아니라는 것이다.

만약 누구든지 인간이 자신의 노력만으로 '절대선'을 실천하여 스스로 구원을 얻을 수 있다면, 예수의 죽음은 한낱 촌부의 죽음에 지나지 않게 될 것이다. '절대선'을 향해가는 과정에서의 좌절과 방황은 인간에게 반드시 아픈 만큼의 성숙을 가져다준다. 그러므로 이웃사랑은 인간 완성을 위한 수양의 조건이 아니라 인간 구원에 이르는 성숙의 과정인 셈이다. 이때의 성숙은 '주를 위하여' 사는 오만한 삶이 아니라 '주를 향하여' 살아가는 겸손한 삶이 될 것이다.

인간의 본성 – 인성호리(人性好利)

세상에서 가장 보편적이고 통속적이며 범용한 인간이란 대체 어떤 존재일까? 아마도 삶을 오직 자신의 편익만을 위하여 사는 그런 사람일 것이다. 이 보편적 진실의 당위 속에는 반드시 생존의 욕구가 존재한다는 것을 담보하고 있다.

일찍이 한비자는 "인간의 본성은 이익을 좋아한다[인성호리(人性好利)]"라고 갈파하였다. 인간은 '의(義)'를 추구하기보다는 '리(利)'를 좇는 존재라는 것이다.

"먹지 않으면 살 수가 없다. 이 때문에 이롭게 하고자 하는 마음을 면할 수가 없다.[不食則不能活, 是以不免於欲利之心.]"라고 주장하였다. '추리피해(趨利避害)' 즉, 인간에게는 이익을 좇고 해를 피하고자 하는 본성이 있으며, '선(善)'이라는 것 또한 후천적 학습에 의해 만들어지는 것이기 때문에 인간의 선의지는 모두가 인위적이라는 것이다. 그러므로 인간은 자신의 인위적 선행만으로는 구원의 조건을 완성할 수 없다.

안 되는 줄 알면서 하는 사람 – 지기불가이위지자(知其不可而爲之者)

인류사적으로 볼 때, 보편적이고 범용한 인생들은 대체로 불가능한 일에 도전하여 자신의 에너지와 시간을 쉽게 낭비하려 하지 않는다. 굳이 좁은 문을 통과해야 할 현실적 필요와 용기가 없기 때문이다. 그러나 역사 속 인물 가운데 '절대선'이라는 불가능에 도전하여 '최고선'의 경지에 이른 사람이 전혀 없는 것은 아니다. 그 좋은 본보기가 바로 앞서 말한 공자이다.

공자를 일컫는 말 중에는 '상가지구(喪家之狗)', '만세사표(萬歲師表)', '소왕(素王)' 등등의 다양한 표현이 있지만, 나는 『논어』의 「헌문」 편에서 말한 "안 되는 줄 알면서 하는 사람[知其不可而爲之者]"이라는 표현을 매우 좋아한다.

그는 이상적 사회구현의 방편으로 '덕치(德治)'를 주장하였으며, 불가능한 줄 알면서도 십사 년 동안 '인(仁)'의 실현을 위해 주유천하(周遊天下)를 하였다. 그가 일생을 두고 도전하였던 사상적 신념은 '덕(德)'으로써 '인(仁)'을 실천하는 도덕적 이상사회였다. 이는 곧 "네 이웃을 네 몸과 같이 사랑하는 것"과 "원수를 사랑하는 일"에 다름이 아니었다.

그는 하늘을 원망하지 않고 사람을 허물하지 않으며, 아래로 인간의 일을 배우고 위로 천리에 통달하고자[下學人事 上達天理] 부단히 노력하던 사람이었다.

인간의 '노력'과 '방황'

'파우스트'와 '공자'의 생애를 통하여, 비록 당대의 현실에서는 '절대선'의 단계에 실패하였을지라도 이타적 삶을 위하여 끊임없이 불가능에 도전하였던 한 인간의 '노력'과 '방황'의 흔적들을 보면서 이것들이야말로 인생의 가장 소중한 경험이요, 위대한 성숙의 증표라는 것을 깨닫는다. 그러므로 구원은 설거지를 잘하는 특별한 재능이 있거나 그릇을 더럽히지 않는 탁월한 재주가 있는 자에게 주어지는 '상급'이 아니라 설거지를 하다가 반드시 접시를 깨트려 본 경험이 있는 자에게 베푸는 신의 '위로'임을 깨닫게 된다.

신이 메피스토펠레스에게 "인간은 노력하는 한 방황하기 마련이다" 라고 말했던 것처럼, "지금 우리의 방황은 결코 잘못된 것이 아니라는 것"이다.

"당신의 방황을 응원합니다."

무식한 도깨비는 부적을 모른다

기저이란

물 위를 걷는 것이 아니라 땅 위를 걷는 것이다. 병상에 누어 본 자만이 안다. 숟가락 드는 힘이 얼마나 크고 위대한지를!

기적이란

죽은 사람이 살아나는 것이 아니라 죽어야 할 사람이 살아있는 것이다. 스포츠에는 인저리타임에도 승패의 명운이 얼마든지 갈린다. 그러나 그 시간의 권한은 선수나 감독의 재량이 아니라 심판의 고유 영역일 뿐이다.

기적이란

행운을 만나는 것이 아니라 불행을 만나지 않는 것이다. 자다가도 죽고 길을 걷다가도 죽는 것이 인생이다. 인간은 자신의 의지대로만 살 수 없는 연약한 존재이다. 그런 의미에서 나는 날마다 기적을 체험한다.

만고불변의 법칙이란

'심은 대로 거둔다'라는 진리를 말함이다. 콩을 심으면 콩이 나오고 팥을 심으면 팥이 난다. 굳이 복을 빌지 않아도 선을 심으면 선의 열매를 거두고 악을 심으면 악의 열매를 거두게 될 것이다.

적을 만들지 말자

살면서 미운 사람이 어찌 없으랴마는 미운 자를 적으로 만든다면 나 또한 남에게 적이 되는 인생이 되고 만다.

주장하지 말자

평생토록 길을 양보해도 백 보에 지나지 않고, 평생토록 밭두렁을 양보해도 한 마지기를 잃지 않는다.[終身讓路不枉百步, 終身讓畔不失一段.]

먼저 양보하며 베풀고 살자.

선악 간에 판단하지 말자

시비를 분별할 지혜는 있어도 시비를 지적할 자격이 내겐 없다. 내가 무시해도 좋을 사람은 아무도 없으며, 내가 비난할 수 있는 사람 또한 어디에도 없다.

운명을 개척하고 역사를 바꾸려 하지 말자

그저 자신의 분수를 알고 모양대로 꾸밈없이 살자. 높이 날고 멀리 나는 것이 부러운 일이긴 하지만 모든 새가 다 독수리일 필요는 없다.

나는 것 중엔 참새도 있고 나비도 있다.

코스모스는 서서 피고 채송화는 앉아서 핀다. 민들레가 장미를 부러워하지 않듯, 만물은 제 분수를 다할 때 더없이 아름다운 법이다.

나그네로 살자

이 땅에 영원한 것은 아무것도 없다. 모든 것은 다 잠시 빌려 쓰는 것일 뿐이며 내 것이라고 주장할 수 있는 것은 오직 이름 석 자에 불과하다. 그러나 그것마저도 내가 직접 지은 것이 아니기에 나에겐 저작권이 없다.

부채 의식을 갖고 살자

나면서 죽을 때까지 신세 지다 가는 것이 인생이다. 소풍 나온 아이처럼 세상에 대한 경이와 경탄을 만끽하되 감당 못 할 빚을 진 자의 심정으로 겸손하고 소박하게 살다 가자.

사람은 누구나 행복하고, 또 누구나 불행하다. 이 땅에는 영원히 행복한 사람도, 영원히 불행한 사람도 없다. 그것은 단지 경험론적인 '선(先)과 후(後)의 차이'일 뿐이지 존재론적인 '유(有)와 무(無)의 문제'이거나 인식론적인 '시(是)와 비(非)의 문제'로 귀결되는 것은 결코 아니다.

산다는 것의 양태와 현상이 저마다 다르게 나타난다 할지라도 그 삶의 고통과 행복의 총량은 언제나 동일한 법이다. 한때 세간에 유행하던 '경험 총량 균등의 법칙'을 요즈음 십분 공감한다. 주역에서 말하는 "궁즉변(窮則變), 변즉통(變則通), 통즉구(通則久), 구즉궁(久則窮)", 이른바 '궁(窮)', '변(變)', '통(通)', '구(久)'로 이어지는 순환 사이클이야말로 인생의 정반합이요, 역사의 작용 반작용이 아닐까 싶다.

자등명 법등명(自燈明 法燈明)

시내 모 여고의 교장이 된 동창을 만났다. 그 친구는 강남의 주목받는 대형교회 교인이다. 교회 출석 사십 년 만에 장로가 되었다며 '교장'이 된 것보다 '장로'가 된 것을 훨씬 자랑스러워했다. 교인이 십만 명이 넘는 강남의 대형교회에서 장로가 된다는 것이 현실적으로 얼마나 어려운 일인 줄 잘 아는 내게 그는 장로의 신분을 한껏 과시하고 싶었을 것이었으나 나는 매우 안타까운 표정으로 한마디 거들었다.

"아니 자네는 아직도 교회를 다니시는가? 목사도 사 년이면 신학교를 졸업하는데, 그런 목사에게 뭘 배울 게 있다고 사십 년씩이나 교회를 다니시는가? 아직도 졸업할 때가 안되었는가?" 내게 격려와 응원을 기대했다가 불의의 일격을 당한 그 친구는 멋쩍게 계속 웃기만 하였다.

예수가 공생애를 실현한 기간은 삼 년이었다. 제자들이 예수의 문하에서 그를 추종하던 기간 또한 삼 년뿐이었다. 예수가 세상을 떠난 후 그들은 각자 자신의 삶의 영역에서 독립된 신앙 인격체로 살아갔다.

부처는 자신의 마지막 설법에서 제자들에게 이렇게 말하였다.

"자신을 등불로 삼아 밝히고, 진리를 등불로 삼아 밝혀라.[自燈明, 法燈明.]"

"자신을 등불로 삼아 밝히라"라는 것은 자신을 의지하라는 말씀이고, "진리를 등불로 삼아 밝히라"라는 것은 진리를 의지하란 말씀이다. 자신을 의지하라는 것은 "자신의 마음만 믿고 의지하면 된다"라고 하는 이해가 아니라 자신의 본성에 등불을 밝혀서 내면의 허물과 오류와 번뇌와 어리석음을 깨달으라는 말씀일 것이다.

인제선사의 일화로 '살불살조(殺佛殺祖)'라는 밀이 있다. "부처를 만나거든 부처를 죽이고 조사를 만나거든 조사를 죽이며, 부모를 만나면 부모를 죽여라"라는 소리이다. 이 화두에서의 살인은 육체적인 생명의 살인이 아니다. '우상'으로 떠받드는 부처와 조사, 무명(無明)이라는 아버지와 애착(愛着)이라는 어머니를 죽이라는 정신적, 인격적 살인이다. 한마디로 '우상 타파'인 것이다. 나를 얽매이는 것이 있다면 무엇이든 부수어 버리라는 뜻이며 종교적 권위로 만들어진 우상을 버리지 않고서는 진정한 자유와 해탈을 이룰 수 없다는 의미이다.

제자에게 스승은 자신의 행로를 규율하는 '고삐'가 아니라 도약을 위한 '발판'이어야 한다. 교육의 목적은 '모범적인 학생'을 만들어 내는 데 있지 않다. 교육의 참된 목적은 '착한 학생'을 만드는 데에 있는 것이 아니라 '좋은 스승'을 만들어 내는 데 목표를 두어야 한다. 그러므로 때가 되면 제자는 반드시 스승을 떠나야 한다. 제자가 떠나지 않는다면 스승이 떠나는 것이 마땅한 도리이다.

들어오는 학생을 가두기만 하고 졸업을 시키지 않는 학교가 있다면 그것은 세상에서 가장 실패한 학교이거나 학생을 지적 장애인으로 전락시키는 수용소에 불과하다. 교회 또한 가두리 양식장이 되어서는 결코 안 된다. 가두기만 하고 졸업시키지 않으며 죽을 때까지 우려먹기만 하다가는 집단 폐사하고 말 것이다.

교회는 종교시설에 불과하다. 종교시설이 크고 좋다고 하여 훌륭한 신앙을 갖는 것은 절대 아니다. 교회는 교인 수의 숫자 불리기로 세속적 권력을 구가하려는 맘모니즘에서 벗어나야 한다. 참된 교회는 교인 스스로가 목사나 교회의 도움이 필요하지 않을 정도의 '독립적 사고'와 '독립적 믿음'을 갖고 떠날 수 있도록 도와주어야 한다. '모이는 교회'에서 세상 속으로 '흩어지는 교회'가 되어야 한다.

깨달음이란 자신을 붙들고 있는 우상을 부수고 나오는 '존재의 변화'이다. 삶과 구체적으로 접목되는 관계를 떠나 있는 종교는 관념이고 허상일 뿐이다. 학문도 신앙도 의존적이거나 주술적인 것에서 탈피해야 한다. 깨달음이나 구원은 스스로 이루어 내야 한다. 이것이 바로 "부처를 만나면 부처를 죽이라"는 선사들의 간곡한 가르침이다. "무소의 뿔처럼 혼자서 가라"고 말씀하시지만, 나는 여전히 스승의 손길이 그립기만 하다.

내 인생의 프로메테우스이신 이 땅 위의 모든 스승에게 삼가 두 번 절을 올린다.

수리수리 마하수리

불교 경전 가운데 '반야심경(般若心經)'과 함께 우리나라 불자가 가장 많이
독송한다는 경전이 바로 '천수경(千手經)'이다. 이 경전의 첫 문장은 '정구
업진언(淨口業眞言)'이다. 이는 "입으로 지은 업(業)을 깨끗하게 씻어내는
참된 말"이란 뜻이다. 경전을 읽거나 불공을 드리는 불교 의식을 행하기
에 앞서 입부터 깨끗이 한다는 의미이다.

불교에서는 '신체', '언어', '마음'으로 이루어지는 선악의 행위를 가리
켜 '삼업(三業)'이라 하는데, 곧 '신업(身業)', '구업(口業)', '의업(意業)'을 말
한다. 어떤 일을 하려는 의지가 '의업(意業)'이고 그것이 신체적 행동으로
나타나는 것이 '신업(身業)'이며, 언어의 표현으로 드러나는 것이 '구업(口
業)'이다. 구업에는 '거짓말[妄語]', '이간질[兩舌]', '욕설[惡口]', '아첨하는
말[綺語]' 등의 네 가지 유형이 있다.
　이렇게 입으로 지은 업을 씻어내는 주문이 바로 "수리수리 마하수리

수수리 사바하(修里修里 摩訶修里 洙修里 沙波訶)"이다. 이 진언(眞言)을 세 번 외면 입으로 지은 업을 깨끗하게 씻어낼 수 있다고 한다. 흔히 마술사들이 주문을 외울 때 쓰는 말로 와전이 되어 많은 사람이 곡해하고 있는 구절이다.

산스크리트어인 이 말은 한자로 음차한 것으로서 뜻을 살펴보면 다음과 같다. '수리'는 '청정하다', '마하'는 '크다', '수수리'는 '지극하다' 또는 '더할 나위가 없다', '사바하'는 진언(眞言)의 내용을 결론짓는 종결의 의미로서 "원만하게 성취하다"라는 뜻이다. 따라서 이 말은 진언의 종결형 어미로서 "원하는 바가 이루어지게 하소서"란 기원(祈願)의 의미를 담고 있다. 그러므로 '수리수리 마하수리 수수리 사바하'의 본뜻은 청정하고 청정해서 더할 수 없이 모든 것을 원만하게 성취할 수 있도록 해달라는 의미이다.

정치인들의 말 한마디는 사회적 파장과 영향력이 매우 크기에 그 언어가 고도로 절제되어야만 한다. 그럼에도 불구하고 요즘 정치인들이나 종편 패널들의 언사는 매우 험하고 폭력적이다. 걸핏하면 상대 진영을 향해 '전쟁도 불사하겠다'라거나 '육모방망이로 뒤통수를 뽀개야', '바퀴벌레', '개소리', '싸가지' 등등의 막가파식 분노를 쏟아낸다.

뿐만이 아니라 SNS에는 정치인들에 대한 폭언이나 블랙 유머가 수시로 떠돌고, 인터넷의 익명성에 기대어 쏟아내는 욕설과 출처도 불분명한 '카더라 통신'의 페이크 뉴스가 횡행한다. 이런 기사를 접하다 보면 우리 사회의 어두운 단면이나 정치판의 부조리에 대한 카타르시스보다는 그 활자화된 언어폭력의 무자비한 난폭성에 대한 혐오감과 역겨움, 인간성 상실에 대한 비애감이 들기도 한다.

스페인의 격언 중에 "화살은 심장을 관통하고, 매정한 말은 영혼을 관통한다"라는 말이 있다. 화살은 몸에 상처를 내지만 함부로 내뱉은 말은 영혼에 상처를 남긴다는 뜻이다. 중국에서는 인생의 교훈을 담은 3대 필독서로 『명심보감(明心寶鑑)』, 『채근담(菜根譚)』, 『증광현문(增廣賢問)』을 꼽는다. 그 가운데 이와 비슷한 내용으로 『증광현문』에 이런 말이 있다.

"칼에 베인 상처는 쉽게 아물지만, 독한 말에 상처 입은 사람의 한은 지워지지 않는다.[利刀割體痕易合 惡語傷人恨不消.]"

화살이나 칼은 몸에 상처를 줄 뿐이지만 험한 말과 악담은 영혼에 상처를 남긴다. 특히 정치인들 가운데 상대를 프레임에 가두려는 의도로 낙인찍기식의 언어는 반드시 근절되어야 할 것이다. '빨갱이', '사쿠라', '주사파', '토착 왜구', '수박', '사법리스크' 등은 상대의 정체성에 주홍글씨를 새기려는 음모론적 어휘이다.

당(唐)나라 재상(宰相)이었던 '풍도(馮道)'라는 인물은 '오조팔성십일군(伍朝八姓十一君)'으로 유명하다. 그는 다섯 왕조에 걸쳐 여덟 개의 성을 가진 열한 명의 군주를 섬겼던 처세의 달인이었다. 그의 처세 비결은 바로 그가 지은 다음의 '설시(舌詩)'에 잘 나타나 있다.

입은 재앙을 불러들이는 문이요
혀는 몸을 자르는 칼이로다.
입을 닫고 혀를 깊이 감추면
가는 곳마다 몸이 편안하리라.
口是禍之門, 舌是斬身刀, 閉口深藏舌, 安身處處宇.

그는 말조심을 처세의 근간으로 삼았기에 난세에도 영달을 거듭하며 천명을 부지하고 장수할 수 있었다. 연산군이 이 시를 근거로 신하들에게 신언패를 만들어 목에 걸게 한 일은 매우 유명한 사건이다.

"호랑이 입보다 사람의 입이 더 무섭다"라는 말이 있다. 이 말은 리더의 말 한마디가 많은 사람을 다치게 할 수 있음을 경계한 말이다. 리더는 무엇보다 분노를 다스릴 줄 알아야 한다. 사람은 누구나 감정의 폭발을 억누르기 어려울 때가 있다. 그러나 한 가지 분명한 것은 흥분해서 자제력을 잃는 순간 리더로서는 실격이 되고 만다. 분노는 자신의 몸을 망치는 도끼임을 반드시 명심해야 한다.

노자는 '다언삭궁(多言數窮)'이라 하였다. 말이 많으면 궁지에 몰리는 때가 많다는 의미로서, 말이 많으면 허물도 따라 많아진다는 말이다. 그러므로 "아는 사람은 함부로 말하지 않고, 함부로 말하는 사람은 알지 못한다.[知者不言 言者不知.]"라고 하였다.

폭언과 거짓말과 아첨을 일삼으며 교언영색 하는 인생을 대할 때마다 연산군의 신언패를 떠올리며, '수리수리 마하수리 수수리 사바하'라고 주문이라도 외워야 할 판이다.

경허(鏡虛)의 무비공(無鼻孔)

지극히 주관적인 견해이다. 나는 근대 한국불교 오도송(惡道頌)의 최고봉을 꼽으라고 하면 마땅히 경허 선사의 게송이 선정되어야 한다고 생각한다. 근대 한국의 불교, 한국의 선문화(禪文化)에 그만큼 큰 영향을 끼친 사람이 드문 까닭이기도 하지만, 그의 깨달음만큼 나를 대오각성시킨 게송을 본 일이 없기 때문이다.

그가 동학사에서 목숨을 건 용맹정진을 할 때의 일화이다. 시주 곡식을 가져온 사람들 가운데 어떤 이가 말하기를, "중은 시주 밥만 축낸 관계로 죽으면 소가 된다"라고 하자, 다른 이가 "그러나 소가 되어도 콧구멍이 없는 소만 되면 되지"라고 하였다. 그때 이 말을 들은 제자 원규(元奎)가 경허 스님에게 전하기를, "시주의 은혜만 지고 죽어서 소로 태어나되 콧구멍 없는 소만 되면 된다는 말이 무슨 뜻입니까?" 하고 물었다. 이 말을 들은 경허 스님은 크게 깨달은 바가 있어 아래와 같은 불세출의 오도송(惡道頌)을 남겼다.

홀연히 콧구멍이 없다는 소리를 듣고

돌연 우주가 나의 집임을 깨달았도다.

유월에 연암산에서 내려오는데

야인이 일 없어 태평가를 부르는구나.

忽聞人語無鼻孔 - 홀문인어무비공

頓覺三千是我家 - 돈각삼천시아가

六月燕巖山下路 - 유월연암산하로

野人無事太平歌 - 야인무사태평가

'삼천(三千)'은 온 세계를 말하는 '삼천대천세계'를 줄여서 표현한 것이고, '유월(六月)'은 경허 스님이 돈각한 시기를 의미하며, '연암산(燕巖山)'은 천장암(天藏庵)이 있는 충남 서산에 있는 산의 이름이다. '산하로(山下路)'는 천장암에서 바라본 세상을 말하고, '야인(野人)'은 농부를 뜻한다. 농부가 밭을 갈고 김을 매듯 수행자도 마음의 밭을 갈아야 함을 비유하고 있다. 마지막 장의 "야인이 무사(無事) 태평가를 부른다"라는 표현은 천고의 절창이다. 심조만유(心造萬有)의 대각성이요, 한국 선풍의 위대한 부활의 노래이다.

이 게송의 주체는 '무비공(無鼻孔)'이다. 소가 콧구멍이 없다는 것은 고삐에 묶여 있지 않다는 뜻이다. 경허는 스스로 그 어디에도 얽매이지 않는 대자유의 경지에 오르게 된 것이다. 그의 법명인 '성우(惺牛)'라는 뜻과 같이 잠자고 있던 마음의 '소(牛)'가 비로소 '깨어난(惺)' 것이다.

옛사람들이 "도를 깨닫기가 세수하다 코 만지기보다 쉽다"라고 하였듯 실로 깨달음의 순간이란 종잡을 수 없다. '일기(一機)', '일경(一境)', '일언

(一言)', '일구(一句)' 즉, 한 번의 기회, 한 가지 경우, 한마디 말, 한마디 어록에서도 깨달음의 길은 언제나 열려 있다.

경허는 어디에도 걸림이 없는 자유인으로 살았던 인물이다. '원효의 파계'와 '진묵의 곡차(穀茶)' 이래 역대 최고의 파격적 기행과 숱한 무애행(無礙行)으로 속세의 범부들을 교화한 이적(異積)들이 전설처럼 남아있다.

익히 알려진 시냇물에서 여인을 만난 사례이다. 하루는 제자인 '만공'과 함께 길을 가는데 시냇물을 건너지 못해서 발을 동동 구르고 있는 한 여인을 발견했다. 경허 스님은 그 여인에게로 다가가서 시내를 건너게 해 주겠노라며, 곧바로 여인을 등에 업고서 시내를 건넜다. 여인과 헤어지고 나서 한참 길을 가다가 만공이 경허에게 물었다.
"출가 수행자가 어찌 젊은 여자를 등에 업을 수 있습니까?" 이에 경허 스님이 대답하기를 "나는 그 여자를 냇가에 내려놓고 왔는데, 너는 아직도 그 여자를 등에 업고 있느냐?"

춘추시대 노(魯)나라의 현자 유하혜(柳下惠)가 행했던 '좌회불난(坐懷不亂)'의 고사에 견줄만한 일화이다. 그러나 그의 이러한 기이한 행적이, 때로 일반인들에게는 이해하기 힘든 파격의 모습으로 비추어졌다. 언젠가 한 승려가 경허에게 진리를 깨치고 환속한 이후에 왜 술을 끊지 못하는지를 물은 적이 있다. 그는 이때 아무리 마음이 부처임을 깨쳤다 하더라도 중생으로 살았던 습기가 남아있어서 이를 제거하기 위한 시간과 수행이 필요하다고 말하였다. 아래의 내용은 경허가 솔직한 자신의 심정을 고백하면서 인용한 보조국사 지눌의 「수심결(修心訣)」이다.

문득 깨치면 부처와 다름없지만,

여러 생에 걸친 습기는 살아있네.

바람은 잠잠하나 파도는 오히려 솟구치고

이치는 분명하나 망념은 엄습하네.

頓悟雖同佛 – 돈오수동불

多生習氣生 – 다생습생기

風靜波尙湧 – 풍정파상용

理顯念猶侵 – 이현염유침

인간의 실존을 이처럼 생생하게 보여주는 구절이 또 있을까? 아무리 깨우쳤다 한들 '해탈한 부처'와 현실적 '인간의 삶' 사이에는 일정한 간격이 존재하기 마련이다. 그러므로 중생이 부처라는 실상을 완벽히 깨우쳤다고 하더라도 일상에서 열반한 부처의 모습으로 살기란 매우 어려운 일이다. 이는 오랫동안 중생으로 살아오면서 익힌 습기를 단번에 제거할 수 없기 때문이다.

간혹 '중생(重生)'을 체험했다거나 '신의 음성'을 들었다는 목사나 교인들을 대할 때가 있다. 술 담배 끊었다고 거룩해진 것이 아니듯 신학을 전공했다고 모두 성자가 되는 것이 아님을 나는 너무도 잘 알고 있다. 성서에는 "선 줄로 생각하는 자 넘어질까 조심하라"라고 하였다. 인간의 지혜로 신을 측량한다는 것은 그 자체가 불가능한 일이다.

인간의 삶은 살아생전에 완성이 되는 완전체가 아니라, 끊임없이 완성을 지향하는 미완의 불완전체일 뿐이다. 완성된 건축물이 아니라 평생을 공사만 하다 끝나는 '공사 중'인 인생이다. 자신만이 진리를 알고 있는 양,

성경 자폐에 빠진 치료 불가능한 중증의 환자를 볼 때마다 참담한 안타까움을 금할 수가 없다.

「능엄경(楞嚴經)」에서 이즉돈오 사비돈제(理卽頓悟 事非頓除)라고 하였다. "이치로는 돈오(頓悟) 했을지라도 현실에서는 곧바로 습성이 제거되지 않는다"라는 말이다. 한 번의 중생 체험이나 단순한 믿음만으로 결코, 구원이 보장되지 않는다. 깨친 이후에도 지속적인 수양이 필요한 것처럼, 죽는 날까지 스스로 자기를 부인해야만 구원받을 수 있는 것이 인간이라는 존재의 한계이다.

파괴와 창조의 변증법

"깨뜨리지 않으면 설 수 없고, 막지 않으면 흐르지 않고, 멈추게 하지 않으면 실행되지 않는다.[不破不立 不塞不流 不止不行.]"

한유(韓愈)와 같은 유자들은 대체로 '도교'와 '불교'를 이단으로 여겼다. 그는 자신의 저서 『원도(原道)』에서 이 둘의 흐름을 막지 않으면 유교의 흐름이 생겨날 수 없으며, 이 둘의 영향력을 그치게 하지 않으면 '유교'의 영향력이 행해질 수 없다 하였다. 이른바 '불색불류(不塞不流) 부비불행(不止不行)'론이다.

모택동은 자신의 논문 「신민주주의론」에서 "민주주의 혁명은 부르주아의 주도가 아닌 새로운 프롤레타리아 계층의 주도로 이루어지는 혁명"이라 하였으며, "낡은 것들을 파괴하지 않으면 새로운 것을 수립할 수 없다"라고 하였다. 유교를 낡은 것으로 여기고 신민주주의를 새로운 것으로 생각한 것이다. 이른바 '불파불립(不破不立)'론이다.

새로운 것을 세우고자 한다면 기존의 것을 부수어야 하고

새로운 것을 유행하게 하려면 낡은 것을 막아야만 하며,

새로운 것을 실행하려 한다면 잘못된 것을 멈추어야 한다.

不破不立, 不塞不流, 不止不行.

뛰어난 사람은 두 가지 핵심적인 능력이 일반인과는 차원이 다르다 한다. 그 하나는 '지적 호기심'이요, 다른 하나는 '문제 해결 능력'이다. 곰곰이 생각해보니 '지적 호기심'은 내 안에 있는 것임으로 얼마든지 내 의지에 따라 학습을 통한 훈련만으로도 충분히 가능할 것으로 생각되지만, '문제 해결 능력'만큼은 내 안에서의 노력만으로는 절대 불가능할 것이라 여겨진다.

이것은 본인 내면의 '변화' 없이는 결단코 불가능한 일이다. 진정으로 삶이 나아지길 원한다면 끊임없는 변화가 필요하다. 변화는 자아를 죽이는 데서부터 시작된다. 자아가 온전히 죽었을 때 비로소 문제 해결 능력이 생겨나는 것이다. 나를 버리지 않고 자아가 살고 욕망이 살아있는 한 문제 해결의 방법은 언제나 타인에게서 비롯된다.

'변화한다'라고 할 때, '변(變)'은 형태의 변형(變形)을 의미한다. 쌀이 밥이 되는 외향적이고 현상적인 '외면의 변형'을 말하는 것이다. '화(化)'는 형질의 변이(變異)를 의미한다. 밥이 술로 바뀌는 근원적이고 본질적인 '내면의 변이'를 말하는 것이다. 자아를 온전히 죽인다는 것은 그저 '변'하고 마는 외형적 현상의 차원인 'personality'에 있는 것이 아니라 본질 자체가 '변화'되는 내면적 형질의 차원인 'value'의 세계를 요구하는 것이다.

해마다 새해가 되면 나는 또 어김없이 새로운 미래를 꿈꾼다. 비록 넘어지고 쓰러져 세모에 후회만 한가득 남길지라도 '올해만큼은, 올해만큼은 다르게 살아야지' 하며 지키지 못할 새로운 다짐을 끊임없이 스스로에게 되새김한다. 해마다 똑같은 후회와 다짐을 반복하는 이유는 내 존재의 의미가 '오래 살기 위한 데' 있는 것이 아니라 '가치 있게 살기 위한 데' 있는 것이기 때문이다.

알버트 아인슈타인이 말했다. "어제와 똑같이 살면서 다른 미래를 기대하는 건 정신병 초기 증세이다" 승리하는 자는 같은 결과를 얻기 위해 다른 방법을 사용하지만, 실패하는 자는 같은 방법을 사용하면서 다른 결과를 기대한다. 어제와 똑같은 오늘을 살면서 오늘보다 나은 내일을 꿈꾼다는 건 꿈이 아니라 도박이다. 청춘을 걸고 인생을 도박하듯 낭비하며 살 수는 없지 않은가? 새해는 인식의 전환, 사고의 전환, 발상의 전환을 통해 내 안의 혁명이 이루어지기를 간절히 소망한다.

꿈꾸는 모든 이를 위하여!

부활(復活)

　'예수가 부활했다.' 사흘 전 십자가에 달려 죽었던 예수가 다시 살아났다니, 이 얼마나 기쁜 일인가? 성경을 일점일획도 틀림이 없는 정확 무오한 진리의 말씀으로 믿기로 작정하고 종교적 안목으로만 본다면, 무엇을 의심할 것이 있겠는가? 신께서 하신 일이라는데.

　그러나 인류의 보편적 역사의 일로 본다면 의문이 드는 것이 한두 가지가 아니다. 과연 '예수는 왜 부활을 해야만 했을까?'

　자신이 '신(神)'이었음을 증명하기 위해서였을까? 아니면 후대의 인류에게 심판이 있음을 예증하기 위해서일까? 그도 아니면 자신의 십자가 처형이 인류의 죄를 구원하는 대속적 사건이었음을 알리기 위해서인가? 이도 저도 아니면 정녕 신을 죽인 인간의 죄를 용서하기 위해서란 말인가?

　인류가 탄생한 이래로 죽은 사람이 다시 살아난 예는 단 한 번도 없다. 피조물인 인간은 누구도 '생로병사(生老病死)'와 '오욕칠정(伍慾七情)'으로

부터 자유로울 수 없다. 예수가 신으로서 이 땅에 왔다면, 죽어서 다시금 부활하여 인간에게 증명해야 할 이유는 도대체 무엇이란 말인가?

굳이 부활하여 스스로 신적 존재를 증명하려 했다거나 신을 죽인 인간의 죄를 용서하기 위해서였다면, 재판을 담당했던 '빌라도'나 '헤롯' 앞에 나타나서 당당하게 그들의 죄를 깨닫게 했어야 옳지 않았을까? 어찌 하필 자신의 제자였던 베드로나 도마와 같은 추종자들에게만 나타나서 환영인 듯, 환상인 듯한 모습으로 자신의 존재를 알 듯 모를 듯 슬며시 드러내고 사라졌던 것일까?

기왕에 부활하였다면 백 년 천 년 이 땅에서 존재할 일이지, 굳이 왜 또 다시 사십일 만에 승천해야 했단 말인가? 바울은 그렇게 승천한 예수가 다시 재림할 것이라 천명하였다. 재림의 시기는 성경의 문맥으로 보아 자신의 당대에 이루어질 것이라 예견하였으며, 적어도 AD 백 년 정도까지는 이루어질 것이라 믿었던 것으로 보인다. 그가 굳건히 믿은 재림의 약속은 '로마제국의 멸망'과 '이스라엘의 구원'이었다.

그러나 예수의 재림은 바울이 죽은 뒤로 오십 년, 백 년, 천 년, 이천 년이 되었어도 끝내 이루어지지 않았다. 로마제국 또한 예수의 재림으로 멸망한 것이 아니라 내부적으로는 그들의 정치 경제적 요인과 외부적으로는 게르만 민족의 침략 때문이었다. 게다가 이스라엘은 로마의 압제로부터 해방된 것이 아니라 이천 년 동안이나 나라 없이 지내는 수모와 설움을 겪어야만 했다.

차라리 재림의 약속을 미륵불처럼 몇억만 년 뒤라고 했다면, 인간의 이성으로 증빙할 길조차 없기에 그냥 그러려니 하고 믿고 말았을 것이다.

'부활'과 '승천' 그리고 다시 '재림', 이 시나리오는 도대체 누가 기획한 것이란 말인가? 예수가 남긴 예언인가? 바울의 주장인가? 나는 이것이 바울의 기독론에 기반한 그의 가설 시나리오가 아닐까? 하는 깊은 의문이 든다. 일단 그는 예수를 만난 적이 없다. 예수의 제자가 되기 위해서는 반드시 예수를 만나서 그의 가르침을 받아야만 한다. 그 때문에 바울은 부활한 예수를 자신이 직접 다메섹 도상에서 만났다고 주장하는 것이다. 그러나 그의 이런 주장을 뒷받침할 만한 증인은 아무도 없다. 그의 일방적 주장에 불과하다. 그가 '사도로서의 정당성'을 주장하는 것은 자신이 창안한 기독 논리에 기반한 것이다.

자신의 사도성을 증명해 줄 예수가 현실 속에서 지속적으로 존재했으면 좋았으련만, 예수는 보편적 인류에게는 아무런 의미조차 없는 이스라엘의 상징적 숫자에 불과한 '사십일'이라는 숫자적 일수만을 채운 채 곧바로 승천하고 말았다. 승천하고 난 예수가 지상의 인류와 더 이상 아무런 관련이 없게 된다면 종교로서 신앙의 대상이 될 수 없기에 바울은 예수가 사후세계를 주관하는 심판자로서 이 땅에 다시 재림할 것이라 하였다. 바울은 재림을 의식하여 장가도 가지 않은 채 스스로 고자가 되어 종말을 준비한 사람이다.

만약 이 부활의 기간에 예수가 빌라도와 대제사장을 심판하여 자신의 존재를 증명한 뒤 재림 후에 있을 심판의 모범을 보이고, 공개적인 장소에서 만인 앞에 바울을 자신의 사도로 세워 새로운 계명으로 재림의 때를 준비하라는 사명을 주고 승천하였더라면 얼마나 좋았을 것인가?

'공생애 기간의 예수'가 인류를 위한 모범적 사랑의 실천자였다면, '부활의 예수'는 빌라도와 대제사장들을 문책하는 심판자로서의 면모를 보였어야만 하지 않았을까? 부활 후에서조차 현실 세계에서 심판을 예증하지 아니하고 또다시 막연히 재림 후에 심판이 있을 것이라는, 바울의 교리는 죽고 난 뒤에 "나중에 두고 보자"라는 식의 가설에 가깝다는 생각을 지울 수 없다.

믿음은 단언컨대 분명히 '초합리'의 영역이라 할 수 있지만, 그러나 그것이 결코 '비합리'의 영역이 되어서는 안 된다. 신앙은 이성을 마비시키는 것이 아니라 이성을 깨우는 일이 되어야 한다. 종교는 이성을 넘어서고 과학을 넘어서는 영역의 차원일 수 있지만, 이성적 대화를 거부하고 과학의 세계를 부정하며, 오직 성경을 문자 그대로의 역사적 사실로만 믿는다면 이성을 무력화하고 무지를 충동질하는 맹목과 다르지 않다.

가장 흉물스러운 인간은 성경은 이성의 눈이 아니라 영의 눈으로 보아야 한다는 '성경 자폐'에 빠진 군상들이다. 아무런 의심조차 없이 믿는 맹목적 믿음은 불신자보다 훨씬 위태롭고 악한 것이다. 의심이란 맹인의 지팡이와 같은 것이다. 인간은 속성상 의심하는 존재이다. 절실한 의문만큼 깨달음은 비례하기 마련이다. 깨달음 없이 덮어놓고 믿는 믿음은 지팡이를 잃은 맹인과 같아서 반드시 맹목의 오류를 낳는다.

극락왕생이 불교의 궁극적 목표가 아니듯 기독교 신앙의 본령도 '사후 세계의 구원'에 있는 것이 아니라, "이 땅에서의 삶의 변화와 거듭남", 즉, '중생(重生)'이 궁극적 목표가 되어야 한다. 아무리 믿고 싶어도 바울의 기독론에 심각한 회의가 드는 것은 어쩔 수 없는 일이다. 바울이 이단인지 삼단인지는 전혀 관심이 없다. 분명한 것은 자신의 말처럼 한때 예수를 핍박했던 사람이었으며 그 역시 '오욕칠정'에서 자유롭지 못했던 불완전한 인간이었다는 사실뿐이다.

오병이어(五餠二魚)

— 오병이어는 '기적'인가 '감동'인가.

소식이 끊겼던 후배를 삼십여 년 만에 우연히 만났다. 한때 건달 생활을 하기도 했던 그는 죽을 고비를 만난 끝에 개과천선하고서 종교에 귀의하였다 한다. 말끝마다 '우리 주님께서' 자신을 살려주시고, '우리 주님께서' 자신에게 복을 주셨다 한다.

중국과 교역을 하는 모양인데 자산이 수백억대에 이른단다. 돈 버는 일에 젬병이고 별 관심조차 없는 내가 그의 말에 리액션이 뜨뜻미지근 하자 그는 다시 힘을 주어 '우리 주님께서' 자신에게 복을 주시는데, 마치 '오병이어'와 같은 기적이 일어났다고 한다. 그제야 내가 선뜻 관심을 보이며 그에게 오병이어의 뜻을 아느냐고 물었다. 그는 자신을 무엇으로 보는 거냐며 가벼운 역정을 내고는 자신 있게 말했다.

광야에서 예수님이 오천 명을 상대로 설교를 하시는 데 식사 때가 되어 모두가 먹을 것이 없었단다. 이때 어떤 아이 하나가 떡 다섯 개와 물고기 두 마리를 가져오니, 거기에 대고 기도하시자 광주리에 차고 넘쳐 오천 명을 먹이고도 열두 바구니가 남았다 한다. 내가 매우 씁쓸한 표정으로 "그럼 기도하였더니 하늘에서 물고기와 떡이 떨어졌다는 말이냐" 하고 되묻자, 이것은 예수님만이 가능한 기적이라고 주장하였다. 빈 바구니였지만 기도하고 나니 '기적'이 일어나 물고기와 떡이 가득 찼다는 것이다.

내가 반론을 폈다. 우리는 농경민족이라 '탕(湯)' 문화가 발전했다. 같은 곳에서 일하고 같은 곳에서 함께 먹기 때문에 큰솥에 탕을 끓여서 함께 나누어 먹는 풍습이 생겨났다. 이에 반해 유목민은 넓은 초지에서 이동하며 생활하기 때문에 개개인이 혼자서 가축을 지켜야 하고 때로는 며칠씩 들에서 지내야 한다. 이 때문에 오래 두어도 상하지 않을 마른 음식 문화가 발달하게 되었다. 이것을 '건량(乾糧)'이라 하는데, 이스라엘과 같은 유목민들은 집을 나설 때면 누구나 며칠 분의 건량을 소지하고 다닌다.

어린아이가 내어놓은 떡 다섯 개와 물고기 두 마리 역시 마른 음식인 '건량'이었을 것이다. 예수께서 축사한 뒤에 물고기와 떡이 하늘에서 쏟아진 것이 아니고, 그의 말씀에 감동이 된 군중이 저마다 자기가 먹으려고 소지했던 건량들을 내어놓기 시작하였다. 그것을 제자들이 거두었다가 공평히 나눠준 것이다. 그렇게 하고도 열두 바구니나 남았다는 것이 성경의 요지일 것이다. 라고 설명한 뒤에 덧붙여 말하였다. 떡 다섯 개와 물고기 두 마리를 가지고 오천 명분의 양식으로 만들어 내는 마술 같은 '기적'이란 것은 애초에 없다.

예수께서는 "사람이 떡으로만 살 것이 아니요, 하느님의 입에서 나오는 말씀으로 살 것이라" 하였다. 야외 설교 중에 비록 군중들이 끼니를 걸렀다 한들, 자신의 설교를 들어 준 배고픈 대중들을 위해 마술 같은 기적으로 양식을 해결했다면, 다음부턴 누가 이마에 땀 흘리며 힘들게 양식을 구하겠는가? 예수를 찾아서 기도만 한 번 받으면, 오천이든 만이든 쉽게 양식을 구할 수 있을 것이니 말이다. 이는 단지 군중들이 말씀에 대한 '감동'을 받고서 그들의 변화된 희생적 행동을 말하고자 한 것이었을 뿐이다. 성경이 말하고자 하는 교훈은 땀 흘리지 않고 기도만으로 이루어 내는 '기적의 드라마'가 아니라, 이기적 욕망으로 가득든 인간들이 말씀으로 변화하여 남을 위한 이타적 사랑을 실천하는 '감동의 스토리'인 것이다.

그러나 그는 나를 경원시하며 안타깝다는 듯이 말하였다. "이것은 반드시 예수님의 기적이며, 믿음은 이성의 문제가 아니다"라는 것이다. 또한, 예수를 믿음으로써 구원받는 것처럼 절대 긍정, 절대 믿음이 중요하며 오직 기도만이 '만능열쇠'라는 것이다.

나 역시 안타까운 마음으로 내 생각을 전하였다. "이 말씀의 교훈은 예수의 기도발에 관한 영력이나 신통력을 강조한 것이 아니다. 누구든지 예수를 믿고 기도하면 자신의 욕망대로 복을 받는다는 '기적'의 의미가 아니라 한 사람의 자기희생과 헌신이 공동체 전체의 마음을 움직였다는 '감동'을 전하는 내용으로 타인의 마음을 얻고자 한다면 언제든 '자기희생'과 '헌신'이 먼저 수반되어야 함을 강조한 것이다"라고 거듭 주장하였다.

그러나 그는 끝까지 형과 같이 이성으로 성경을 해석하려는 자는 불신자이며, 이단이라는 것이다. 자신은 오직 "자기 교회의 목사님만을 전적으로 신뢰한다"라며 언성을 높였다.

더 이상 무슨 말이 필요하겠는가? 이것이 오늘날 우리 교회의 현실이다. 교회 가서 예수 믿으면 복 받고 부자로 살다가 죽어서 천국 간다는 것이 한국식 기독교라는 왜곡된 무속신앙의 현주소이다. 권력과 돈에 눈이 먼 무당 목사들의 '절대적 세뇌'와 자신들의 현세적 욕망 충족을 위한 기복과 발원에 눈이 먼 신자들의 '맹목적 믿음'이 빚어낸 합작품이다. 제발 선거철만이라도 잠잠했으면 좋으련만.

여기에 '압돌라 바하'의 명언을 옮기고자 한다.
"과학 없는 종교는 미신으로 흐르고, 종교 없는 과학은 물신으로 흐른다."

이신칭의(以信稱義)
― 의인은 믿음으로 말미암아 살리라

주변의 교인들로부터 종종 자신의 기도에 응답하셨다며, '할렐루야' 하고
는 마치 자신이 신접한 직통 신자인 듯 간증하는 사람들을 볼 때가 있다.
그때마다 드는 생각이 육백만 유대인이 죽어갈 때, 그 처참한 울부짖음에
도 침묵하시던 그분의 뜻을 당신은 감히 무어라 설명할 수 있겠는가, 하
는 의문이다. 당신의 '영발'이 그들보다 세서인가? 아니면 우리가 모르는
특별한 은사가 있어서인가?

　동양 철학에서 공자가 주창한 '유학'의 원형을 가장 크게 훼손한 것은
'주자의 성리학'이다. 백호 윤휴가 "천하의 이치를 어찌 주자만 알고 나는
모른단 말이냐"라고 하며 자신의 학문적 신념을 토로하였을 때 조선의 지
성은 그를 사문난적으로 매도하며, 유가적 공분으로 삼아 사회적으로 매
장하였다.

이스라엘 민족에게 '야훼'는 보편적 인류 전체를 구원하는 '절대신'이 아니라 그들의 안위를 지키는 민족적 차원의 '수호신'이었다. 그들은 '율법'의 규례를 지킴으로써 구원을 얻을 것이라 믿었다. 그러나 문명의 진보와 함께 확장된 율법의 규례들은 부조리한 모순의 연장일 뿐이었다. 이 불완전한 약속을 예수는 자신이 십자가에 달려 죽음으로서, 마침내 율법을 완성한 것이다.

예수는 사랑의 모범을 보임으로써 인류의 구속사에 대한 방법을 예표하였지만, 이 진리를 가장 크게 왜곡시킨 것은 '바울의 기독론'이다. 바울은 자신이 속한 이스라엘 민족에서조차 자신의 교리가 외면당하였다. 이 때문에 부득이 이방 민족에게 포교사업을 진행한 것이다. 그러나 이방인에게 이스라엘의 율법은 무겁고도 가혹한 짐이었다. 그는 이 율법의 무거운 짐을 폐하는 대신, 오직 예수를 믿는 "믿음으로써 구원을 받는다"라는 교리를 전파하였다. 이 교리는 이방 민족에게 매우 매력적이고 달콤한 논리였다. 믿기만 하면 천국이 보장된다는 이 미완의 복음을 대한민국 기독교는 마치 천국의 보증수표처럼 남발해댄 것이다.

바울은 또 "천하에 의인은 없나니 한 사람도 없다. 오직 예수를 믿는 믿음으로만이 구원을 받을 것이다"라고 하였다. 어차피 너나, 나나 세상엔 온통 죄인투성이인데, "오직 예수를 믿는 자만이 구원을 얻는다"라는 신박한 논리를 계발하였다. 이 논리는 세상 윤리에 불감한 비양심적 인간들에게는 너무나 쌈박한 '보증보험'이었다.

그러므로 예수를 믿는 전광훈이도, 고문 기술자 이근안이도, 깡패 김태촌과 조양은이도, 서북청년단의 몸통이며 전태일의 장례를 끝내 외면했던 한경직이도, 자식에게 대물림으로 세습하고 아직도 살아서 천수를 누리는 김삼환이도 모두 다 오직 예수의 존재를 믿는 '지적 동의' 한 가지 때문에, 자신은 구원을 받았다고 믿는 것이다. 그들이 들어가는 천국이라면, 나는 진정으로 그 싸구려 복음을 정면으로 부정하고 싶다.

바울은 "의인은 믿음으로 말미암아 살리라"라고 했지만 내 생각은 그와 다르다. 의인은 예수의 존재를 믿는 '지적 동의'나 '인식의 동의'에 대한 지각적 깨달음으로 얻어지는 믿음에 있는 것이 아니라 '신(神)'의 존재와 무소부재(無所不在)한 그의 성품을 믿는 믿음으로 인하여 수반되는 의로운 행위, 즉, 예수가 말한 '사랑'에 대한 실천적 결과물로서 구원에 이르게 될 것이라고 나는 생각한다.

이런 소리 해대면 또 눈에 쌍심지 켜고 달려드는 의로운 조선의 신학자와 목사들이 반드시 있을 것이다. 마치 신이 자신만의 전유물인 양 착각하며, 자신이 믿고 있는 확고부동한 교리만이 신의 영역과 세계를 가장 정확하게 이해한다고 호도하는 하루살이 인생들 말이다.

'믿음'이란 질량의 세계가 아니다. 계량으로 수치화하고 가치를 절대화할 수 있는 물질의 영역이 아니란 말이다. 인간이 신의 세계를 증명한다는 것 자체가 난센스다. 마치 소경이 코끼리를 만지는 식의 '군맹무상(群盲撫象)'하는 편견일 뿐이다. 나와 너의 믿음의 양태나 현상이 다를 뿐이지, 나와 다르면 모두가 틀렸다는 식으로 이단시하거나 사문난적쯤으로 단죄하려는 편협한 시각과 불균형의 아집을 버려야 한다.

오류와 허점투성이의 바울 신학에 경도되어 있는 교회주의 기독론이나 기복주의적 신학 역시 인류사회의 제도권에 검증된 진리가 아님을 인정해야만 할 것이다. 겨우 자기 집 뒷마당의 흙이나 몇 줌 파보고서 마치

지구의 지질을 다 아는 듯 경조부박(輕佻浮薄)한 행동을 한다면 전광훈류의 싸구려 복음주의자 신세를 결코 면치 못할 것이다.

간혹 전광훈을 비판하며 차별화를 시도하고 싶어 하는 일부 목사들이 있지만, 그들 또한 조선의 '개독' 세계에서 결코 자유로울 수 없다. 바울의 교리에 세뇌된 조선의 교회주의 기독교 목사들은 대체로 거기서 거기일 뿐이다. 교회는 더 이상 교인을 가두어 두고 우려먹는 가두리 양식장이 되어서는 안 된다. 유통과정에서부터 변질된 교회주의 기독교는 이제 그만 건너뛰고, 차라리 신과 직거래를 하는 것이 옳다.

요즘은 부활절 대목이라 제철 만난 상인처럼 분주할 것인데, 모쪼록 사업이 번창하길 바라며 모두가 성불하기를 빈다.

가룟 유다와 베드로

이창동 감독이 만든 영화 '밀양'에서, 진도연이 분한 '신애'는 남편을 잃고 나서 남편의 고향인 밀양에 내려가 아이와 둘이 살게 된다. 그런데 이곳에서 그녀의 아들이 학원 선생에게 유괴를 당해 죽게 된다. 이를 계기로 예수를 영접하고 종교의 힘으로 자신의 고통을 이겨내던 그녀는 마침내 그 유괴범을 용서하기로 작정하고 교도소로 살인범을 면회하러 간다.

그런데 아들을 유괴했던 살인범은 교도소에서 예수를 믿고 구원을 받아 자신은 이미 하느님께 용서를 받았다며 이제는 마음이 편안하다고 말한다. 이에 신애는 "내가 용서하기도 전에 하느님이 용서하셨다니, 어떻게 하느님이 그러실 수가 있느냐?"며 현실적 절망에 사로잡히는 내용을 담은 영화이다.

이 영화의 원작은 이청준 작가의 「벌레 이야기」다. 광주민주화운동 시에 시민에게 발포했던 계엄군이 스스로 자신을 '셀프 용서'한다는 모순을 다룬 이야기다. 이 작품에서 말하고자 했던 작가의 의도는 이 한마디에

오롯이 담겨 있다.

"세상에서 가장 나쁜 사람이 있다면, 그는 스스로 자신의 죄를 용서한 악인이다."

오래전 나와 함께 고전을 공부하던 어떤 여자 동학이 있었다. 어느 날 그녀는 자신의 프라이드 차량을 주차하다 실수로 옆자리의 에쿠스 차량을 들이받았다. 자신은 가난하여 소형차를 타고 다니는데 상대는 대형차인 에쿠스이니 아마도 돈이 많은 사람일 것으로 생각하고 그냥 그 자리를 모면하고 말았다. 그러나 뺑소니를 친 것이 적잖이 찝찝하였던 그녀는 자신이 다니던 성당에 가서 사제에게 고해성사를 하였다. 그 후 그녀는 마음이 편해졌다며, 내게 자신의 이야기를 아무 스스럼 없이 전하였다.

예수를 팔아넘긴 '유다'와 예수를 부인한 '베드로'는 모두 예수의 제자로서, 스승을 배반한 죄를 지었다는 공통점이 있다. 그런데 유다는 회개를 하지 않아 지옥에 갔고 베드로는 회개하여 천국에 갔다는 것이 한국 교회의 천편일률적 논리이다.

그러나 나는 복음서 어디에도 베드로가 회개하였다는 대목을 찾지 못했다. 예수가 잡히고 나자 예수를 부인했던 베드로는 닭이 울자 '심히 통곡'하였다. 그 후 곧바로 자신의 옛 직업인 '갈릴리 어부'로 돌아갔다. 반면 예수가 유죄 판결을 받은 것을 보고 '뉘우친' 유다는 은 삼십 냥을 대제사장들과 장로들에게 돌려주며 "내가 무죄한 피를 팔고 죄를 범하였도다"라고 말하고는 그 돈을 성전에 내던지고 물러가서 스스로 목을 매달아 죽었다.

두 사람의 회개 장면을 굳이 찾는다면 베드로는 '심히 통곡(마 26:75)'하였으며, 유다는 '뉘우쳤다(마 27:3)'라는 대목이다. 베드로와 유다의 차이를 인터넷을 통해 검색을 해보면 한국 교회들의 수준은 참으로 가관이다. 대개의 목사가 스펄존의 설교집을 비판 없이 인용하였는지는 몰라도 한결같이 '답정너'의 사고로 아무런 의문조차 없는 상투적이고 옹색한 내용으로 일관하고 있다.

나는 그동안 많은 기독교인이 교회 가서 기도하는 것을 회개로 착각하고, 기도만 하면 자동으로 용서가 될 것으로 여기는 사람들을 무수히 보아왔다. 그러나 자신이 범한 죄를 당사자인 상대에게 용서를 구하지 않는다면, 하느님도 결코 그를 용서해 주지 않으실 것이라고 나는 확신한다.

유다는 회개하지 않았다는 설에 대해서도 나는 여전히 마뜩잖은 의문이 있다. 많은 목사가 자살했기 때문에 회개가 아니라고 말한다. "자살은 책임을 지는 것이 아니라 책임을 회피하는 것이다"라고 주장한다면, 스승을 배반한 후 곧바로 과거의 직업인 '어부'로 돌아간 베드로야말로 책임을 지는 태도가 아니라 책임을 회피하는 자의 전형이 아니겠는가? 그런데 어찌 베드로는 온전히 회개한 자로 묘사하고 유다는 회개가 아닌 '후회' 또는 잘못된 회개의 표준쯤으로 격하하는지 모를 일이다.

그러나 여기에 또 사도행전의 기자는 유다의 죽음을 전혀 다른 엉뚱한 이야기로 기록하고 있다. 사도행전(1:18~19)에는 "이 사람이 불의의 삯으로 밭을 사고, 후에 몸이 곤두박질하여 배가 터져 창자가 다 흘러 나온지라 이 일이 예루살렘에 사는 모든 사람에게 알게 되어 본 방언에 그 밭을 이르되 아켈다마라 하니 이는 피밭이라는 뜻이라"라고 기록하고 있다.

사도행전에 의하면 유다는 자살한 것이 아니라 천벌을 받아서 비참하게 죽은 것으로 묘사되고 있다. 마태복음과 사도행전 가운데 둘 중 하나는 명백한 허위이거나 둘 다 거짓말일 수도 있다. 이는 누가 옳고 그르다는 차원의 이야기가 아니다. 복음서 자체가 목격자인 제자들의 관찰자적 시점에서 기록된 것이 아니라 제자들 사후에 추종자들 사이에 전해 내려온 전승의 기록인 까닭에 구전 과정의 오류가 있거나 아니면 당시 기록자들의 추정에 의한 개인적 사유가 가미되었다고 볼 수밖에 없는 대목이다.

어찌 되었든 예수 사후에 곧바로 옛 직업으로 돌아갔던 무책임한 베드로보다 가룟 유다야말로 인간적인 책임을 다한 것이라 볼 수는 없는 것인가? 누군들 살고 싶지 않았겠는가? 그러나 하나뿐인 자신의 목숨을 내놓기까지 애통해하며 온전한 속죄를 하고자 했던 그를 어찌 정해놓은 답으로 비난만 할 수 있단 말인가?

만약에 독자들 가운데 자신에게 사면권이 있다면, 5 · 18 당시 양민을 학살한 계엄군으로서 양심의 가책을 받아 자살로서 속죄하고자 한 인생을 사면하겠는가? 아니면 교회로 숨어 들어가 예수 믿고 자신은 다 용서받았다며 천수를 누리고 사는 자를 사면하겠는가?

작금의 한국 기독교의 현실인 '밀양 유괴범'이나 '프라이드 차량 사고의 여인'과 같은 '셀프 용서'에서 과연 어떤 도덕적 의미를 찾을 수 있겠는가? 그에 비하면 유다의 회개는 천지가 개벽하고도 남을 만한 속죄가 아닐 수 없잖은가 말이다. 굳이 인간이 만든 교리라는 정해진 틀에 억지로 끼워 넣어서 해석하려 들 필요는 없다. 그저 자신의 행위나 철저히 반성하면 그뿐이다.

부활의 역설

이천 년 전, 예수는 정치적인 이유로 로마에 의해 사형을 당하였다. 그런데 예수는 왜 부활을 해야만 했을까? 예수의 부활을 간절히 원했던 사람은 누구였을까? 자신인가? 로마제국인가? 유대인인가? 제자들인가?

이른바 「부활장」으로 불리는 고린도 전서 15장에는 이렇게 기록이 되어있다. "게바에게 보이셨고, 열두 제자에게 보이셨고, 오백여 형제에게 보이셨고, 야고보와 사도에게 보이셨고, 맨 마지막으로 나(바울)에게 보이셨다." 이것이 바로 바울이 주장하는 간증이요, 신앙고백이다.

예수는 무엇 때문에 부활을 해야만 했을까? 자신이 무죄인 것을 증명하기 위해서일까? 그렇다면 극비리에 나타나 제자들에게만 보일 것이 아니라 자신을 죽인 정적이었던 로마의 '빌라도'나 '헤롯' 또는 유대의 '대제사장'이나 율법 학자인 '바리새파'나 '사두개파' 등에게 나타나 자신을 보였어야만 하지 않았을까? "내가 바로 너희들이 죽인 예수다"하고 당당히 자신의 존재를 입증했어야 옳은 것이 아닌가?

아니면 자신이 '신(神)'이라는 것을 증명하기 위해서였을까? 그렇다면 도마에게 "옆구리에 찔린 창 자국 만져봐라"하고 쪼잔하게 인간적으로 말할 것이 아니라, 당대의 영향력 있는 군상들 앞에서 신적 권위를 가지고, 신만이 할 수 있는 위대한 선포를 했어야만 하지 않았을까? 가령 다시는 이 땅에서 "인류를 홍수로도 불로도 심판하지 않을 것이며 지진이나 화산 폭발 등의 천재지변에 대한 공포가 없게 하겠다"라든지, "인류의 기아 문제를 해결하며, 팬데믹과 같은 역병을 없게 해주겠다"라든지, "인간의 언어를 하나로 통일시켜 주겠다"라든지, 신(神)만이 할 수 있는 신적 능력으로 자신이 창조한 세상의 오류에 대해 특별한 A/S를 해준다거나 미래 인류의 삶에 대한 새로운 언약 등을 제시했어야 옳지 않았을까? 최소한 불의의 역사는 반드시 심판받는다는 경고라도 당시의 인류에게 전했어야만 하지 않았을까?

만약에 그랬더라면, 예수의 부활에 대한 역사성은 누구도 부인하기 힘들었을 것이고, 탈무드를 비롯한 고대 랍비들의 문헌에 수도 없이 예수의 부활이 기록되었을 것이다. 그랬다면, '유대교'는 유대 땅에서 더 이상 존재하기 힘들었을 것이며, 바울이 선교 여행을 할 필요조차 없이 유대인 전체가 '기독교'로 개종하였을 것이다. 만일 예수가 '빌라도'나 '헤롯'에게 나타나 그들을 회개시켰더라면 이백 년에 걸친 로마의 박해는 일어나지 않았을 것이며, 인류 역사상 최악의 비극인 홀로코스트와 같은 육백만 유대인의 학살은 결단코 일어나지 않았을 것이다.

부활 후 사십일이나 되는 동안 극비리에 다니며 아무것도 하지 않고 승천했다가 나중에 "다시 재림하겠다. 그때는 반드시 불신자를 심판하겠다"라는 협박성 발언이나 하고 떠났다면 인류를 사랑하는 신이라기보다는 복수를 다짐하는 쪼잔한 인생에 불과하지 않은가? 그렇다면 최소한 자신을 장사 지내준 '아리마대 요셉'에게라도 나타나 가족조차 하지 못했던 목숨을 건 믿음에 대해 '고맙다'라는 인사 정도는 하고 갔어야 인간적 도리가 아닌가?

성서의 예수 부활에 대한 증거는 너무나도 빈약하다. 기독교인에게 부활은 알파와 오메가요, 그 자체가 구원의 상징이다. 갈라디아서는 '할례' 문제 하나만으로 거의 서신서 전체를 채웠는데, '부활'에 대한 기사는 고작 몇 구절이 전부이다. 할례가 부활보다 중요하였더란 말인가? 아니면 부활의 증거가 부족했기 때문이었단 말인가?

또한, 구원의 상징적 사건으로 예화를 들기에 너무나도 좋은 사건이었던 '죽은 나사로'의 부활 이야기는 복음서 가운데 오직 '요한복음'에만 나온다. 주지하다시피 요한복음은 복음서 가운데 가장 나중에 기록된 것으로서 역사적 사실보다는 종교적 믿음을 강조하기 위하여 많은 과장과 확대해석으로 이루어진 책이다. 다른 복음서의 기자들은 정녕 '나사로의 부활 사건'을 몰랐단 말인가? 아니면 이 중차대한 사건을 실수로 빼놓았단 말인가? 혹시 요한복음의 기자가 과장으로 꾸며낸 것이 아닌가 하고 의심한다면, 이것은 믿음이 적은 자라고 욕먹어야 할 일이란 말인가? 이것이야말로 충분히 후세의 독자들이 합리적인 회의와 의심을 할 수 있는 대목이 아니더란 말인가?

만일 부활이 역사적 사실이라면, 예수의 사십 일간의 행적은 매우 중차대한 문제이다. 공관복음서보다 훨씬 더 큰 비중으로 「부활 복음서」가 따로 존재했어야만 했다. 부활한 예수가 제자들과 감격스러운 상봉을 하고,

그들과 함께 온갖 기적과 이적을 보였어야 했으며, 유대와 로마는 걷잡을 수 없는 공포에 휩싸여 온 천지에 '회개' 운동이 일어났어야 했다.

그러나 아쉽게도 당시의 유대와 로마는 아무도 예수의 부활을 알지 못했다. 예수의 부활을 주장하는 사람은 예수의 몇몇 제자들에 불과하였다. 일련의 제자들과 바울의 교조주의적 세뇌 때문에 부활에 대한 맹목적 믿음은 교리가 되었고, 구원의 조건과 상징이 되어버렸다. 만일 자신이 진정으로 올바른 기독교인이라 한다면, 증거가 전무한 예수의 '육체의 부활'을 주장할 것이 아니라 역사적으로 검증된 실존적 '예수의 정신'을 부활시켜야 함이 옳지 않은가?

진리는 '예수의 말씀'이지 '바울의 신앙고백'이 아니다. 바울 역시 '오욕칠정'에서 자유롭지 못한 한낱 오류투성이의 인생에 지나지 않는다. 바울의 서신 어디에도 "예수 가라사대"라는 메시지는 없다. 그는 예수에게 가르침을 받은 적이 단 한 번도 없었으며, 직접 만난 적조차 없었기 때문이다. 다메섹 도상에서 빛으로 나타난 예수의 환영을 보았다고 하는 것 또한 자신의 영적 체험에 관한 주장에 불과할 뿐, 그 말을 증명해 줄 사람은 세상 어디에도 없다.

바울은 "그리스도께서 만일 다시 살아나지 못하셨으면 우리의 전파하는 것도 헛것이요, 또 너희 믿음도 헛것이며…… 모든 사람 가운데 우리가 더욱 불쌍한 자이다"라고 하였다. 이는 사도로서 자신의 존재를 부각하며, 신자들에게 부활에 대한 자신의 신앙고백을 세뇌시키고자 하는 바울의 술책이요, 기만이며, 협박에 불과하다.

설령 부활이 사실이 아닐지라도 실존적 예수의 말씀은 얼마든지 가치

있는 진리이며, 예수의 생애를 믿는 기독교인은 결코, 불쌍한 존재가 아니다. 부활이 구원의 절대 조건이라면 신은 결코, 이렇게 허술한 증거로써 인류에게 구원을 약속하지 않으셨을 것이다. 충분한 증거도 제공하지 못하면서 부활의 믿음만을 구원의 조건으로 내세워 신이 인간을 심판할 것이라는 바울의 논리에 절대 나는 동의할 수 없다. 그건 신의 인류에 대한 공갈과 협박이지, 결코 사랑이 아니기 때문이다.

상업화된 '크리스마스'가 예수가 태어난 날이 아니라는 것은 세상 모두가 잘 알 것이다. 그러나 이날이 예수가 통곡하는 날일 것이라는 건 극히 일부만이 알 것이다.

역사적 예수와 신화적 예수

하이데거는 「존재와 시간」이라는 자신의 저서에서, '일상의 탈출'을 통해 인간의 진정한 존재를 찾아야 한다고 주장하였다. 이는 일상적인 관습과 규범에 구속되지 않고 자유로운 사고와 행동을 통해 자기 자신을 깨닫고 존재의 진리와 의미를 탐구하라는 의미이다.

최근 나는 '칼 바르트'와 '볼트만'의 책들을 보면서 삶의 근원적 문제에 대한 매우 깊은 의문의 질곡을 헤매었다. 과연 '역사적 예수'는 오늘날 나와 어떤 의미가 있는 것인가? 또한, 그의 죽음과 부활은 인류 역사에 어떤 의미를 갖는 것일까?

볼트만은 "그리스도교의 신앙은 교회의 '캐리그마(kerygma)'에 대한 신앙이며, 예수는 캐리그마 속으로 부활한 것이다"라고 하였다. 그러므로 신약성서의 캐리그마 즉 예수의 신화적 행적들로 보이는 것들을 배제하고 철저히 변증법적 시각에서 예수의 삶을 연구해야 한다고 주장한다. 세계신약학회 회장을 지내기도 했던 존 도미닉 크로산은 예수의 물리적 육체적 부활을 부정하였다. 부활의 메시지를 비유나 은유의 상징으로 이해하고 있었던 것이다. 1세기에 나타난 고문헌의 자료를 통해 십자가형의 죄수들에게는 장례를 지내지 않았고 짐승의 먹이로 내버려 두었다는 것을 근거로 제시하였다.

나는 여기에 어떤 주장도 합리적으로 제시할 논거를 갖고 있지 못하다. 다만 성서 자체에 절대성을 부여해서는 안 된다는 것이며, 성서는 신(神)에게 나아가는 하나의 방편에 불과하다는 것이 나의 견해이다. '부활'이나 '구원'이 개인의 기복과 구원에만 국한된 것이라면, 이는 불교나 무속 종교에 있는 구원을 굳이 폄훼할 이유가 없다. 자기희생을 통한 사회적 의미를 구현해 내는 차원의 구원이 아니라면 굳이 예수의 구원에만 매달릴 이유가 없다는 것이다.

이는 기독교가 로마를 기독교화한 것이 아니라 로마가 기독교를 로마화한 것처럼 기독교가 자본주의를 낳았지만, 자본주의가 기독교를 자본주의화 해버린 것처럼, 종교적 타락에 불과한 것이다. 막스 베버의 지적처럼 자본주의가 기독교화되기는커녕 기독교가 자본주의화되고 말았던 데에는 부패한 권력과의 결탁이 있었다. 지금 한국 사회가 영락없이 중세의 타락을 재현해 내고 있다. 이제 한국 사회도 이런 신학적 허세와 위선에서 벗어나야 한다.

종교개혁의 삼대 원리가 되었던 '오직 믿음', '오직 은총', '오직 성서'는 이제 그 수명이 다하였다. 니체가 말한 대로 교회의 부조리한 횡포에 순종하며 계급사회를 강요당하는 '노예의 도덕'으로는 더 이상 주체적 인간의 삶을 살 수 없다. 지상의 삶을 포기하고 천상의 삶만을 추구하는 한 '교회는 무덤'일 수밖에 없다. 삶의 실천적 수련 없이 인간의 편리한 욕망만을 부추기는 '오직 믿음' 사상은 한국 사회에서 중세의 면죄부보다 더욱 극악하게 타락하였다.

자신의 믿음이 어느 신학 노선을 견지하느냐는 것은 개인의 자유이겠지만 '점수(漸修)'적 삶의 수련 없이 '돈오(頓惡)'적 구원이란 결코 있을 수 없다는 것이 나의 지론이다. 물론 구원은 주권자의 영역임에 틀림없지만, 교회에 십일조 따위나 기부하고 교단에 소속이 돼 있다는 이유만으로 신은 그를 믿음의 사람이라 인정하지 않으실 것이다. 인간의 얄팍한 속내에 결코 속아 넘어갈 분이 아니란 것이다.

'예수가 스스로 부활'한 것인지, '하느님이 죽은 자 가운데 살리신 것' 인지 나는 그 심오한 내막을 알 수 없다.

그러나 하느님이 우리를 의롭다 하기 위해 살리신 것이 진정으로 맞는 다면, 그것은 무엇보다 '억울한 자들의 부활'이 우선되어야 한다. 기아와 질병으로 죽은 아프리카의 어린아이들, 세월호나 이태원 참사로 죽은 영혼들 그리고 공동체의 대의를 위해 죽은 열사들, 이 모든 억울한 이들의 죽음에 대한 구원이 우선되어야 할 것이다. 예수는 부자와 권력자의 편에 서지 아니하고 언제나 억울하고 소외된 자들의 위로와 희망이었기 때문 이다.

그들의 죽음 앞에 '역사적 예수'를 믿었네, 안 믿었네 하는 것은 신에게 아무런 문제가 되지 않을 것이다.

신의 소유권 논쟁

대초에 신(神)이 사람을 창조하였다. 그 후로는 사람이 사람을 만들었다. 그러던 어느 날, 신(神)이신 예수가 사람의 모습을 하고 세상에 왔다. 그 뒤로는 사람이 신(神)을 만들었다.

'유대교'와 '이슬람교'와 '천주교'와 '기독교'에서 자신들의 하느님이라고 주장하는 '야훼'는 똑같은 한 분의 신(神)이다. 똑같은 신을 믿으면서 놀랍게도 그들은 서로를 이단시한다. 자신들이 믿는 신만이 '진리'이고 그 신은 자신들만의 '편'이라는 것이다.

그들에게 '야훼'는 자신이 창조한 세상을 사랑하는 인류의 보편적 신이 아니다. 오직 자신들만을 사랑하고, 자신들만을 구원하는 편애하는 '수호신'이며, 전쟁을 좋아하고 이민족을 배척하고 질투하는 '민족신'에 불과하다.

머리 깎았다고 다 중이 아닌 것처럼, 믿는다고 하여 다 같은 신은 아닐 것이다. 그러나 신은 어느 특정 단체나 특정 종교인만의 전유물이 결코, 아니다. 신이 그들의 주장대로 자신들만의 편이 아니라는 것은 인류의 역사가 이미 그것을 충분히 증명하였다.

하느님은 보편적 인류 모두를 사랑하시며, 예배당에서 예배하는 자만을 편애하지 않으신다. 하느님은 결코, 자신들은 천국 가겠다면서 남들은 다 지옥에 보내고 마는 그들의 탐욕을 만족시켜주지 않을 것이며, 오히려 신의 이름을 빙자한 그들의 '교만'과 '선민의식'을 심판하실 것이다.

"신은 만물이 필요한 것을 충족시키지만, 결코 한 개인의 탐욕을 만족 시켜 주지는 않는다."
神能足萬物之需 - 신능족만물지수
不能足一人之貪 - 불능족일인지탐

천도무친(天道無親)

1994년 퓰리처 상을 수상했던 케빈카터의 사진에는 굶어 죽어가는 소녀가 등장한다. 그 뒤에는 소녀가 죽기만을 기다리며 호시탐탐 먹잇감을 노려보는 독수리가 있다. 빵 부스러기 한 줌만 있어도 이 아이는 결코 굶어 죽지 않았을 것이다. 한 줌의 먹을 것이 없어서 굶주림에 시달리다 세상에 절망하며, 이 어린 생명은 끝내 숨을 거두고 말았다. 이 아이에게 세상은 지옥이었으며, 삶은 저주였다.

그런데 이 어린아이가 예수를 믿지 않았기 때문에 죽으면 또다시 지옥에 가야 한다는 이 어처구니없는 기독교의 교리를 어떻게 받아들일 수 있단 말인가? 수많은 악행과 온갖 부정을 다 저지르고도 예수를 믿는다는 '지적인 동의' 하나만으로 천국이 보장된다면, 그런 교리는 "음주 운전자에게 보험을 들어놨으니 마음 놓고 술 퍼마셔도 괜찮다"라는 말과 같은 이치일 뿐이다.

노자는 '천도무친 상여선인(天道無親 常與善人)'이라 하였다. "하늘의 도리는 특정인을 편애하지 않는다. 항상 착한 사람과 함께할 뿐이다"라는 것이 노자의 주장이다. 바울이 노자의 도덕경을 한 번만이라도 읽었더라면, 혹은 사마천의 「보임소경서(報任少卿書)」를 한 번만이라도 읽었더라면, '이신칭의(以信稱義)의 구원'이니 '메시아 재림'이니 하는 황당한 주장으로 세상을 혹세무민하지는 않았을 것이다.

진보를 자처하는 많은 한국의 교인이나 목사들은 '전광훈'류를 비판하면서 자신과의 종교적 차별성과 도덕성을 부각하려 한다. 그러나 바울이 만든 기독교적 교리를 철저히 신봉하는 교조주의자라면, 그들 역시 독단의 도그마에 빠진 극단적 근본주의자에 불과할 뿐이라는 것이 내 생각이다. 유대인이나 기독인이 주장하는 야훼는 편애하는 '민족신'이요, 자신들의 탐욕을 채워주는 '수호신'에 불과하다. 그들은 야훼를 보편적 인류 전체를 사랑하는 초월적 신이 아니라 오직 자신들만을 위하고 자신들만이 부릴 수 있는 알라딘의 요술 램프쯤으로 착각하고 있을 뿐이다.

하늘과 땅, 산과 바다가 어느 한 개인의 소유가 아니듯 하느님은 유대인과 기독인만의 신(神)이 아니다. 하느님은 결코, 목사와 교인의 전유물이 될 수 없다. '창조주' 신이 있다면 보편적 인류 모두를 사랑하는 것이 마땅하며, '심판주' 신이 있다면 '믿음'이라는 사행성 보험이 아닌 자신의 '삶에 대한 구체적 결과물'로서 심판받는 것이 마땅하다. '예수'를 사후의 방편과 현세의 편익을 위한 도구로 사용하는 자들에게 화가 있을 것이다.

한국 교회의 치명적 오류는 예수가 말한, '독사의 새끼'와 '사랑해야 할 원수'를 구별하지 못한다는 데 있다. 사랑해야 할 원수는 교회 밖에 있지만, 독사의 새끼들은 교회 내에 서식한다는 것을 반드시 깨달아야만 한다. 교회를 다닌다거나 예수를 믿음으로써 구원을 받았다는 허황된 확신을 스스로 자신에게 세뇌하는 자들은 죽는 날까지 날마다 자신이 독사의 새끼가 아님을 세상에 증명해 내야 한다. 저희끼리는 신앙공동체라 자처하지만, 대다수는 종교동호인의 세속적 이권연대이거나 종교를 매개로 한 권력 지향의 이권 카르텔에 불과하다.

아무런 삶의 변화조차 없이 예수를 믿었다는 '보험 영수증' 하나 달랑 갖고서 사후의 보장성 보험이 적용될 것이라는 막연한 기대는 로또가 당첨되기를 바라는 환상에 불과하다. 교회에서 발행하는 사행성 보험에 의한 구원의 확신보다는 자신의 내면세계에서 울려오는 양심의 소리에 귀 기울이는 것이 자신의 삶에 훨씬 더 유익하다. 뿐만 아니라 '심판주' 신에게 자신의 너무나도 인간적인 모습을 보이게 됨으로써 오히려 정상참작될 여지가 훨씬 더 농후하다.

'절대 긍정', '절대 믿음'이라는 불치병에 걸린 맹신자들은 세상과의 소통을 한사코 거부한다. 자신의 경험과 직관만을 우선시하며 자신이야말로 직통 신자임을 자처한다. 종교와 과학의 싸움은 이미 '코페르니쿠스'와 '갈릴레오'에서 끝났다. 아직도 여전히 지구가 우주의 중심이라거나 남자는 갈빗대가 하나 더 적다고 하는 신화를 진리로 믿는 자는 '대도무문(大道無門)'의 이치를 외면하는 면벽(面壁)한 인생들이다.

깨달음의 길에는 반드시 하나의 길만이 존재하는 것은 아니다. 자신이 믿는 믿음은 주관의 세계일 뿐이다. 언제나 오류가 있을 수 있음을 인정해야 한다. 적어도 자신의 신앙에 확신이 있다면 내가 믿는 신앙과 타인이 믿는 신앙의 차이를 이해하고 설명할 수 있는 유연성을 갖추어야 한다. 더 나아가 상대방이 갖는 신앙의 관점을 '자신이 정해놓은 종교의 교리'란 틀에 가두지 말아야 한다. 하느님은 인간이 만든 교리에 구속되는 그런 존재가 아니기 때문이다.

이제는 인류의 안녕을 위해 바울의 오류와 폐단을 바로잡을 초인이 나와야 할 때이다. 그렇지 않는다면 서양의 기독교는 머지않아 반드시 역사 속에 소멸되고 말 것이다.

카인(Cain)과 아벨(Abel)

에덴동산에서 쫓겨난 아담과 하와가 자식을 낳았는데, 큰아들 '카인'은 농사를 지었고 작은아들 '아벨'은 양치는 자였다. 두 아들이 각자 자기의 산물로 하느님께 제물을 드렸는데, 그들의 하느님인 '여호와'는 아벨의 제물은 받고 카인의 제물은 받지 아니하였다. 이에 카인이 분개하여 그의 아우를 죽였다.

　나는 창세기에서 이 대목을 읽을 때마다 매우 강한 의문이 들었다. 저마다 처한 바가 다른 삶의 현장에서 땀의 소산으로 정성껏 제물을 드렸는데, 어째서 누구의 제사는 받고 누구의 제사는 받지 아니하는가? 하는 의문이었다. 이런 나의 질문을 받은 목사들은 대체로 카인의 제사는 하느님께 합당하지 않은 인간적인 방법이며, 아벨의 제사는 믿음으로 드린 '피의 제사'이므로 '속죄양이신 예수님의 희생'을 예시하는 것이라는 등의 말로 얼버무렸다. 더 이상의 의문이나 의심은 순전하지 못한 신앙이나 믿음이 없는 불 신앙의 행태로 간주하며, 나의 말문을 막았다.

그러나 이 이야기의 소재는 유대인들보다 앞서 이미 천 년 전에 존재했던 '수메르인'들이 만든 인류 최초의 신화들 속에서도 발견된다. 이 형제의 살인 이야기의 원형은 고대 오리엔트 메소포타미아의 목축의 신 두무지(Dumuzi)와 농경의 신 엔킴두(Enkimdu)가 아름다운 여신 인안나(Inanna)를 두고 벌이는 투쟁의 이야기다. 이 신화는 명백하게 유목민과 농경민의 갈등을 소재로 하고 있으며, 여기에서 신은 유목민을 선택한 것으로 묘사되고 있다.

농업의 신 엔킴두와 목축의 신 두무지는 각각 농경사회를 기반으로 한 기존 토착세력과 메소포타미아 지역에 유입된 목축을 기반으로 한 유목민 세력을 상징하는 것으로 보인다. 결국, 두무지의 승리는 새롭게 메소포타미아 지역을 점령하고 지배한 '셈족' 자신들의 이야기인 셈이다.

이것은 농경 문화권을 정복한 유목민족의 신화가 반영되었기 때문이다. 성서 문화에서 승자가 되는 쪽, 곧 선한 쪽은 늘 둘째 아들이다. 둘째 아들은 나중 온 자 즉, '히브리인'을 상징한다. 둘째 아들이 그 땅으로 왔을 때, 이미 그 땅에는 맏아들 즉, '가나안 사람들'이 있었다. 그러니까 맏아들 카인은 농경에 기초를 두고 있는 당시의 번영한 물질문화를 상징하는 셈이다. 수메르 신화에서도 '엔킴두'와 '두무지'의 대결은 결국 '두무지'의 죽음으로 끝이 났다. 이러한 수메르의 신화적 전승은 히브리족에 의해 이런 식으로 변형되어 오늘날에 이르고 있다.

일반적으로 서구문화의 근원을 보통 '헤브라이즘'과 '헬레니즘'의 두 개의 서로 다른 연원에서 찾는다. 그러나 19세기부터 활발하게 이어져 온 고고학의 발굴 결과로 '수메르 문화'가 드러나면서 두 근원이 모두 수메르에서 나왔음이 밝혀졌다. 인류의 집단 지성과 과학이 밝혀낸 바로는 '수메르 문명'이 인류 역사에 가장 오래된 문화를 창조한 주인공임을 증명하였다.

구약성서의 에덴동산의 모델, 노아 홍수, 바벨탑 사건, 모세율법, 욥기의 비극, 시문학 등도 모두 수메르에서 나왔음이 밝혀졌다. 수메르어의 세계적 권위자인 미국의 크레이머 교수는 『역사는 수메르에서 시작되었다』라는 저서에서 다음과 같이 말하고 있다.

"수메르어는 고대 히브리 문학에 결정적인 영향을 주었다. 설형문자로 쓰인 문서를 복원하고 해독하면서 수메르의 신화가 「구약성서」 내용 가운데 대부분의 원형임을 알 수 있다."

유일신교 '야훼'를 숭배하는 유대교가 본격적으로 나타난 것은 바벨론 포로기를 거친 기원전 칠백 년 무렵이다. 당시 세계 문명의 중심지인 바벨론에서 방대한 선진 자료를 접한 후 느헤미야 등 일군의 종교 학자들이 유대 경전 '토라'[모세 5경]와 '타나크'[구약]를 제작하게 된다. 오늘날 유대교가 그 이전 가나안 종교와 구분되는 가장 중요한 요소가 바로 '유일신교'라는 것이다.

성서의 정체성 가운데 가장 중요한 핵심적 사항이 바로 '유일신 사상'을 확립하였다는 것이다.

많은 신 중에 섬겨야 할 신은 오직 '야훼'뿐이라든지, 신은 오로지 '야훼'밖에 없다는 사상이든지 간에 성서에서의 이 주장은 매우 중요한 의미를 갖는다. 이는 야훼 유일신론을 정립한 사람들이 성서를 집필했다는 것을 의미한다. 그렇다면 성서는 야훼 유일신론이 나오기 이전의 물건이 될 수 없다는 것을 역설적으로 반증하고 있는 셈이다.

선후 관계는 분명하다. 유일신 야훼를 믿는 종교는 수메르 문명에 비교하면 한참 늦게 나타났다. '아브라함'을 믿음의 조상으로 삼는 계통의 종교에서 아브라함은 기원전 이천 년쯤 인물로 추측이 된다. 반면 수메르 신화에 기록된 '중동 대홍수' 이야기는 히브리인이 존재도 하지 않았던 시절에 이미 그들이 겪고서 기록한 것이다. 수메르 시대에는 '야훼'라는 신은 존재하지도 않았고, '히브리어'도 없었으며, '히브리족'도 없었다.

또한, 텔아비브 대학의 고고학자인 핑켈스타인은 아브라함의 존재를 역사적으로 확인하려는 모든 시도는 실패했다고 말하며, 구약성경은 오리엔트 여러 민족 간의 신화와 전설들을 각색하여 편집된 책이라고 단정한다. '그리스 신화'나 '유대교 창세 신화'는 대개가 그 당시 전해 내려오던 수메르, 이집트, 바빌로니아의 신화들을 차용하고 있는 것이 명백하다.

이제 성서는 더 이상 신의 영감에 의해 쓰여 일점일획도 오류가 없는 신비의 책이라 주장할 일이 아니다. 유대인들이 수집하고 편집하였으며, 그들의 머리와 사상에 의해 덧칠해진 인간의 기록에 불과하다는 것을 인정해야 한다. 우리는 성서를 맹목적으로 신앙할 것이 아니라, 성서에 담겨 있는 옛 이스라엘 사람들의 종교적 사상은 무엇이며, 그것이 오늘날에 어떤 가치를 갖는 것인가를 심사숙고하여 버릴 것은 버리고 취할 것은 취하여, 인류의 위대한 경전으로 인류가 축적한 지혜의 산물로서 바르게 자리 매김해야 할 것이다.

신화가 암시하고 있는 농경민족과 유목민족의 이러한 갈등 구조를 이해하지 못한 채, 카인과 아벨이 실존 인물이었다고 생각하면서 성경을 읽는 것은 그리스나 로마신화를 실존했던 신들의 이야기로 착각하고 읽는 어리석음과 다를 바가 없다.

나는 신학 전공자들이나 소위 목사라는 사람들이 이러한 사실을 알고서도 외면하는 것인지, 아니면 정말로 몰라서 오직 성경의 권위만을 문자적으로 믿고 역사적 사실로 받아들이고 있는 것인지 그들의 속내가 정말 궁금하다.

혼비백산(魂飛魄散)

『법구경』에 실려 있는 '독화살의 비유'이다. 붓다의 제자 중에 '만동자[말룬키아풋타, Malunkyaputta]'라는 존자가 있었다. 그는 인간의 사후(死後) 문제에 관해 고민이 많았다. 자신이 중요하게 생각한 문제를 붓다에게 질문하며, 만약에 스승께서 답하지 못한다면 떠나겠다고 하였다.

"이 세계는 영원한가, 영원하지 않는가? 우주는 무한한 것인가, 유한한 것인가? 영혼이 곧 육체인가, 영혼과 육체는 다른 것인가? 내생(來生)은 존재하는가, 존재하지 않는가?"

그러자 붓다는 이렇게 되물었다. "만약 어떤 사람이 길을 가다 누가 쏜 독화살에 맞았다고 하자. 그런데 독화살을 맞은 사람이 독화살은 뽑지 않고 '이 화살을 쏜 사람은 누구이며, 왜 쏘았을까? 이 화살의 재질은 무엇이며, 화살촉의 독의 성분은 무엇일까? 이런 등의 궁금증을 모두 다 알기 전에는 나는 이 독화살을 뽑지 않겠다'라고 한다면 어떻게 되겠는가?" 하였다.

이어서 설하기를 독화살을 뽑는 것이 우선이라 하였다. 인생은 모두 이미 생·로·병·사(生老病死)라는 독화살을 맞고 있는 것과 같다. 그러니 화살의 독이 퍼지기 전에 이에 대한 처방이 필요하다고 설법하였다.

붓다는 이 세상이 무한하다거나 유한하다고 단정적으로 말하지 않았다. 그것은 이치와 법에 맞지 않으며, 수행이 아니므로 지혜와 깨달음으로 나아가는 길이 아니고, 열반의 길도 아니라 하였다. 붓다가 한결같이 말하는 법은 무엇인가? 그것은 곧 괴로움과 그 괴로움의 원인과 괴로움의 소멸과 괴로움을 소멸하는 길이다. 한결같이 이것을 말하는 이유는 무엇인가? 이것이 이치에 맞고, 법에 맞으며, 수행인 동시에 지혜와 깨달음의 길이며, 열반의 길이기 때문이다.

『논어』의 「선진」 편에는 공자가 제자와 죽음에 관한 대화를 나눈 내용이 있다. 제자 자로가 '귀(鬼)'와 '신(神)'을 섬기는 것에 대해 물었다. 그러자 공자께서 말씀하기를 "사람도 잘 섬길 줄 모르면서 어찌 귀신을 섬길 수 있겠는가"라고 하였다. 자로가 다시 "감히 죽음에 대해 묻고자 합니다"라고 하였다. 공자께서 대답하시기를 "삶도 아직 알지 못하면서 어찌 죽음을 알겠느냐?[季路問事鬼神. 子曰, "未能事人, 焉能事鬼?" 曰, "敢問死." 曰, "未知生, 焉知死?]"라고 하였다.

생사(生死)에 관한 공자의 유일한 대답이다. 공자는 인간에 대한 사랑을 중시했다. '귀'와 '신'을 섬기려거든 인간에 대한 공경, 인간에 대한 정성을 다하고 난 뒤에 그러고도 힘이 남아돈다면 그 뒤에 귀신을 섬기라는 말씀이다.

도마복음 18장에는 이런 구절이 있다. 따르는 자들이 예수께 물었다.

"우리 종말이 어떻게 될지 말씀해 주십시오" 예수께서 말씀하시기를, "그러면 너희가 시작을 발견하였는가" 하고 되물으셨다.

제자들이 죽음 이후의 세계를 묻자, 예수는 너희가 시작을 아느냐, 시작을 알고 난 뒤에 종말에 대해 알고 싶어 하는 것인지를 되물은 것이다. 시작이 있어야 종말이 있고, 시작을 알아야 종말을 아는 것이 가능할 것인데, 그 시작을 모르고서 어떻게 종말을 알 수 있겠냐는 말씀이다.

그런 뒤에 "시작에다가 자신의 자리를 두는, 시작이 무엇인가를 고민하고 생각하는 사람은 복되도다. 그는 종말을 알아서 죽음을 맛보지 않을 것이다"라고 하였다.

동양적 우주관은 '혼승백강(魂昇魄降)'이다. 사람이 죽으면 '혼(魂)'과 '백(魄)'이 나누어지는데, '영혼(魂)'은 천상[우주, 자연]으로 돌아가고 '육체(魄)'는 지하의 흙으로 돌아간다는 논리이다.

魂氣歸于天, 形魄歸于地 - 혼기귀우천, 형백귀우지

무릇 종교인은 인간의 이성의 한계를 벗어난 형이상학적 문제나, 과학으로 증명되지 않은 황당한 신통이나 기적 같은 말에 현혹되지 않아야 한다. 신격화된 붓다나, 신격화된 예수에게서 구원과 복을 얻겠다는 기복신앙을 버려야 한다. 인간적 모습으로 치열하게 수행하였던 그들의 삶의 현장에서의 깨달음과 가르침을 논리적으로 이해하고 수행하여야 한다.

나는 과거에 개신교의 보수 교단에서 오래도록 종교 생활을 한 적이 있다. 이때 인간의 생명은 '영'과 '혼'과 '육'이라는 삼원소로 이루어져 있으며, 육은 죽을지라도 '영'은 비물질인 까닭에 절대 죽지 않고 영생불멸한다고 교육받았다. 가공할 만한 협박이다. 그렇다면 내가 이 땅에 태어난 날, 내 생일 이전의 나의 영은 어떤 모습이란 말인가.

생명의 근원을 스스로 알지 못하는 것이 인생이다. 무속에 심취된 종교인들이 그들만의 논리로 만들어 낸 종교적 교리에 불과한 자신들의 약관을 마치 보편적 인류 모두에게 적용되는 절대불변의 진리인 양 호도하여 천국과 지옥 운운하며 인간의 삶을 협박하는 것은 매우 교만한 짓거리이다.

어제 오후 지하철에서 있었던 해프닝이다. 자칭 전도자라는 불쌍한 인생이 천국과 지옥을 들먹이며, 예수의 이름을 빙자하여 협박하기 시작하였다. 치열한 생존의 현장에 있는 승객들의 삶과 고민에 대한 일말의 이해도 없는 자가 대중을 향해 썩어질 세상의 것에 연연하는 불쌍하고 어리석은 인생들이라 매도하였다.

책 한 권 읽은 무식한 놈이 겁 없이 나대는 '꼬라지'가 심히 불쾌하여 견딜 수 없었다. 감히 단언컨대 저자가 종교를 안다면 저런 무례하고 오만한 짓거리를 해댈 수 있을까? 자신의 행위가 얼마나 부끄러운 일인지조차 모르고 마치 자기가 광야의 세례 요한이라도 되는 양 착각하는 혐오스러운 저 흉물에게 펄펄 끓는 뜨거운 물이 있었다면 한 바가지 쏟아부어 주고 싶었다.

적어도 건전한 상식을 가진 종교인이라면 나와 다른 타인의 생각을 존중할 수 있어야 한다. 내가 믿는 신앙과 상대가 믿는 신앙이 충돌할 때 그 차이를 '이해'하고 다름을 '설명'할 수 있어야 한다. 상대의 신앙과 종교의 관점을 '자신이 정해놓은 믿음'이란 틀에 가두지 않아야 한다. 내가 믿는 신앙 외에는 모두가 이단이라고 하는 것은 자신의 무지와 편견을 드러내는 행위에 불과하며, 스스로가 독단의 도그마에 빠져있음을 인정하는 꼴이다.

예수를 팔기 이전에 공동체에 관한 기초적 예절이나 지킬 줄 아는 인생이 되었으면 좋겠다.

현조(玄祖)와 현손(玄孫)

'하늘 친, 따 지, 검을 현, 누루 황'.

"하늘 천, 따 지, 가마솥의 누룽지 박박 긁어서 선생님은 한 그릇,
나는 두 그릇"

내 나이 또래 사람들이라면 천자문을 패러디한 이런 풍월을 한 번쯤은
들어봤을 것이다. "하늘은 검고 땅은 누렇다" 어린 시절에 난 하늘은 푸른
데, 어째서 '검다(玄)고 하였을까, 하는 의문이 끊임없이 들어 선생님이나
주변 어른들께 여러 차례 물었어도 시원한 대답을 듣지 못하였다.

천자문에 나오는 '현(玄)' 자에는 검다는 뜻만 있는 게 아니라 '가물하
다', '아득하다'의 뜻이 있다. 그러므로 '천지현황(天地玄黃)'이란 "하늘은
가뭇하여 아득하고, 땅은 누렇다"라는 말이다.

그래서 혈족의 존속과 비속을 칭할 때도 부(父), 조부(祖父), 증조(曾祖),

고조(高祖)라고 하는데, 고조의 윗대 5대조의 조상을 '현조(玄祖)'라고 한다. 비속의 경우는 자(子), 손자(孫子), 증손(曾孫)이라고 하지만 '고손(高孫)'이라는 말은 쓰지 않는다. 손자 항렬에 높을 '고(高)' 자를 쓸 수 없는 이유이다. 그래서 비속의 경우에는 '고손' 대신에 바로 '현손(玄孫)'이라 한다.

그러므로 '현조(玄祖)'나 '현손(玄孫)'은 '아득한 조상'이나 '아득한 손자'라는 의미이다. 또한, 조선 시대는 제사를 지낼 때 '4대 봉사(奉祀)'까지 하였는데, 이는 조혼의 풍습으로 당대에 4대의 존재가 가능했기 때문이다. 백세시대가 된 요즘 조혼의 풍습은 사라졌지만, 잘하면 4대가 동시대에 사는 일도 불가능한 것만은 아닌 시대가 되었다.

나는 조부의 얼굴을 모른다. 단지 빛바랜 흑백 사진 속에서 전통 혼례를 올리던 신랑 신부 앞자리의 의자에 홀로 앉아계신 파리한 노인의 모습만을 기억하고 있을 뿐이다. 조부께서는 오십 대에 얻은 늦둥이 아들의 혼례를 마친 후 오일 만에 세상을 떠나셨다. 세거지(世居地)를 떠난 지 이미 오십여 년의 세월이 흘렀고 나의 부친이 세상을 떠난 지도 벌써 삼십여 년의 시간이 지났다.

몰락한 집안에 일가친척 하나 남아 있지 않은 문중의 선산이었지만, 조부의 묘소가 있기에 내 생명의 시원을 찾아 홀로 길을 나섰다. 선산 묘지의 내역을 누구도 내게 상세히 일러주지 않았다. 서로 잘 몰라서 그럴 수도 있었겠지만, 우리 집안은 철저히 과거를 부정하려는 의지가 강했던 탓이다. 평소와 다르게 그날은 문득 선산의 맨 위쪽 묘소의 내막이 궁금하여 비문을 찬찬히 읽어 보았다.

할아버지의 증조할아버지 곧 내게는 현조(玄祖)가 되시는 분의 묘지였다. 품계는 가선대부(嘉善大夫), 종2품의 당상관이다. 묘비의 명(銘)을 찬(讚)하신 분은 조부이셨다. 너무나 기가 막혀 한참 동안을 서럽게 통곡하였다. 마치 어린아이가 엄마를 잃은 듯한 처연한 모습이었다. 그러나 그때 하늘이 열리는 것 같은 활연관통할 만한 기운을 동시에 느꼈다. 내게 어떤 기도가 이보다 더 클 수 있단 말인가?

개인사를 너무 밝히기가 민망해 여기까지 쓰고 덮어 둔다. 나는 어려서부터 나의 생명은 어디서 온 것일까? 아버지의 아버지, 그 할아버지의 아버지, 또 그 할아버지의 아버지는 누구일까 하는 의문을 항시 품어왔다. 잠자리에 누우면 생명의 근원에 대한 의문으로 숱한 밤을 의문 속에 뒤척이다 잠이 들곤 했다.

족보 한 권, 사진 한 장 남아있지 않은 몰락한 집안이었지만, 끈질긴 노력으로 먼 친척 집에 남아있던 가승보(家承譜)와 교지(教旨), 문집(文集) 등을 바탕으로 거슬러 올라가 파조(派祖)인 이십 대 할아버지까지 한 분 한 분의 존재와 내 생명의 시원을 찾아냈다.

나는 이제 더 이상 아브라함이나 이삭을 나의 조상의 근원이라고 여기는 어리석고 아둔한 짓은 하지 않는다.

유생(幼生)과 학생(學生)

'현고학생부군신위(顯考學生府君神位).'

오늘은 외갓집 조부모의 추모식이 있는 날이다. 나는 나이 16세부터 제사드리는 날이 되면 어김없이 아버지에게 배운 대로 직접 붓으로 지방을 썼다. '홍동백서', '어동육서', '조율시이', '좌포우혜'하며 아버지는 어린 내게 꼼꼼히 일러주시고 지방을 직접 쓰도록 훈육하였다. 그때마다 죽은 조상을 왜 '학생(學生)'이라고 하는지에 대해 매우 궁금하였지만, 아버지가 무서워 묻지를 못했다. 괜히 물었다간 이것저것 훈계나 듣고 일만 더 시킬 것 같은 불안감에 스스로 포기하였다.

죽은 조상이 학교에 다니다 학생 신분으로 돌아가신 것도 아닌데, 왜 하필 '학생'이란 표현을 하였던 것일까? 훗날 고문서를 공부하면서 알게 된 진실은 이러했다. 유교를 숭상하였던 조선 시대에 호구단자나 여타의 고문서 등에 자주 등장하는 말이 '생칭유생(生稱幼生)'이요, '사칭학생(死稱學生)'이다. 즉, 산 사람을 칭할 때는 '유생(幼生)'이라 하고, 죽은 사람을 칭할 때는 '학생(學生)'이라 한 것이다.

여기서 유생이라 함은 성균관 '유생(儒生)'과 같이 과거에 합격하여 전문적으로 유학을 공부하는 선비를 일컫는 것이 아니라, 학문이나 삶이 아직 완성되지 않은 상태라는 뜻으로써 '유생(幼生)'이라 한 것이다. 또한, 망자가 벼슬이 있었을 때는 관직명을 직접 쓰기도 하였으나 벼슬이 없는 일반인의 경우는 대개 모두 '학생(學生)'이라 하였는데, 이는 자신의 인생이 평생토록 세상을 배우다 간 사람이라는 의미를 내포하고 있다.

조상을 추모하는 미풍양속을 교조주의적 발상으로 우상숭배라며 천시하였던 한국 기독교의 천박한 아전인수식 교리 적용에 깊은 분노와 함께 서글픈 연민이 밀려든다. 자식을 부모보다 더욱 숭배하는 요즘 세대야말로 우상을 숭배하는 것이요, 정의와 도덕보다 돈과 권력을 추구하는 것이 곧 현대인의 우상숭배가 아니더란 말인가? 우리의 전통적 풍습인 제사를 이스라엘적 시각으로 우상숭배라고 규정하는 것은 예수의 정신은 없고 형식에만 집착하는 율법주의적 발상에 불과하다. 예수가 다시 환생한다고 해도 예수는 결코, 조상을 추모하는 일을 우상숭배라고 책망하지 않을 것이다.

문자주의나 근본주의는 특정한 고대의 전통에 집착한다. 기독교가 히브리 문화에 집착하듯 유교는 이른바 요순의 전통과 주나라 예악에 집착한다. 형식을 따지는 예법과 금기에 집착하는 모든 원리주의자의 공통된 성향이다. 포도주는 마셔도 되고 막걸리는 마시면 안 된다는 따위의 지엽적이고 하찮은 형식적 금기와 예법에 목숨을 거는 어리석은 일들이 종교의 이름을 빙자하여 벌어지는 것이다.

예수가 처음 이적을 보인 것은 가나의 혼인 잔치에서 물이 변하여 '포도주'가 되게 한 사건이다. 만일 예수가 조선에서 태어났다면 당연히 혼인 잔치에 물이 변하여 '막걸리'가 되게 하지 않았겠는가?

유교 근본주의자들이 요순만이 진리이고 다른 것은 비진리라는 이분법에 사로잡힌 것이나, 기독교 근본주의자들이 바울의 교리만을 절대화하고 극단적 맹신으로 마음에 위안 삼는 것 또한, 모두 선악 이분법에 지나지 않으며 나와 다른 것을 철저하게 배타하고 적대하려는 편견에 불과하다.

나는 목사나 신자들이 술 담배 하지 않는 것으로 제발 자신의 신앙이 거룩한 것인 양 착각하지 않았으면 한다. 차라리 열심히 술 담배 하면서 스트레스 풀고 돈과 여자, 교회 세습과 권력 비호 등의 더 큰 문제로 세상을 오염시키지 않기를 바란다.

자신들의 조상은 윗대로 조부만 넘어가면 직업이나 신분은커녕 함자조차 관심 없는 인생들이 이방의 이천 년, 삼천 년 전의 족보는 줄줄이 꿰며 아브라함을 자신의 조상이라 여긴다. '환부역조(換父易祖)'도 모자라 조상을 추모하는 고유의 풍습조차 미덕이 아닌 우상숭배로 치부하니 참으로 개탄할 노릇이다.

누구를 탓하고자 함이 아니다. 식견과 안목이 부족했던 지난날 나의 과오에 대한 성찰이다. 하루살이는 걸러내고 약대는 삼키면서 주제넘게 '거룩'과 '성결'을 운운한다는 것 자체가 너무나 꼴 같지 않은 위선이 아니었던가 말이다.

순자(荀子)의 기우제

제자들이 순사(荀子)에게 물었다.

"기우제를 지내면 비가 오는 것은 어째서입니까?"

순자가 말하였다.

"아무것도 아니다. 기우제를 지내지 않아도 비가 내리는 것과 같다."

일식이나 월식이 있으면 하늘의 뜻을 구하고자 하고, 하늘이 가뭄을 내리면 기우제를 지내며, 거북점이나 시초점을 친 뒤에 대사를 결정하는 것은 하늘의 뜻을 구하여 그것을 얻기 위한 것이 아니라, '정치적 연출'로 민심을 얻기 위한 것이다. 그러므로 군자는 이것을 '문식(文飾)'[정치적 연출이나 쇼]이라 생각하고 백성들은 이를 신령스럽게 여긴다.

'문식(文飾)'을 정치적 연출이나 쇼라 생각하면 좋은 일로 받아들일 만하지만, 신령스럽게 여긴다면 이는 재앙이 되고 말 것이다.[雩而雨, 何也? 曰: 無何也, 猶不雩而雨也. 日月食而救之, 天旱而雩, 卜筮然後決大事, 非以爲得求也, 以文之也. 故, 君子以爲文, 而百姓以爲神. 以爲文則吉, 以爲神則凶.]

하늘의 운행에는 일정한 법칙이 있다. 인류가 하늘의 메커니즘을 이해하지 못했을 때는 천둥과 벼락, 홍수와 가뭄 등의 기상변화조차도 인간의 죄악에 대한 하늘의 진노로 이해하였다. 하늘은 결코 요(堯)임금이 어질다고 해서 그를 살려두고, 걸·주(桀·紂)가 포악하다고 해서 그를 망하게 하지 않는다.

"하늘의 도는 하지 않아도 이루어지며, 구하지 않아도 얻어진다."

하늘에는 '상도(常道)'가 있고 땅에는 '상수(常數)'가 있으며, 군자에게는 변하지 않는 주체적 자아가 있다. 그러므로 군자는 인간의 '도리(道理)'를 말하고 소인은 자신의 '공리(功利)'만을 헤아린다.

천지의 변화와 음양의 조화는 사물에서는 드물게 일어나는 일이어서, 때로 괴이하게 생각할 수는 있지만 두려워할 것은 못 된다. 그러나 농사의 시기를 놓쳐 흉년이 들었다든가, 전쟁과 같은 사람에 의한 재앙 등은 참으로 두려워할 만한 것이다. 그러므로 사람의 일을 놓아두고 하늘만을 생각한다면 만물의 실정을 모르는 어리석은 사람인 것이다.

복을 받기 위하여 새벽마다 기도한다고 해서 하늘에서 곧바로 복이 떨어지는 것이 아니다. 복 받을 만한 선한 행위를 땅에 심었을 때, 그제야 비로소 복의 열매를 얻을 수 있는 동력이 생기는 것이다. 동서를 막론하고 "하늘은 스스로 돕는 자를 돕는다"라고 하는 것이 만고불변의 진리이다.

아직도 십일조를 내야만 재물의 복을 받는다든가, 일천 번제를 드려야 복을 받는다고 사기를 치는 목사들이 있는가 하면, 목사를 주의 종으로 섬겨야만 복을 받는다고 믿는 무지몽매한 성도들도 있다. 그 돈으로 고기를 사 먹고 몸보신을 하든, 어려운 이웃을 돕는 일에 쓰는 것이 훨씬 더 복받는 효과가 빠른 길이다. 자신이 속한 교회 목사들의 말만을 금과옥조로 여기는 불쌍한 중생들을 보면, 이젠 한심하다 못해 혐오스러운 생각마저 든다.

생각하기에도 부끄러운 짓거리는 "하느님이 자신의 기도를 들어주셨다"라는 간증을 빙자한 끔찍한 자기 자랑이다. 나치에 학살당한 육백만 유대인은 '기도빨'이 약해서 죽었고, 소말리아의 가난한 어린이는 기도가 간절하지 않아서 굶어 죽었단 말인가? 정말 기가 막힌 '가스라이팅'이다.

저 혼자만이 직통 신자인 양 "하나님께서 들어주셨다"라는 부끄러운 '뻘짓'은 이제 제발 좀 그만하고, 일용할 양식과 함께 이웃과 더불어 살아가는 일상의 행복을 회복해야 한다.

4부

행운유수 초무정질(行雲流水 初無定質)

가는 구름과 흐르는 물은 본시 고향이 없다

行雲流水 初無定質
행운유수 초무정질
- 소동파(蘇東坡)

방황하던 청춘이 어느덧 세월을 낚는 초로의 나그네 인생이 되었다. 나는 세월을 낚는
지구별 이방인이다.

구름은 고향이 없다

"가는 구름과 흐르는 물은 애초에 정해진 바탕이 없다" 일찍이 동파(東坡)는 자신의 시에서 "행운유수(行雲流水), 초무정질(初無定質)"이라 하였다.

　누구도 바다의 고향을 묻지 않는다. 바다의 고향은 '강(江)'이었고 '개천(開川)'이었고 '계곡(溪谷)'이었다. 아니 어쩌면 산골 소년의 눈물에서부터 바다는 시작되었는지도 모른다. 그러나 그것이 바다에게 무슨 의미가 있겠는가? 바다는 이미 고향을 기억할 수 없는 먼 곳에 이르렀다. 바다는 이제 비에 젖지 않을 만큼 거대한 하나의 세계를 이루었다. 바다는 합중국(合衆國)의 세상이다. 모든 사유와 이념을 수용하는 지구의 자궁이다.

　바다 가운데 홀로 선 섬을 찾았다. 어디선가 본 듯한 기시감이 있는 결코, 낯설지 않은 작은 섬에서 나는 나의 실존적 자아를 만났다. 바닷가 한가운데 서 있는 작은 섬에서 비록 나는 혼자였지만, 절대 고독하지 않다. 바다가 아무리 커도 섬이 바다의 중심인 것처럼, 세상이 아무리 커도 세상의 중심은 나이기 때문이다. 내가 사는 세상이라는 바다의 한가운데 서 있는 섬, 그 섬이 곧 나의 섬인 것이다. 인생은 시간의 바다 가운데 내 버려진 자신의 섬을 찾아가는 고독한 항해이다.

황지우 시인은 말했다.

길은,
가면 뒤에 있다.

돌아보면 누구나 자신의 '지나온 길'이 보이지만, 앞을 보고 걸을 때 '가야 했던 길'은 끝이 보이지 않는 정처 없는 길이었다. 인생에 정해진 길 이란 없다. 오직 자신이 스스로 만들어 가는 것일 뿐이다. 방법은 언제나 내 안에서 찾아야만 한다.

비록 경로를 이탈한 변방의 아웃사이더에 불과할지라도 무의미한 인 생이란 없다. 세상의 '경로'란 것도 세속이 만들어 낸 관습과 문화일 뿐, 모든 인생에게 똑같이 적용되는 고정불변의 정언 명령은 아니다. 모든 꽃 이 반드시 봄에 피는 것은 아니다. 여름에 피는 꽃도 있고 가을에 피는 꽃 도 있으며 심지어는 겨울이 돼서야 피는 꽃도 있다. 사과나무와 떡갈나무 가 자라는 속도가 다르듯 저마다 인생의 봄은 이렇게 서로 다른 법이다.

이제 더는 지난 일에 미련을 두지 않기로 한다. 과거를 돌아보고 추억 에 연연하지 않아야 한다. 어차피 세월은 흘러갔고 구름은 소멸할 뿐이다. 바다에 고향이 의미가 없는 것처럼, 둥지를 떠난 새가 날면서 뒤돌아보지 않는 것처럼, 낙타가 우물을 떠나서 사막을 횡단하는 것처럼 나그네는 가 야 할 길이 남아있을 때 행복하다.

가지 않은 길이란 갈 수 없었던 길이 아니라 가기가 두려워 회피한 길이다. 가지 못했던 길에 대한 후회는 쉬운 길을 선택했던 자의 넋두리에 불과하다. 가지 못한 길을 뒤돌아보는 자보다 가지 않은 길을 걷는 자의 뒷모습이 더 아름답다. 그것이 길을 '아는 자'와 '걷는 자'의 차이이다.

누구나 인생을 순풍에 돛단 듯 순조롭게 살고 싶지만, 돌아보면 파란만장한 삶이 훨씬 더 많았을 것이다. 어쩌면 행복이란 목적지에 있지 않고 목적지를 가는 여정에 있는지도 모른다. 오늘 나는 그 여정의 한 길목에 서 있다.

루쉰이 말했다.

"나는 생각한다. 희망이란 것은 본래 있다고도 할 수 없고 없다고도 할 수 없다. 그것은 마치 땅 위의 길과도 같은 것이다. 본래 땅 위에는 길이 없었다. 걸어가는 사람이 많아지면 그것이 곧 길이 되는 것이다.[我想. 希望是 本無所謂有, 無所謂無的. 這正如地上的路. 其實, 地上本沒有路. 走的人多了, 也便 成了路.]"

– 루쉰의 「고향」 중에서

근심지목(根深之木)
- 뿌리 깊은 나무

"아브라함은 이삭을 낳고 이삭은 야곱을 낳고."

예수가 아무런 근거도 없이 어느 날 홀연히 나타나 "나는 하나님의 아들 예수다"라고 하였다면 세상은 아무도 그를 믿어주지 않았을 것이다. 예수의 메시아 됨은 오직 그의 족보에서 비롯된다.

"아브라함과 다윗의 자손 예수그리스도의 세계라" 이 한 구절을 온전히 믿을 수 있다면, 우리는 신약 전체를 아무런 저항 없이 받아들일 수 있을 것이다.

나는 누구인가? 나의 유전적 형질의 근원은 어디서부터 비롯된 것일까? 나 '(○洙)'는 요절하신 아버지 '(鍾○)'에게서 나왔고, 아버지는 할아버지 '(○培)'에게서 나왔고, 할아버지는 증조부 '(憲○)'에게서 나왔다. 물론 그 위로 당연히 열대(列代)의 조상이 있었겠지만, 내가 인식하고 있던 뿌리의 한계는 여기까지였다. 우리 집안은 '사칠신'(死七臣)으로 일컬어지는 청재공(淸齋公) 박심문(朴審問) 선조를 파조(派祖)로 하며, 나는 그분의 이십대 손이다.

최근에 문중의 일가(一家)께서 자신이 소장하고 있던 조상의 고신(告身)과 고문서 삼십여 점을 가지고 누옥을 방문하였다. 나를 기준으로 위로 6대조부터 10대조까지 선조들의 교지(敎旨)와 추증교지(追贈敎旨) 그리고 호적 단자들이었다. 그분의 전언에 의하면, 나의 4대조[고조부]로부터 위로 15대조에 이르기까지 한 대를 제외하고는 모두가 관직에 등용되었다고 한다.

매우 자랑스럽기는 하지만 애석하게도 나는 조상의 '문집'이나 '유고집'이 남아있다는 소식은 누구에게서도 전해 듣지 못하였다. '연안 이씨', '광산 김씨', '해주 오씨' 등의 「간찰첩」이나 「고문서」 등을 번역할 때도 우리 선조의 문집이나 가전 소장류의 기록물이 없음을 매우 아쉽고 한스러워하였다.

그런 지난여름 억세게 운이 좋은 어느 날. 논문작성을 위해 자료검색을 하던 차에 우연히 고문서 경매 사이트에 접속하게 되었다. 천운과 천행이 벼락처럼 내게 내린 날이었다. 『청재선생충절록(淸齋先生忠節錄)』이라는 고서적이 매물로 나왔는데, 그것은 분명 나의 조상님에 관한 기록물이었다. 불과 마감 시간 5분을 앞두고 극적인 행운이 벼락처럼 내게 임하여 기적같이 낙찰을 받았다. 아무에게는 하찮은 것이지만 내게는 천금보다 값진 것이었다. 조상의 공을 기리는 「충절록(忠節錄)」이라는 기록물의 존재조차 모르고 살았는데, 정말 소름이 돋는 전율로 몇 날 며칠 동안 몸 둘 바를 몰랐다.

원래 이 고서(古書)의 초간본은 정조대에 이르러 조상님께서 '사칠신(死七臣)'[貞忠苦節不下六臣]으로 신원이 회복된 후 순조 23년에 간행된 것으로 홍석주의 서문이 있는 10행 18자의 목판본이었으나 내가 구매한 것은 김조순, 최익현 등의 서문이 포함된 중간본으로 10행 20자, 사주단변, 상하향 4엽화문어미로 구성된 활자본이다.

어쨌거나 어쩌자고 이 귀한 것이, 전국에 족히 십만은 될 듯한 청재공의 후손 가운데 우째 하필 나한테 주어졌을꼬? 최근 족보에 관한 일련의 사건으로 해서 죽기 전에 내 생명의 근원이 되는 조상의 내력을 알게 되어 기쁘고, 조상의 유훈을 내 손으로 직접 번역할 수 있게 되어 더없이 기쁘다. 망육(望六)의 때가 다해가는 만년에 '나는 누구인가'에 대한 원초적 의문에 해답을 갖게 되어 기쁘고, 근본 없는 아웃사이더에게 주어셨넌 패배주의적 열등감으로부터 비로소 자유할 수 있게 되어, 또한 매우 기쁘다.

결코, 조상이나 가문의 명예를 자랑하고자 함이 아니다. 자신의 정체성에 대한 확고한 인식을 갖지 못해 막연하고 불완전했던 '나'라는 존재의 근원에 대한 의문으로부터 해답을 얻게 된 기쁨을 말하고자 하는 것이다. 모름지기 이 의문은 먼 타국에 입양된 사람이 기어이 자신의 생명의 뿌리를 찾아서 자신을 버린 부모의 나라를 찾는 심정과 같은 것이다.

나 죽으면 그만이지 조상의 역사가 무슨 의미가 있겠냐고 반문하는 사람이 있을지 모르겠다. 그러나 인간은 현실을 사는 '육의 존재'일 뿐만이 아니라 역사를 사는 '영의 존재'이며 역사의 영속성 속에서 무한한 생명력을 갖는 '가치의 존재'이다. 비록 육체는 소멸할지라도 정신과 가치의 세계는 비물질인 관계로 결코, 소멸하지 않으며 역사 속에 영원히 순환한다. 그 생명력을 가능케 하는 것이 바로 '기억'과 '기록'의 유산이다. 국가든 개인이든 역사를 객관적으로 올바르게 이해하는 일은 무엇보다 소중한 일이다.

이제 나는 '어떤 사람'으로 기록될 것인가에 대한 무한 책임에 고민해야 할 차례이다. 오늘은 누구에게라도 막걸리 한잔 사고 싶다.

남종화의 산실 운림산방(雲林山房)

진도에 가면 세 가지를 자랑하지 말라고 한다. 바로 '글씨'와 '그림', '노래'가 그것이다. 이중 글씨와 그림은 모두 '운림산방(雲林山房)'에서 비롯되었는데, 운림산방은 조선 후기 남종화의 대가였던 소치(小痴) 허련(許鍊)이 기거하던 곳으로서 남종화의 산실로 일컬어지고 있다.

그는 이십 대 후반에 해남의 '두륜산방'에서 초의선사에게서 지도를 받으며 공재 윤두서의 화첩을 보고 그림을 공부하다 33세 때 초의선사의 소개로 평생의 스승 '추사'를 만나게 된다. 이때부터 본격적인 서화 수업을 받아 시(詩), 서(書), 화(畵)에 모두 능한 삼절을 이루게 되었다.

중국 명 · 청 시대에는 남종화가 전성기를 이루었는데, '북종화'가 외형을 위주로 한 사실적인 묘사에 치중하였다면 '남종화'는 작가의 내적 심경 즉 사의표출(寫意表出)에 중점을 두었던 화풍의 차이가 있다.
'소치(小癡)'라는 아호는 스승인 김정희가 내려주었는데, 원나라 때 대가였던 '대치도인(大癡道人) 황공망(黃公望)'과 견주어도 손색이 없으니 조선의 황공망이 되라고 하여 직접 지어준 것이다.

'치(癡)'는 치매라고 할 때의 '치' 자로서 어리석다는 말이다. 요즘은 지식이 병들었다는 의미로 '치(痴)' 자로 쓰기도 한다. 옛사람들이 자신의 이름이나 호에 어리석다는 의미의 '우(愚)' 자나 '치(癡)' 자를 쓰는 것에는 대단한 반어적 의미가 담겨있다. "자신이 어리석은 자임을 크게 깨달았으니" 이는 역설적으로 자신이 현자임을 암시하는 의미도 담겨있는 셈이다.

추사는 소치의 화재를 두고 "압록강 동쪽에서는 소치를 따를 자가 없다"라고 극찬했다. 첨찰산(尖察山) 주위의 여러 봉우리가 어우러진 깊은 산골에 아침 안개가 구름처럼 피어오르는 모습은 마치 소치가 그린 한 폭의 산수화를 떠올리게 한다. '운림산방'이란 당호가 바로 그러한 산수화를 연상케 하는 이름이다.

진도의 운림산방은 1대 '소치 허련', 2대 '미산 허형', 3대 '남농 허건', 4대 '임전 허문' 그리고 5대 '동원 허은'이 대를 잇고 있다. 일가 직계 5대에 이르는 가문의 화맥이 이백여 년 동안 이어지고 있는 세계에서 유일한 곳이다.

남도의 답사 1번지 해남과 진도를 오가면서 이충무공의 '벽파진 전첩비'와 명량해전의 성지인 울돌목의 물살을 굽어보고 천년 사찰 대흥사에 이어 삼일째 되던 날 '보길도'를 향하여 가는 도중 돌발 변수가 생겨 회차할 수밖에 없는 상황이 되고 말았다.

너무나 아쉬웠다. 정작 서러운 것은 윤선도의 '세연정'과 '낙서재'를 볼수 없어서가 아니었다. '강제윤' 님의 시상을 느낄 수 없었음이 너무나 슬프고 한스러웠다. 보길도 몽돌 바닷가에 자연산 '전복'과 '미역'과 '막걸리'를 두고 가는 이 처절하고 쓰라린 심정이여!

그러나 정작 슬픈 것은 이별이 아니다
천 번의 이별이 두렵겠는가
이별이 아니다
서러운 것은 이별이 아니다
잊히는 것이 두려운 것이다

대도무문(大道無門)

DJ는 '실사구시(實事求是)', '행동(行動)하는 양심(良心)', '이민위천(以民爲天)', '경천애인(敬天愛人)' 등의 휘호를 즐겨 썼으며, YS는 한결같이 '대도무문(大道無門)'만을 고집하였다. 그가 대통령 재임 시절 미국 클린턴 대통령이 방한하였을 때도 이 휘호를 선물로 주었다고 한다. 이때 통역을 담당했던 박진 전 의원이 이렇게 말하였다.

"큰길에는 정문이 없다 – A high street has no main gate."
그러나 클린턴은 별 반응이 없었다고 한다. 그래서 이번엔 다시 좀 더 고급지고 세련된 어투로 의역을 하여 설명하였다.

"정의로움은 모든 장애물을 극복한다 – Righteousness overcomes all obstacles."
그러나 이번에도 클린턴은 여전히 고개를 갸우뚱하였다. 그러자 이번엔 아예 프리한 아메리칸 스타일로 편하게 말하였다.

"고속도로에는 요금정산소가 없다 – A freeway has no tollgate."

그제야 비로소 클린턴이 박장대소를 했다고 한다. YS는 '대도무문'을 "바른길을 가는데, 거칠 것이 없다. 옳은 길, 바른길, 정당한 길을 가는데 누구도 그것을 막지 못한다"라고 주장하였다. 그러므로 "큰 도리나 정도(正道)로 나가면 거칠 것이 없다. 반드시 그 길을 걸으면 승리할 수 있다"라고 역설하였다. 매우 노련한 정치적 수사이다. 또한 '대도(大道)'와 '정도(正道)'의 길에서 만나는 장애물을 모두 외적 요인으로 인식하였으며, "닭의 목은 비틀어도 새벽은 온다"라고 하였던 자신의 주장과 같이 이 휘호를 통해 '박해받는 투사'의 이미지와 더불어 '고난과 역경을 극복하는 리너'의 이비지를 연출하고자 했던 것 같다.

그러나 이 말의 출전은 『무문관(無門關)』에 나오는 혜개선사(慧開禪師)의 게송(偈頌)에서 비롯되었다.

"큰길에 들어서는 문은 따로 정해진 문이 없다. 진리에 들어서는 길은 어디에나 있다. 이 빗장을 통과할 수 있다면 온 천하를 당당히 걸으리라."

大道無門, 千差有路. 透得此關, 乾坤獨步 – 대도무문, 천차유로, 투득차관, 건곤독보

깨달음에 이르는 길에는 정해진 특별한 형식이 없으며, 따로 정해진 문이 별도로 있는 것이 아니다. 언제, 어디에서나, 어떠한 방법으로든지 깨달음에 이를 수 있다는 뜻을 담고 있다. 이는 문이 없는 문을 열고 들어가기 위해서는 '내 마음의 빗장'에서 벗어날 수 있어야 한다는 말이다. 그러

므로 열쇠는 곧 내 마음에 있는 것이다. 거칠 것이 없는 마음 즉 '무애자심(無碍子心)'을 요구하는 말이다.

그러나 혜개는 "도를 닦는 것은 쉽게 보이지만 옳은 길을 찾기는 어렵다"라고 하였다. '문이 없는데 들어간다'라고 하는 것과 '길이 없는데 간다'라고 하는 것은 걸림이 없는 마음이 곧 그 열쇠이다. '걸림이 없는 마음'이란 물질이나 정신에 구애받지 않아서 두 마음의 경계가 무너진 상태를 말함이다. '너'와 '나'의 경계가 없을 뿐만 아니라 '선'과 '악'의 구분도 없으며, '옳고', '그름'의 시비도 있을 수 없는 것이다. 그것은 마치 산 그림자가 물에 비치되 산이 물에 젖지 않고, 구름이 산허리를 어루만지며 지나되 높은 산허리에 걸리지 않는 것과 같은 상태를 말함이다.

이것이 곧 '문이 없는 문'을 들어가고 '길이 없는 길'을 간다는 것이다.

하동사후(河東獅吼)

'사자후(獅子吼)'란 사자가 포효하면 다른 짐승들은 모두 숨을 죽이듯이, 부처가 정법을 설하면 여러 이단의 사설들은 모두 자취를 감춘다는 뜻을 나타내는 개념어이다. 그러나 이 말이 '사나운 아내'를 의미하는 '하동사후(河東獅吼)'로 쓰이게 되고 그런 아내를 무서워하는 공처가라는 의미를 갖게 된 데에는 재미있는 일화가 있다.

중국의 대문호였던 소동파는 매우 비범한 인물이었다. 그런 만큼 그가 교유하는 사람 중에는 특이한 인물이 많았다. 그에게 '진조(陳慥)'라고 하는 친구가 있었는데, 그의 호는 '용구거사(龍邱居士)'이며, 자(字)는 '계상(季常)'이다. '진계상(陳季常)'이란 이름으로 더 잘 알려져 있다.

학문이 출중하였던 그는 특히 불교 철학에 조예가 깊었다. 명사들 간에 불교에 관한 토론이 있을 때면 늘 좌중을 압도하는 카리스마를 발휘하였다. 그러던 그가 아내 앞에만 서면 한없이 작아지는 볼품없는 사내가 되고 말았다.

하루는 소동파가 진조(陳慥)의 집을 방문하였는데, 집 앞에서 담장 너머로 진조의 아내 하동(河東) 유씨(柳氏)가 남편 진조를 호되게 꾸짖고 있는 우레와 같은 호통 소리를 듣게 되었다. 소동파가 충격을 받고 이때 지은 시가 「기오덕인겸간진계상(寄嗚德仁兼簡陳季常)」이라는 24구의 시인데, 그 가운데 이런 내용이 있다.

뉘라서 용구거사만큼 현명하겠는가?
불경과 불법을 토론할 때면 밤잠도 안 자더니
갑자기 하동사자의 울부짖음을 듣고는
지팡이도 손에서 떨어트리고 정신마저 혼미하네
誰似龍邱居士賢 ─ 수사용구거사현
談經說法夜不眠 ─ 담경설법야불면
忽聞河東獅子吼 ─ 홀문하동사자후
拄杖落手心茫然 ─ 주장낙수심망연

진조의 자를 딴 '계상벽(季常癖)'이라는 말이 있다. 그것은 진조의 고질적인 버릇이란 뜻으로 곧 아내를 두려워하는 것이다. '공처가' 또는 '아내를 두려워하는 것'을 에둘러서 '계상벽'이라고 한다. 또한, 진조의 아내 하동(河東) 유씨(柳氏)가 내뿜는 벼락같은 호통 소리를 빗대어 '하동사후(河東獅吼)'라 하였으니 이는 '사나운 아내'라는 의미와 동시에 '공처가'라는 뜻을 함께 지니게 되었다.

이쯤에서 나의 가정 비사를 하나 공개하고자 한다. 최근 우리 집도 예외 없이 '난방비 폭탄'을 맞았다. 관리비 명세서를 보던 마님께서 문간방에서 수년째 떨어져 자던 내게 '하동사후(河東獅吼)'와 같은 불호령이 떨어졌다.

"오늘부터 당장 안방으로 와서 자."

심약하지만 삐딱이과인 나는 속으로 중얼거렸다. "마님 저는 '진계상(陳季常)'이 아녀요." 이를 기회로 마님에게 덤비는 묘수가 하나 생겼다. 여차하면 베게 들고 "자꾸 이러면 나 저 방 가서 잔다" 하고 들이대는 것이었다. 두어 번 써먹었더니 그러다 기어이 마님의 벼락이 떨어졌다.

"나가."

에고 이 북풍한설에 나가면 어디로 간다는 말인가? 나도 한때는 석양의 무법자와 같은 무서울 것이 없는 '건맨'이었거늘, 이젠 주유소 앞 풍선인형 같은 신세로구나.

전전긍긍(戰戰兢兢)

'전전긍긍(戰戰兢兢)'이라 할 때, '전전(戰戰)'은 몹시 두려워하여 벌벌 떠는 모양을 나타내는 의태어이고 '긍긍(兢兢)'은 삼가고 조심하여 경계하는 모양을 의미하는 의태어이다. 어떤 위기감에 두려워 떠는 심정을 비유한 말이다.

수일 전, 나에게 수업을 들었던 사학 전공의 제자에게서 질문 메일을 받았다. 질문의 내용은 '전전긍긍'의 출전인 『시경(詩經)』의 「소아(小雅), 소민편(小旻篇)」의 내용에 관한 것이었다. 네이버의 검색 결과 시경 본문의 번역 내용은 나오는데, 암만 검색을 해봐도 더 이상의 설명이 없어서 도저히 이해가 안 가는 세 가지 의문 사항이 있으니, 이에 대해 설명해 주기를 바란다는 것이었다.

그 내용은 다음과 같다.

"감히 맨손으로 범을 잡지 못하고, 감히 걸어서 황하강을 건너지 못한다. '사람들은 그 하나는 알지만, 그 밖의 것들은 알지 못한다' 두려워서 벌벌 떨며 조심하기를 마치 깊은 연못에 임한 것같이 하고 살얼음 밟듯이 해야 하네.[不敢暴虎, 不敢憑河. 人知其一, 莫知其他. '戰戰兢兢', 如臨深淵, 如履薄氷.]"

이 시에 대하여 다음의 세 가지를 물었다.

1. "감히 맨손으로 범을 잡지 못하고 감히 걸어서 황하강을 건너지 못한다"라는 의미는 무엇인가?

2. '사람들이 그 하나는 알지만[人知其一]'에서 사람들이 알고 있다는 '그 하나'는 무엇을 의미하는 것인가?

3. 과거에는 '전전긍긍'이라는 단어가 긍정적으로 쓰였다는데 그것은 무슨 의미인가?

예전 수업 시간에도 지적 호기심이 충만하여 매우 총기가 있어 보이는 학생이었는데, 용기 있게 질문해 준 데 대하여 격려하고 아래와 같이 답을 하였다.

1. 논어에 '포호빙하(暴虎馮河)'라는 말이 있는데, 이는 맨손으로 범을 때려잡고 황하강을 걸어서 건넌다는 뜻으로서, 용기는 있으나 지혜가 없음을 이르는 말이다. 공자가 제자 자로의 지혜 없는 무모한 용기를 책망하며, 이런 사람과는 정사를 함께 하지 않겠다는 취지에서 한 말이다. 이는 자신이 가진 본래의 뜻이 좋다고 해서 인간이 할 수 없는 무모한 짓에 달려드는 어리석은 행위를 비유한 말이다.

2. 이 시의 내용은 맨손으로 범을 때려잡고 걸어서 황하를 건너는 것 같은 무모한 일들이 많으나 사람들은 범과 황하만 알뿐이다. 매사에 신중하기를 깊은 연못을 만난 듯이 얇은 살얼음을 밟듯이 하라는 정도의 의미이다. 그러므로 이 시는 이렇게 번역하는 것이 좋을 듯하다.

不敢暴虎, 不敢憑河. 人知其一, 莫知其他.
맨손으로 호랑이를 잡고 걸어서 황하를 건너는 일은 감히 할 수 없는 일인데, 사람들은 그 무모한 일 한 가지만 알고 다른 것은 전혀 모른다네.

戰戰兢兢, 如臨深淵, 如履薄氷.
두려워서 벌벌 떨며 조심하기를, 마치 깊은 연못에 임한 것같이 하고 살얼음 밟듯이 해야 한다네.

3. 논어에 효자로 소문난 증자가 병이 들어 죽게 되자 임종을 앞두고 제자들을 모아 놓고 이렇게 말하였다. "시경에 '전전긍긍'이라는 말이 있는데, 이제야 나는 전전긍긍에서 벗어난 줄을 알았네" 당시의 '전전긍긍' 한다는 말은 부모가 살아 계실 때 자기 몸을 온전히 보전하는 것이 자식 된 도리라고 여겼기 때문에, 자신의 몸을 보존하기를 '전전긍긍'하여 잘 마쳤다는 의미로서 이런 말을 한 것이다.

그러므로 당시의 '전전긍긍'은 부모님이 내게 주신 몸을 소중히 하여 '전전긍긍'하기를 "마치 깊은 연못에 임한 것같이 하고 살얼음 밟듯이 하였다"라는 의미이다.

증자가 쓴 효경 첫 장의 그 유명한 문구가 바로, 이것이다.

"신체발부(身體髮膚)는 수지부모(受之父母)요, 불감훼상(不敢毀傷)이니 효지시야(孝之始也)라. ― 신체와 머리와 피부는 모두 부모에게 받은 것이니 감히 상처 내거나 훼손치 않는 것이 효의 시작이다."

　내가 부모에게 받은 몸을 훼손하지 않도록 잘 보존하려는 노력이 곧 '전전긍긍'인 것이다. 증자는 이것을 죽기까지 잘 마쳤기에 이제 '전전긍긍'에서 벗어났노라고 말한 것이다. 행여 요즘도 부모에게 받은 몸을 잘 보존하려 전전긍긍하는 사람들이 있는지는 모르겠으나 나는 오히려 자식들 때문에 전전긍긍하고, 대한민국의 암울한 정치 현실에 전전긍긍하고, 난방비 폭탄과 고금리로 전전긍긍할 뿐이다.

한국 고문서의 이해

대만에 있는 국립 정치대학에서 대학원생을 상대로 이번 학기 수업을 맡게 되었다. 개설된 강좌는 '한국 고문서'에 대한 연구이다. 현지에서 실시간 '대면 강의'와 '비대면 강의'를 동시 진행할 수 있도록 학교 측에서 지원하여 준 덕분에 비록 본교의 한국학과 대학원생은 15명에 불과하였지만, 타 대학 청강생이 대거 참여하여 수강생 총원이 280여 명에 달하였다.

수강생 중에는 석·박 과정의 대학원생뿐만 아니라 중국의 북경대와 청화대, 미국의 하버드대 등의 교수들까지 대거 수강 신청을 하여 '밥보다 고추장이 더 많은' 격이 되었다. 한국에서는 모두에게 외면받고 누구도 거들떠보지 않는 '조선의 고문서'에 대해 이렇게까지 많은 관심을 보여준 데 대하여 가슴이 전율하도록 큰 고마움을 느꼈다.

한국을 대표하여 조선의 고문서를 알리는 일이니만큼 열심히 잘해야겠다는 생각이 충만하였지만, 한편으론 역사와 전통에 관한 자국의 학문을 외면하는 우리의 풍토에 대하여 씁쓸한 자괴감이 들기도 하는 등 심경이 참으로 복잡다단하였다. 첫 강의를 마치고 통역을 담당한 한국학 교수와 성대하게 환대해 준 동학들과 더불어 매우 유쾌한 시간을 가졌다. 어쨌거나 내겐 평생 잊을 수 없는 추억의 시간이 되었지만, 짧은 일정으로 마음은 몹시도 분주했다.

딜렁대지 말아야지, 딜렁대지 말아야지 속으로 숱하게 다짐을 하였어도 여전히 실수투성이인 것은 그놈의 급한 성질 탓일 것이리라. 수강생들이 이해를 잘했을까 몹시 조바심이 났다. 그러나 강의를 마치자마자 원근 각처에서 참여한 수강생들의 질문과 비대면 동학들의 폭풍 댓글이 끊임없이 이어졌다. 일찍이 한국에서 느껴보지 못했던 이 기쁨은 불투명한 미래를 걱정하여 한국학을 중도 포기했던 나의 옛 동학들은 결단코 알 수가 없을 것이리라. 오늘은 내 생애에 존재만으로 나의 삶을 긍정했던 몇 안 되는 날이었다.

강의를 마치고 함께 한 동학들과 더불어 참으로 오랜만에 월나라 구천이 오나라를 치러 갈 때 군사들과 마셨다던 '소흥주(紹興酒)'를 결연한 심정으로 마셨다. 술 취한 새우 '취하(醉蝦)'와 동파육을 곁들며, 열띤 토론에 심취하다 보니 비록 '유상곡수(流觴曲水)'와 같은 운치는 없었을지라도 "'시청지오(視聽之寤)'가 지극하여 '신가락야(信可樂也)'로다"하는 탄성이 절로 나왔다.

전공 학생과 참여 교수들의 끊임없이 이어지는 날카로운 질문에 매우 당혹스럽기도 하였지만, 내심 이런 기쁨을 여유롭게 즐기는 나를 보노라니 집 나가 개고생하던 자존감이 마침내 제 길을 찾는 듯하였다.

TV '진품명품'에서도 볼 수 없었던 귀한 자료들을 아낌없이 공개하였다. 이번 학기에 수강한 동학들은 한국에는 이런 자료가 매우 흔할 것으로 생각할 것이다. 앞으로 우리 집안 조상들의 '고신(告身)'과 '추증 교지' 등, 약 십 대에 걸쳐서 두 대만 빼고 문·무과 과거에 급제한 '홍패'와 '백패'를 유감없이 자랑해야겠다. 아마 수강생들은 내가 매우 뛰어난 유전자를 가진 사람으로 착각할 것이다.

가타하리나 개부치 씨

신경림 시인이 자신의 시 '파장(罷場)'에서 말하였다. "못난 놈들은 얼굴만 봐도 서로 즐겁다" 내가 그를 처음 만난 날 나는 그의 정체와 인생 여정을 단박에 알아냈다. "아하 이 아저씨, 남도의 어느 섬마을 촌놈 출신이로구 나. 어려선 낙도에서 나름 천재 소리를 들었을 테고, 소싯적엔 전교 일 등 을 도맡아 했을 것이며, 그 바람에 서울로 유학을 와서 우골탑의 신화를 이뤄낸 섬마을 촌놈 출신이겠구나" 하는 생각에 직관처럼 견적이 나왔다.

우린 서로를 처음 본 순간 동물적 본능으로 서로의 운명을 알아차렸다. "저놈은 평생에 나의 가장 강력한 연적으로서 치열한 라이벌이 되겠구나 [도토리 키재기를 미화한 것임]."

그러니까 말인데 / 시를 쓰는 시인이 / 육이오 때 삼팔선에서 죽은 예수 가 / 식은밥 한 덩어리에 운다 // 저리 써 놓으면 / 뭔가 좀 있어 보이기는 하지만 / 그게 무슨 말인지 시인 저도 모르더라. // 그러니까 말인데 / 시는 은유와 상징이라는 법률이 / 지나치게 상징적인 바, / 직설로 가슴을 울리고 뇌를 충격하자. / 은유와 상징이 머리카락 꼭꼭 감추는 사이 / 세상은 직설이 바꾸더라 // '나라를 확 혁명하자'는 말 / 얼마나 쉽고 간결한가 // 그러니까 말이지 / 시여, 직설하자

—「시여, 직설하자」 전문

삶에 대한 궁극적인 존재 방식을 고뇌하는 중생에게 시인은 일갈한다. 목적의식이 실종된 머릿속 관념과 수사에서 빚어지는 회색 언어는 생명력이 없다. 시에도 직설적 진실을 적용해야 한다는 말이다. 그의 시는 추상명사와 형용사로 점철된 난해한 언어유희나 개념이 불명확한 문자 유희가 없다. 그의 시는 한마디로 '직설의 미학'이다.

엄니, 나를 몇 시에 낳았소? / 해거름 녘에 낳았지. / 초가을 오후 중반 이후 어디쯤이다. / 친구 재석이는 토끼 밥 줄 때 나왔다네? / 토끼장 앞을 지날 때면 / 시도 때도 없이 주는 게 토끼 밥이지. / 해자는 교회 종 칠 때 나왔어. / 교회는 아침, 점심, 저녁에 종을 쳤다고. / 사주팔자 없는 인생들이나 / 다들 잘살고 있다지.

—「1963 거금도」 전문

자신을 미화하거나 연출할 줄 모르고 은유와 패러디를 거부하는 천연 그대로의 날것 인생, 그는 그런 직설의 사람이다. 자신을 포장하거나 과장하지 아니하고 날것 그대로 세상과 직면하고자 하는 그에게서 고독하고 꼿꼿한 단독자의 결기가 느껴진다. 이는 끊임없는 윤리적 자기 검열이 없이는 불가능한 삶이다.

'가타하리나 개부치 씨'는 시인이 창조한 절대자의 이름이다. 단테가 들었던 절대자의 음성에서 영감을 받아 니체의 초인 짜라투스트라와 같은 초월자의 모습으로 우리에게 다가온 것이다. 여기에 그의 삶의 철학과 내공이 응축되어 있다. 누구도 감히 생각지 못했던 절대자의 환생, 이기적 실존의 세계에서 자신이라는 존재의 근원을 깨닫게 해줄 초월자를 형상화하여 자기의 내면에서 삶의 본질을 깨닫고자 하는 그의 시는 한마디로 처절한 미생(未生)의 기도이다.

'가타하리나 개부치 씨'에서 보여준 그의 시는 순간의 형이상학이다. 한 편의 짧은 시 속에 우주의 비전과 영혼의 비밀과 존재와 사물을 동시에 제시하고 있다. 종교적 상상력과 철학적 인식이 맞물려 있다. 시인이 제시하는 것은 '신리에의 도달'이라기보다는 '진리에의 접근'이나 '방향성의 제시'이다. 그러므로 우리가 알 수 있는 것은, '인생은 영원한 과정'이라는 것이다.

"직설로 가슴을 울리고 뇌를 충격하자", "칼이 빠진 바람 불어 산책하기 좋은 봄날", "세상을 씹고 있던 내 입이 나를 씹었다", "참새가 주워 먹는 낟알은 허수아비가 뿌린 난수표", "늦가을 서러움을 못 견딘 달", "젊은 아내를 쫓아 대문까지 기어 온 바다", "바다를 평생 원수로 삼은 고립의 산짐승"

"심장에 박히고 뇌를 충격하는 문장 하나 지어내지 못하였다"라고 겸손하지만, 그는 '욕의 방정식'을 기하학도 생화학도 아닌 순두부 한 그릇으로 풀어낸 이 시대의 천재이다.

오늘 그의 직설하는 시어들이 다뉴브강의 잔물결처럼 내 가슴에 빛난다.

> 하늘이 동백을 피우지 않았다
> 동백을 피운 것은,
> 당신과 나의 붉은 심장
> 피는 것보다
> 지는 것에 전력을 다하는
> 철벽같은 바다로
> 온몸 내던지는
> 저것을 무어라 할까

–「동백」 전반부

시뿐만이 아니라 모든 문학은 무질서한 개념을 구체적으로 질서화하는 작업이다. 시인은 두 가지 말을 동시에 한다. 논리적 구조를 만드는 일과 운율을 만드는 일이다. 그의 시는 작위적이지 않다.「국밥집」,「내통 1, 2」,「디지털」,「욕의 방정식」,「밥상을 치우며」,「연애하는 바다」,「등대 없는 섬」에서 보듯 삶의 현장과 일상에서 벌어지는 '생활 속 발견의 미학'이다.

최보기 시인의 글 속에 자주 등장하는 '해우'라는 말은 전라도 사투리로 '김'을 뜻한다. 이것이 토속 방언인 줄 알겠지만 실은 한자어이다. 조선 시대 선비들은 은유를 즐겨 썼는데, 바다의 김을 '바다가 입는 옷'이란 뜻으로 '해의(海衣)'라 하였다. 섬사람들이 '해의(海衣)'를 '해우'로 잘못 발음한 것이다. 지난겨울 역시 '과동(過冬)'이란 직설적 표현보다는 '객동(客冬)'이란 표현을 즐겨 썼다. '손님으로 온 겨울'이란 말은 손님은 돌아가는 존재이기에 '왔다가 이미 돌아갔다'라는 은유가 내포된 것이다.

하이데거는 말하기를 "언어는 존재의 집"이라 하였다. 상상력이란 눈앞에 없는 사물의 이미지를 만드는 정신 능력이다. 미지(未知)한 것을 암시하기 위해 기지(旣知)한 것을 묘사하는 작업은 시인의 본분이다. 문학과 인생은 불가분의 상관관계를 지닌다. 시인이야말로 '신의 언어의 집'에서 리모델링을 위탁받은 착실한 목수이다.

바보새 - 미오기

요즘 '미오기 신드롬'이 연일 장안의 화제이다. 김미옥이 처녀작으로 세상에 내놓은 『미오기專』과 『감으로 읽고 각으로 쓴다』가 단번에 베스트셀러에 등극하면서 그야말로 단박에 낙양의 지가를 올려놓고 말았다.

나는 그녀의 글을 읽을 때마다 떠오르는 사람이 있다. 조선 후기 백탑파(白塔派) 실학자 중 가장 박식하기로 소문난 '이덕무(李德懋)'이다. 그와 김미옥의 평행이론은 소름 돋을 만큼 닮았다. 그의 절친 박지원이 증언하기를 "그가 평생토록 읽은 책은 거의 2만 권이 넘는다"라고 하였다. 한자로 된 책 2만 권이면, 지금의 독서량으로 따지면 3~4만 권 수준이다. 김미옥이 한 해에 읽는 독서량이 800권을 넘는다고 하니 우열을 가리기 힘들 지경이다.

이덕무의 별명은 '간서치(看書痴)'이다. 간서치란 '책만 보는 바보'라는 소리이다. 뿐만 아니라 책을 읽다 보면 배고픔도 아픈 것도 더운 것도 추운 것도 잊을 수 있었다고 하니 그야말로 타의 추종을 불허하는 '책 덕후'이다. 그의 서재 이름이 '구서재(九書齋)'인데, 구서재란 책과 관련된 아홉 가지 활동이 이루어지는 집이라는 뜻이다. 그 아홉 가지 활동은 바로 독서(讀書)·간서(看書)·초서(鈔書)·교서(校書)·평서(評書)·저서(著書)·장서(藏書)·차서(借書)·포서(曝書)이다.

김미옥의 별명은 '활자 중독자'이다. 초등학생 시절 문예반장을 하며 이미 한국의 단편선집을 독파하였다. 부산에서 출생했지만, 한 집에서 일 년을 산 기억이 없을 정도로 유목민 인생이었다. 그러나 떠도는 동안 어느 한순간도 그녀는 손에서 책을 놓은 적이 없었다. 그녀의 고백처럼 자신을 살게 한 것은 '읽기'였고, 생존의 이유가 된 것은 '쓰기'였다. 앞으로 나아가기 힘들 때마다 과서를 불러 화해하였으며, 술래잡기하듯 아픈 기억을 찾아내 친구로 만들고 곰국처럼 우려서 활자로 만들어 내었다.

이덕무의 호는 '형암(炯菴)'이다. 그러나 그보다는 '청장관(靑莊館)', '신천옹(信天翁)', '바보새' 등으로 더 많이 알려졌다. 연암 박지원이 이덕무를 추모하는 「형암행장(炯菴行狀)」에서 청장관에 대해 이렇게 말하였다. '청장(靑莊)'은 해오라기의 별칭이다. 맑고 깨끗한 물가에 붙박이처럼 서 있다가 먹이를 좇지 아니하고 제 앞을 지나는 것만을 쪼아 먹는다. 그래서 그 해오라기를 '신천옹(信天翁)'이라고도 부른다. '청장'으로 호를 삼은 것은 두말할 것도 없이 그의 성격을 상징한 것이라 하겠다.

'신천옹(信天翁)'이란 서양에서 말하는 '앨버트로스'이다. 송나라 홍매(洪邁)는 그의 저서 『용재수필(容齋隨筆)』에서 해오라기를 이렇게 설명하였다.
"물가에 서서 움직이지 않고 다가오는 먹이만을 먹는다. 종일토록 먹이가 없을지라도 그 자리를 바꾸지 않았다. 그래서 그의 이름을 '신천연 (信天緣)'.["凝立水際不動, 魚過其下則取之, 終日無魚, 亦不易地, 名曰: 信天緣.]" 이라 하였다.

'신천연(信天緣)'이란 "하늘이 맺어주어 저절로 정하여진 인연을 믿는 다"라는 의미이다. 여기에서 '신천옹(信天翁)'이라는 말이 탄생한 것이다.

그러나 세상 사람들은 그새를 가리켜 '바보새'라고 불렀다. 날개가 너무 커서 땅 위에서는 날개를 질질 끌며 뒤뚱거리고, 날지도 못하는 신세이다. 그러나 다른 새들이 폭풍과 비바람을 피해 모두 숨어버리는 날, 강한 바람에 맞서 절벽에서 몸을 던지는 새이다. 세상에서 가장 긴 날개로 불어오는 바람에 몸을 싣고 바다를 가로지르며, 먹지도 쉬지도 않고 육일동안이나 하늘을 날고 바람의 힘으로 수천 킬로를 활공하는 새이다. 땅에서는 바보라 불리며 비참한 신세였지만, 하늘에서는 가장 멋있는 새들의 왕자이다. 그 '바보새'가 바로 '앨버트로스'이다.

추위와 가난에 찌든 한미한 가문, 서얼이기에 태어나면서부터 삶의 배경이 어둠인 사내, 한겨울 추위를 『한서』 한 질로 이불 삼고 『논어』로 병풍 삼아 막았다는 꼬장꼬장한 기개의 남산 샌님 이덕무가 18세기 '신천옹 (信天翁)'이었다면, 아버지의 마찌꼬바에서 산소용접기로 쇠를 녹여 붙이고, 평생을 정착지 없는 유목민으로 인생을 떠돌며 핸드백에 드라이버와 소주잔을 넣고 다니는 파란만장한 삶 속에서도 책 읽기를 그치지 않았던 지독한 '간서치'인 김미옥은 자신의 고난과 운명을 천형처럼 받아들였던 '바보새'였다. 21세기 '신천옹(信天翁)'은 단연 김미옥이다.

'미옥체'라는 문단의 장르를 개척한 그녀를 기치로 이제 문학은 '전문

가들의 평론'에서 '대중의 서평'으로 패러다임이 전환하는 새로운 시대의 서막이 열렸다. 이미 베스트셀러로 등극한 그녀의 작품을 일개 필부가 평론한다는 것이 다소 불경스럽게 느껴지지만, 그녀를 '신천옹(信天翁)'의 반열에 올리는 것만큼은 주저하지 않겠다.

21세기 '신천옥(信天玉) 여사'로 등극한 '바보새 미오기' 님의 붕정만리 비상을 추앙한다.

간송의 후예들

"공자께서 말씀하셨다. '거친 밥을 먹고 물을 마시며 팔베개를 하고 누워
도 즐거움이 또한 그 가운데에 있다. 의롭지 않으면서 부유하고 귀한 것은,
나에게는 뜬구름과 같다.'[子曰 : 飯疏食飮水, 曲肱而枕之, 樂亦在其中矣. 不義
而富且貴, 於我如浮雲.]"

『논어』의 「술이」 편에서 공자는 거칠고 조악한 음식을 먹고 맹물을 마
시며, 팔베개를 하고 불편하게 살지라도 도의(道義)의 즐거움만 그 가운
데 있다면 아무런 상관이 없다고 한다. 또한 인의에 입각하지 않은 불의
한 짓을 해서 얻은 부귀공명 따위는 나에게 뜬구름과 같다고 말하고 있
다. 이는 물질적인 풍요보다는 정신적인 만족과 가치를 추구하는 안빈낙
도 사상의 대표적인 표현이다.

젊은 날 낙심과 좌절의 시기에 나는 이 말에서 큰 위안을 얻기도 하였다.
그러나 지금은 생각이 많이 달라졌다. 영국의 사상가 토마스 칼라일은 이렇게 말했다. "나는 개 같은 인간들에게 개 같은 대우를 받지 않기 위하여 돈을 번다" 현대는 돈이 없으면 사람 노릇조차 하기 어려운 세상이다. 부모를 모시는 일도, 자식을 교육하는 일도, 친구와 교제하는 일도 최소한의 경제적 여력이 뒷받침되지 않는다면 삶의 존재 자체가 민폐가 되고 만다. 자본주의 사회에서 안빈낙도는 매우 궁색한 자기변명에 지나지 않는다.

대개의 유자들이 '청부'와 '청빈'을 강조하지만 '절세'와 '탈세'의 구분조차 모호한 복잡한 금융환경의 현실을 외면한 소리이다. 개인에게뿐만이 아니라 국가적 입장에서도 '청부'나 '청빈'만을 앞세운다면 국제 경쟁력이 하락하는 것은 물론이요, 대외 신인도에도 부담을 주고 국가의 재정을 악화시켜 후진국으로 전락하는 것은 뻔한 일이 되고 말 것이다. 그렇다고 수단과 방법을 가리지 않고 축재에 열을 내자는 말은 결코, 아니다. 안빈낙도를 자족의 수단으로 삼거나 인생의 목표로 삼아서는 안 된다는 점을 말하고 싶은 것이다. 청빈을 자신에게 요구하는 것은 도덕이지만, 청빈을 남에게 요구하는 것은 죄악이다.

자본주의 사회에서 가난을 미화하면서까지 굳이 부자를 혐오할 이유는 없다. 빌 게이츠가 말하기를 "가난하게 태어난 것은 당신의 실수가 아니지만, 죽을 때까지 가난한 건 당신의 실수이다"라고 하였다. 가난은 구제와 극복의 대상이지, 선망과 동경의 대상이 아니다. 행복을 돈으로 살수는 없지만 불행을 막는 도구가 되기에는 매우 적절한 방패막이이다.

저마다 돈을 버는 이유와 방법은 다를 수 있다. 그러나 돈의 가치는 쓰는 데 있다. 쌓아두고 붙잡고만 있을 거라면 굳이 돈을 벌어야 할 까닭이 없다. '부'는 자신이 얼마나 많은 재산을 소유했느냐가 중요한 것이 아니다. 진정한 의미의 '부'는 자신이 얼마나 '소유했는가'에 있는 것이 아니라 얼마나 '썼는가'에 있다. '돌고 돌아서 돈'이라고 한 만큼 돈에는 영원한 주인이 없다. 잠시 내가 소유할 수는 있지만 그것을 영원히 내 것이라 주장할 수는 없다는 말이다. 오직 자신이 쓴 것만큼만 자신의 것일 뿐이다.

어느 페·친의 담벼락에서 읽은 글이다.

"정주영 회장이 저승에서 이건희 회장을 만났다. '자네도 왔는가? 혹시 돈 가진 거 있으면 오천 원만 빌려주게', '선배님 죄송합니다. 돈이 한 푼도 없는데요'. '허허허 자네도 빈손으로 왔구먼.'"

돈의 효능은 잘 버는 것도 중요하지만, 잘 쓰는 데 그 의미가 더욱 크다. 돈을 잘 쓴 대표적 인물로는 간송 전형필 선생을 들 수 있겠다. 자신이 물려받은 막대한 재산으로 그는 식민지 시절 한국의 문화재를 지켜내었다. 수식과 설명이 필요 없는 위대한 선각자이다.

나의 지인 중에도 간송을 닮은 인사들이 여럿 있다. 해마다 도서 구입비만으로 억대 이상을 지출하는 친구도 그런 사람 중의 하나이다. 그의 수장고에는 국립중앙도서관에도 완본이 없는 영락대전 전질이 있는가 하면 멀리 포르투갈이나 스페인까지 가서 구입해 온 진귀한 문화재급 고서적들이 즐비하다.

뿐만이 아니라 수십억의 자비를 들여 지성과 문화를 공유하는 지식인의 품격 있는 놀이터 'PUM'을 개설하기도 하였다. 이번에는 또 자신의 회사 건물 3층에 아재들의 문화 휴게소, 열린 공간 사랑방인 'SPACE-ONE'을 오픈하였다. 당연히 나는 일 순위로 종신 회원에 등록하였다. 앞으로 이곳 아지트에서 좀 별난 일들이 벌어질 것이다. 자신이 번 돈으로 세상에 선한 영향력을 미치며 멋지게 돈을 쓸 줄 아는 친구가 참으로 존경스럽다.

한 번뿐인 인생 이렇게 세상에 선한 영향력을 미치며 살 수도 있었는데, 후세에게 아무런 물려줄 것조차 없이 그저 '곡굉이침지(曲肱而枕之)' 하며, '어아여부운(於我如浮雲)'이요, 하였던 내가 너무나 부끄럽기만 하다. 우리의 자식 세대만큼은 나처럼 '고요한 아침의 나라'에서 변화를 두려워하며 생명력 없는 늙은이로 살아갈 것이 아니라, 아침이 활기차고 역동적인 나라에서 날마다 새로운 변화를 꿈꾸는 청춘으로 살아가기를 바란다. 세속의 오물이 두려워서 은둔하여 안빈낙도하며 살기보다는 개같이 벌지라도 정승처럼 쓸 줄 아는 영향력 있는 인생이 되기를 바랄 뿐이다.

"운명이란 닭장 속에 떨어진 매의 알과 같은 것이다. 스스로 닭장의 환경에 적응하면서 평범하고 무료한 삶을 선택할 수도 있고, 매의 본능을 깨우치고 힘찬 날갯짓을 하면서 인생을 살아갈 수도 있다.[命運就像落在雞窩裏的鷹蛋. 自己適應雞舍的環境, 可以選擇平凡無聊地生活, 喚醒鷹地本能, 揮動着有力的翅膀也, 可以過人生.]"

급시행락(及時行樂)

'급시(及時)'란 일을 행하기에 적당한 때 곧 시기적절함을 뜻하고, '행락(行樂)'이란 즐겁고 재미있게 지낸다는 뜻이다. 두 단어를 조합한 의미는 시기를 놓치지 않고 삶의 행복과 즐거움을 누린다는 뜻이다. '오늘을 즐겨라'라는 뜻의 라틴어 '카르페 디엠'과 같은 맥락이다.

스피드를 요구하는 정보화 시대에 우리는 '급한 일'들이 너무나 많은 삶을 살고 있다. 그러다 보니 '중요한 일'은 자연 소홀하기 쉽다. '급하고 중요한 일'은 누구나 빨리 처리한다. 또한 '급하지도 중요하지도 않은 일'에는 무관심해도 별문제가 되지 않는다.

그러나 문제는 '급하지만 중요하지 않은 일'에 매달리는 것이다. 더 큰 문제는 '중요하지만 급해 보이지 않는 일'에 무관심한 것이다.

중국 속담에 이런 말이 있다.

"어제의 태양으로 오늘의 옷을 말릴 수 없고, 오늘의 달빛으로 어젯밤

그림자를 비출 수 없다.[昨天的太阳晒不干今天的衣裳, 今晚的月光照不亮昨晚
的身影.]"

이 말을 더욱 유려한 문장으로 다듬어 낸 유시민 작가의 비유가 찰지
다. "어제의 비로 오늘의 옷을 적시지 말고, 내일의 비를 위해 오늘의 우
산을 펴지 마라"

한 번뿐인 인생이다. 모든 순간이 첫 순간이고 마지막 순간이며, 유일
한 순간이다. 나는 오늘 비로소 '중요하지만 급해 보이지 않는 일'을 위해
길을 나섰다.

'학불선 산악회'의 4월 정·모는 '월롱산(月籠山)' 등반이다. '월롱(月
籠)'은 높은 곳을 뜻하는 우리말 '다락'을 한자로 표기한 것으로서, 이두식
표기법을 차용한 것이다. '월(月)'은 우리말 '다'나 '달'을 한자로 쓴 것이
고, '롱(籠)'은 '락'이 '랑'이나 '롱'으로 변한 것이다. 실제로 월롱산은 '다
랑산'이라고도 불린다. 월롱산 주변에 '다락 고개', '달앗'과 같은 지명이
있는 이유가 이 때문이다.

월롱역에 도착하니 야속한 굿은비가 서럽게 내리기 시작했다. 일행은
뜻밖의 집결지에서 여장을 풀고 난상토론에 들어갔다. 산행을 강행할 것
인가? 무리수에 목숨 걸지 말고 그냥 이곳에서 낮술에 청춘을 걸 것인
가? '급시(及時)'가 졸지에 '급시(急時)'가 되고 마침내는 '불시(不時)'가 되
려는 순간이었다. 그러나 이때 거짓말처럼 해님이 찾아오셔서 눈부신 세
상의 화창함을 드러내었다. 굿은비야말로 우리의 급시에 합당한 '시우(時
雨)'가 되었다.

1시간마다 다니는 월롱산 순회 버스 기사님은 이른 아침 내린 비로,

'이런 날 누가 산행을 할 것인가?' 싶은 생각에 조기 퇴근해 버려서 버스 운행이 중지됐단다. 일행은 대절 택시 네 대에 나눠타고 급시행락 하는 여유로움으로 산행에 올랐다. 천지 동산엔 아무도 없이 그저 우리 일행뿐이었다. 산적 대원들이 이구동성으로 하는 말 "안 올라왔으면 큰일 날뻔 했겠네" 우린 마치 태고의 에덴동산을 접수한 기분이었다.

산상수훈의 10분 스피츠를 담당해 주신 원주에서 참석한 여성 대원은 친환경 자연인이다. 그녀는 마장 마술에 내공이 깊은 애마 부인으로서 올 여름 몽골의 초원에서 '야승(野乘)' 투어를 계획하고 있다. 또한, 내일 자녀의 혼례가 있음에도 공사를 다 망(忙)하신 채, 참석하신 모 재단의 연구소 소장님. 그리고 대전에서 한걸음에 달려오신 제주도 전문 사진작가님. 모두가 다 아름답고 고마운 친구분들이다.

무엇보다 가장 반갑고 고마운 친구분은 멀리 미국에서 찾아주신 정 선생 부부이다. 그는 이른바 세칭 명문 경기고 출신으로서 조영래 변호사와 김근태 의장 김태동 교수 등과 동문수학한 사이이다. 유신 치하의 세상을 생생하게 증언하며, 불온한 시대의 아픔을 서로 격하게 공감하였다. 별 볼 일 없는 모자란 페·친의 글에 위안이 되어 한국행 나들이를 결행하셨다니 너무나 크게 감읍할 뿐이다. 이번 여행이 큰 기쁨과 행복을 누리는 시간이 되기를 빈다.

도반과 함께 삶의 이야기를 나누며 서로의 눈을 통해 배우는 세상은 언제나 신선한 충격이다. 나의 무지와 편견의 비늘이 벗겨지는 감동의 시간이다.

모두 다 '급시행락(及時行樂)' 하시기를!

독립군의 의병 정신

일제 치하에서 독립군이 되기 위해 황량한 만주벌판을 찾아온 의병들은 다음 세 가지 맹세의 관문을 반드시 통과해야만 했다.

'만주벌판에서 굶어 죽을 각오가 되어있는가?'
'만주벌판에서 얼어 죽을 각오가 되어있는가?'
'모진 고문 속에서도 뜻을 굽히지 않고 죽을 각오가 되어있는가?'

세계 유일의 분단국가이자 불과 얼마 전 해방된 나라에서 일시적 '부동시'로 재주를 부려 병역의무조차 마치지 못한 위인이 권력을 잡는 비극이 21세기 분단된 한반도 남쪽에서 발생하였다. 그 잔재주꾼 부동시가 총 한번 쏴봤을 리 없고, 행군 한번 해봤을 리 없고, 기초적인 군사 훈련 한번 받아봤을 리 없다.

시절이 하 수상하더니만, 목숨 건 '독립운동'을 낭만적 병영 체험쯤으로 인식하는 모자란 칠푼이 주변에 '의병 활동'을 잼버리 체험 정도의 합숙 훈련으로 생각하는 똘마니들이 여럿 탄생하였다. 마침내 독립 영웅의 흉상을 감히 피규어 장난감 자리 배치하듯, 제 소견에 제멋대로 철거하겠다는 망령된 발상을 하기에 이르렀다.

이는 저급한 이념의 세계와 빈곤한 역사의식으로 독립운동사의 정신을 크게 훼손하는 망령된 행동이다. 단 한 번만이라도 독립군의 의병 정신을 상기하여 자신에게 감정 이입을 했더라면, 감히 이렇게 모욕적이고 수치스러운 발상 자체를 할 수 있었을까? 독립 영웅들의 의병 정신을 일개인이 자신의 권력의 수단으로 활용하려는 졸렬한 작태에 분개한다.

아마도 틀림없이 독립 영웅들의 흉상에 함부로 손을 대는 자는 자손만대에까지 '굶어 죽고', '얼어 죽고', '맞아 죽는' 자가 속출할 것이다.

막걸리와 사랑의 속성

막걸리에는 다섯 가지 덕성과 세 가지 저항정신이 있다.

오덕(伍德)

허기를 면해주는 것이 '일덕(一德)'이요

취기가 심하지 않은 것이 '이덕(二德)'이요

추위를 덜어주는 것이 '삼덕(三德)'이요

일하기 좋게 기운을 돋워 주는 것이 '사덕(四德)'이요

평소에 못 하던 말을 하게 하여 의사소통을 시키는 것이 '오덕(伍德)'이다.

삼반(三反)

근로 지향의 '반유한적(反有閑的)' 술이다

서민 지향의 '반귀족적(反貴族的)' 술이다

평등 지향의 '반계급적(反階級的)' 술이다.

술은 왜 마시는가?

'만남'을 위해서다.

'사랑'을 위해서다.

배가 고파 마시는 것이 아니라 사랑이 고파 마시는 것이다.

밥은 내가 떠서 먹지만, 술은 상대가 잔을 채워줘야 마신다.

사랑은 포만을 유지하는 것이 아니라 허기를 채워나가는 것이다.

서로의 잔에 술을 따르는 행위는 마음의 허기를 채우는 행위이다.

사람과 사람 사이의 관계는 '유지'하는 것만으로는 부족하다.

그러므로 '채움'이 필요하다.

'채움'은 관계를 위한 몸부림이다.

채워내고 비워내는 사이에 서로의 정서를 교감하는 바가 있다.

'채움'에서 시작하여 '비움'으로 화답하는 그 미묘한 사이에 서로의 온기를 교감하는 '사랑'이 존재하는 것이다.

사랑은 자기애의 다른 표현이다.

어떤 사랑도 자신을 비워내고 온전히 상대를 위하여 희생할 수 있는 사랑이란 없다.

사랑은 내 욕망의 공허를 채우는 완벽한 수단이다.

그러므로 인간의 사랑은 완전할 수 없다.

세상에 영원한 사랑이란 존재하지 않는다. 다만 인간이 영원토록 사랑을 하고 싶을 뿐이다.

사랑을 많이 할수록 지혜로워지는 것은 아니다. 그러나 사랑을 하지 않는 것보다 사랑을 하는 쪽이 훨씬 더 삶을 성숙하게 한다.

그러므로 인간은 언제나 사랑에 진심이어야 한다.

불이선란도(不二禪蘭圖)

문수사리가 유마힐에게 '불이법문(不二法門)'을 물었을 때 유마힐은 오직 '묵연(默然)'하였다. 이 침묵의 깊이와 무게를 측량할 길이 없었던 문수사리는 "유마의 침묵, 그 소리는 우뢰와 같다"라고 찬탄했다. 이것이 그 유명한 유마거사의 경계와 존재를 초월한 '불이법문'의 침묵이다.

경계를 중시하던 '유교'와 달리 '불교'는 경계를 허무는 미학이다. 유교가 '이(理)'와 '기(氣)'의 논쟁을 통해 미학적 관점을 세웠다면, 불교의 미학은 그 경계를 허무는 것으로부터 시작된다. '불이법문'은 그야말로 선(禪) 불교의 핵심 사상이다.

보물로 지정된 '불이선란도(不二禪蘭圖)'는 일명 '부작란도(不作蘭圖)'로도 불린다. 추사가 마지막에 친 난으로 그의 회화세계의 정수를 보여주는 탁월한 작품이다. 이십 년 동안 '불이선(不二禪)'의 경지에서 마음속으로만 그리던 난이 어느 날 우연히 득도하듯 이루어진 것이다. 문인화의 사의(寫

意)와 문기(文氣)의 세계를 넘어 종교적 법열의 심오한 경지를 느끼게 해 주는 수작이다.

그가 아들 상우에게 보낸 편지에서 난초를 치는 법은 서예의 '예서(隸書)'를 쓰는 법과 가까워서 반드시 '문자향(文字香)'과 '서권기(書卷氣)'가 있은 다음에야 얻을 수 있다고 하였다. 또한, 난초를 치는 법은 그림 그리는 법식대로 하는 것을 가장 꺼리는 것이니, 만약 그러한 법식으로 하려면 일필도 하지 않는 것이 좋다고까지 하였다.

불세출의 걸작 '불이선란도(不二禪蘭圖)'는 '예서'와 '초서'를 쓰는 기법으로 그렸는데, 이는 그림과 서예가 둘이 아니라는 '서화일치(書畵一致)' 사상을 보인 것이며, 그림(畵)의 이치가 선(禪)과 통한다는 '화선일치(畵禪一致)'의 경지를 이룬 것이다. 유연한 곡선으로 우아하게 그리던 종래의 난초 그림들과 달리 속도감이 느껴지는 필력으로 과격하게 잎들이 꺾여 있다. 바람에 휘날리는 모습을 포착해 낸 것이다. 붓질의 방향을 세 번씩이나 바꾸며 이루어진 삼전지묘(三轉之妙)의 난엽(蘭葉)들은 내적으로 농축된 강한 힘을 발산하고 있다.

그림보다는 글씨의 획에 가까운 운필법으로 그는 난초의 외양을 포기하지 않으면서, 보이지 않는 바람의 세기와 진동하는 향기를 취한 것이다. 꽃은 맨 좌측에서 꺾여 뻗어 올라간 끝에 달려있다. 두 개의 짙은 먹 점이 꽃에 생명을 불어 넣어주고 난초의 위와 아래의 균형과 조화를 이룬다.

이 작품을 '소심란도(素心蘭圖)'라고도 부르는데, '소심(素心)'이란 마음이 청정하게 비워진 소박한 상태를 의미하며, 계획이나 의지가 전무한 무심한 상태에서 자연스럽게 우러나온 그림이라는 것이다. 본인 자신도 우연히 나온 걸작에 스스로 감동하여 상단의 빈 여백을 글로 채워서 시서화 일치의 독특한 분위기를 자아내고 있다.

'우연욕서(偶然欲書)'라거나 '우연득필(偶然得筆)'이라는 것은 작품의 구상이나 계획 없이 마음이 가는 대로 그리다가 우연히 태어나는 경지를 말한다. 우연히 얻어진 작품이라고 해서 아무런 고뇌와 수고 없이 거저 이루어진 일은 결코 아니다. 백련천마(百鍊千磨)의 내공이 이미 전제되어 있어야 만이 가능한 일이다.

1. 상단좌우의 발문

난을 치지 않은 지 이십 년, 우연히 하늘의 본성을 그려냈네. 문을 닫으며 찾고 또 찾은 곳, 이것이 유마(維摩)의 불이선(不二禪) 일세. 만약 누군가 구실삼아 강요한다면 비야리성(毗耶離城)에 있던 유마거사처럼 말 없는 묵연으로 사양하겠다. - 만향

[不作蘭花二十年, 偶然寫出性中天, 閉門覓覓尋尋處, 此時維摩不二禪. 若有人强要爲口實, 又當以毘耶, 無言謝之. - 曼香]

2. 좌하단의 발문

처음에는 달준(達夋)에게 주려고 붓을 들어 마음 가는 대로 그렸다. 이런 그림은 한 번이나 있을 수 있지, 두 번은 있을 수 없다. - 선락노인 쓰다. 오소산(嗚小山)이 보더니 억지를 부려 뺏어갔다. 우습구나.

[始爲達夋放筆, 只可有一, 不可有二. - 仙客老人 嗚小山見而豪奪, 可笑.]

3. 우중간의 발문

초서와 예서의 기자지법(奇字之法)으로 난을 쳤으니, 세상 사람들이 이

를 어찌 알겠으며. 어찌 좋아할 수 있겠는가? - 구경이 또 제발하다.

[以草隷奇字之法爲之, 世人那得知, 那得好之也. - 漚竟又題]

오늘 거량(居亮) 김종헌 선생께서 참선 수도하는 룸비니와 이병철 회장의 서예를 지도하였던 송천(松泉) 선생님의 서실을 탐방하는 행운을 얻었다. 그뿐 아니라 마침내 내게도 가보로 물려줄 만한 보물이 생긴 것이다. 거량 선생의 지극한 후학 사랑으로 '불이선란도(不二禪蘭圖)'가 마침내 내 손에 들어온 것이다. 이 작품은 거량 선생님께서 당대 최고의 목각장인(木刻匠人)께 의뢰하여 불이선란도가 보물로 지정되기 전 양각으로 판각(板刻)한 작품에 다시 탁본한 것이다. 이 판각 장인(板刻匠人)께서는 광화문 현판뿐만 아니라 무수한 문화재를 판각하신 문화재급 장인이다.

'천하제일의 행서'라 불리는 왕희지의 '난정서'는 당나라 태종이 너무나 사랑하여 자신의 무덤에까지 갖고 들어갔다. 지금 세상에 남아있는 것은 구양순, 우세남, 저수량 등이 임서한 것이다. 만일 당 태종이 조선에 와서 무덤에 가져갈 서화를 한 점 고른다면 나는 당연히 추사의 '불이선란도'를 택할 것을 믿어 의심치 않는다.

결코 '세한도'를 택하지 않았을 것이란 이유는 '세한도'는 제주 유배 시, 우선 이상적에게 써준 작품의 의도성과 목적이 분명한 작품이지만 '불이선란도'는 '우연득필(偶然得筆)' 하여 두 번 얻기 어려운 신품에 가까운 불세출의 명품이기 때문이다.

이것조차도 이해하기 어려운 이에게는 '세한도'이든 '불이선란도'이든 한갓 '묵서지편(墨書紙片-먹으로 쓴 종잇조각)'에 불과할 것이다. 오늘 밤은 안주 없이 막걸리를 마셔도 황홀한 밤이 될 것이다.

빈·천·노·사(貧·賤·老·死)

'가난'은 부끄러워할 일이 아니다. 부끄러운 것은 가난하면서 의지를 잃은 것이다.

'비천'은 미워할 일이 아니다. 미워해야 할 것은 비천하면서 무능한 것이다.

'늙음'은 탄식할 일이 아니다. 탄식해야 할 것은 늙도록 삶을 허비하는 것이다.

'죽음'은 슬퍼할 일이 아니다. 슬퍼해야 할 것은 죽어서 아무런 일컬음이 없는 것이다.

> 貧不足羞 可羞是貧而無志 - 빈부족수 가수시빈이무지
> 賤不足惡 可惡是賤而無能 - 천부족악 가악시천이무능
> 老不足歎 可歎是老而無成 - 노부족탄 가탄시노이무성
> 死不足悲 可悲是死而無稱 - 사부족비 가비시사이무칭
>
> －「醉古堂劍掃 - 취고당검소」

진실로 부끄러워하고 미워할 것은 '빈천'이 아니다. 자신의 삶을 변화시키고자 하는 '의지조차 없는 무능함'이 부끄럽게 만드는 것이다. 빌 게이츠가 말하였다.

"가난하게 태어난 것은 당신의 실수가 아니지만, 죽을 때까지 가난한 건 당신의 실수이다."

가난은 구제의 대상이지, 선망의 대상이 아니다.
가난은 극복의 대상이지, 동경의 대상이 아니다.

자본주의 사회에서 가난을 미화하면서까지 굳이 부자를 혐오할 이유는 없다. '부'는 능력의 상징이요, 신용의 상징이요, 권력의 상징이 될 수 있다. 그러나 '부'가 정직의 상징이 될 수는 없다. 간혹 청부가 없는 것은 아니지만 '부'는 결코 자신이 얼마나 많은 재산을 소유했느냐가 중요한 것이 아니다.

진정한 의미의 '부'는 자신이 소유했다고 해서 반드시 자기의 돈이라고 할 수 있는 것은 아니다. 죽을 때까지 자신이 '얼마나 썼느냐'와 '어떻게 썼는가'가 훨씬 더 중요한 일이다. 살면서 자기가 쓴 만큼만 자신의 것이 될 뿐이다. 통장에 수백억을 넣어두고 한 푼도 쓰지 못하고 죽었다면 그는 돈을 잠시 보관하며 자신의 눈만 즐겁게 했을 뿐이지 그것이 결코 자신의 것이라 할 수 없다. 한국은행에 수천억 넣어두고 한 푼도 못 쓰고 있는 사람과 무엇이 다르겠는가?

참으로 탄식하고 슬퍼할 일은 '늙어서 죽는 것'이 아니다. 한 번뿐인 인생, 성취하는 것 없이 늙도록 삶을 허비하여 세상에 도움이 안 되는 인생으로 막을 내리는 것을 경계해야 한다. 세간에 일컬어지는 바가 없어서 아무에게도 기억되지 않고 '잊혀 가는 인생'이 되는 것을 슬퍼해야 한다. '장수'가 반드시 복이 되는 것은 아니다. 삶의 길이가 중요한 것이 아니라 삶의 질이 훨씬 더 소중한 가치이다.

"대장부가 뜻을 품었다면, 마땅히 곤궁해졌을 때에 더욱 굳세어지고, 늙어서는 더욱 건장해져야 한다.[大丈夫爲志, 窮當益堅, 老當益壯.]" 후한의 명장 마원(馬援)이 한 말이다.

'노익장(老益壯)'이란 말이 여기서 나왔다. 늙어서 주눅 든 모습처럼 보기 민망한 것이 없다. 육십갑자를 한 바퀴 돌고 두 번째 '갑자(甲子)'에 접어들었다. 비로소 인생의 본 게임이 시작된 것이다.

박력 있고, 씩씩하게 늙으며 한 푼이라도 남김없이 알뜰하게 열심히 쓰고 죽음을 적극적으로 기쁘게 받아들이자. 누구를 위해 쓸 것인가는, 오직 내가 결정한다. 당연히 내게 손을 내밀어준 내 이웃들이다. 그리고 바람처럼 구름처럼 자유롭게 소멸하자. 본 게임을 못 뛰어 보고 죽은 이에게 미안한 인생이 되어서는 안 된다.

오직 그것만이 인생의 빚이다.

실담어(悉曇語)

'섬'의 어원은 무엇일까? 수평의 바다 위에 수직으로 홀로 서 있는 존재인 섬. 요트를 타고 망망대해를 가르며 섬의 어원이 무엇일까를 생각해 보았다. '서 있다' 혹은 '서 있음'이라는 말에서 행여 '섬'이 되지 않았을까? 어쩌면 수평의 바다 위에 수직으로 일어선 존재라는 데서 비롯되지는 않았을까, 하는 뜬금없고 부질없는 생각을 해보았다.

고대의 우리 토속 사투리인 '실담어(悉曇語)'에 섬이라고 하는 명칭은 쉬엄 '도(島)'이다. 이 쉬엄 '도(島)'가 언제부터인가 '셤 도(島)'로 발음되다 현재에는 '섬 도(島)'라고 읽히고 있다. 즉 실담어로 쉬엄 '도(島)'는 새들이 날아가다 힘들면 쉬엄쉬엄 쉬어가는 곳이란 뜻이다. 바다에만 '섬'이 있었던 것이 아니라 예전에는 육지에도 새들이 쉬어가는 '섬'이 있었다한다.

섬 '도(島)' 자는 새 '조(鳥)' 자와 뫼 '산(山)' 자가 결합한 모습이다. 새를 뜻하는 조(鳥) 자 아래로 산(山) 자가 있으니, 도(島) 자는 '섬' 위에 새가 앉아있는 듯한 모습으로 그려진 것이다. 새가 많이 드나드는 섬의 특성을 나타낸 글자라 할 수 있다.

'섬'은 또 큰 섬과 작은 섬으로 구분하기도 하는데, 섬 '도(島)' 자는 그 중에서도 큰 섬을 뜻한다. 작은 섬은 섬 '서(嶼)' 자로 표기하는데, '도서 산간(島嶼山間) 지역'이라고 하는 것은 큰 섬과 작은 섬을 함께 이르는 말이다.

'을숙도(乙宿島)'는 새들이 잠자는 섬이란 뜻이다. 겨울 철새들이 낙동강 하구 을숙도에서 겨울을 보내고 시베리아로 돌아갈 때까지 생활하며 밤에 깃들여 잠자던 곳이다. 그러고 보니 '섬'과 '새'는 서로 떼어 놓을 수 없는 운명인 모양이다.

나는 이름 없는 한 마리 새가 되어 내 지친 육신과 영혼을 쉬어가게 할 섬을 찾아 나섰다. 왠지 나도 새들처럼 섬에만 오면 위로와 안식을 얻는다. 바다가 내려 보이는 멋진 펜션에서 해장 커피를 마시며 지나온 삶을 반추해 본다.

살날이 그리 많이 남지는 않은 것 같다. 재미나고 행복한 기억만을 남긴 채 미련 없이 떠나야지. 새들처럼!

외우(畏友)를 생각하며

'입지'는 견고히 하되 마음은 활짝 열어야 한다.
'독서'는 정밀히 하되 의리에 두루 통해야 한다.
'명예'는 피해야 하되 용기 있게 나아가는 기상이 있어야 한다.
'처세'는 신중히 하되 빼앗기 어려운 지조가 있어야 한다.

　　立志固而開豁心胷 – 입지고이개활심흉
　　讀書精而周通義理 – 독서정이주통의리
　　名可避而有勇往之氣 – 명가피이유용왕지기
　　處世愼而有難奪之操 – 처세신이유난탈지조

　식산(息山) 이만부(李萬敷)가 그의 친구 치중(致重) 오상원(嗚尙遠)에게
보내는 전별문이다. 그는 이 편지에서 치중을 자신의 '외우(畏友)'라 하였
다. 외우는 아끼고 공경하는 벗, 곧 존경하는 벗이란 의미이다. 대대로 교
유해 온 친구가 오래도록 거주해 왔던 상주 땅을 떠나 노친을 모시고 고

향인 서울로 돌아갈 때, 재물로 이별의 정을 표할 수 없어 이 네 구(句)의 말로써 전별하는 심정을 대신한다고 하였다.

삼백 년 전 선조들의 품격 있는 우정에 대해 전율할 것 같은 두려운 교훈을 깨닫는다. 율곡이 그가 보낸 편지에서 구봉 송익필을 말할 때도 나의 '외우(畏友)'라 칭하였는데 외우란 도대체 어떤 의미일까? 요즘 말로 '절친'이라 하기에는 턱없이 용량이 부족하다.

명나라 소준(蘇峻)은 자신의 저서 「계명우기(鷄鳴偶記)」에서 친구의 유형을 다음과 같이 네 종류의 형태로 정의하고 있다.

"도의를 서로 갈고 닦으며, 잘못이 있을 때 서로를 바로잡아 주는 친구 사이를 '외우(畏友)'라 한다. 편할 때나 급할 때나 언제든 함께할 수 있으며, 삶과 죽음을 같이 할 수 있는 친구 사이를 '밀우(密友)'라 한다. 엿과 같이 달콤한 말을 하며, 유희와 쾌락에만 열중하는 친구 사이를 '닐우(昵友)'라 한다. 이익을 보면 서로 배척하며, 곤란한 일이 생기면 서로 책임을 떠넘기는 친구 사이를 '적우(賊友)'라 한다."

道義相砥 過失相規 畏友也 - 도이상지 과실상규 외우야
緩急可共 死生可托 密友也 - 완급가공 사생가탁 밀우야
甘言如飴 遊戲征逐 昵友也 - 감언여이 유희정축 닐우야
利則相攘 患則相傾 賊友也 - 이즉상양 환즉상경 적우야

한편, 청나라 금영(金纓)은 그가 지은 격언집 『격언연벽(格言聯璧)』에서 친구 사이 우정의 유효 기간에 대해 이렇게 언급하였다.

노름과 오락으로 사귄 친구는 하루를 넘기지 못하고,

술과 음식으로 사귄 친구는 한 달을 넘기지 못한다.

세력과 이익으로 사귄 친구는 한 해를 넘기지 못하며,

오직 도의로 사귄 친구만이 평생토록 이어진다.

博奕之交不終日 飮食之交不終月 - 박혁지교부종일 음식지교부종월

勢利之交不終年 道義之交可終身 - 세리지교부종년 도의지교가종신

술과 오락, 돈이나 권력 등의 수단과 조건으로 사귀는 친구는 그 유효 기간이 끝나면 효력이 정지되는 사이에 불과하다. 오직 도리와 의리로 맺어진 우정이라야만 장구한 세월 동안 변함없이 진정한 친구가 될 수 있다는 요지이다.

내게도 '외우'라 할 만한 친구가 여럿 있지만, 내가 그들의 외우가 될지는 의문이다. 식산 선생의 간찰첩을 탈초하고 번역하면서 선현들의 세상과 타협하지 않는 정신적 이상세계를 깨닫게 되었다. 선비들이 갖춰야 할 핵심적 덕목으로는 '기개'와 '지조'를 들 수 있겠다. 기개란 어떤 어려움에도 굴복하지 않는 신념의 세계이고 '지조'란 어떤 유혹에도 흔들리지 않는 양심의 세계이다.

옛날 선인들이 "편지에 두 번 절하고 보낸다"라는 말을 요즘 절로 실감한다. 선현들의 간찰을 읽으며 때로 경외심이 솟구쳐, 편지에 절하고 싶을 때가 한두 번이 아니다. 비단 나만 그러하지는 않을 것이다. 성리학 지상주의로 매몰된 조선 시대와 21C 유비쿼터스의 정보화 시대를 살아가고 있는 대한민국과는 정서가 사뭇 다르다. 한때 나는 '공부 잘하는 친구'

를 최상의 외우로 여긴 적이 있으나 세월이 지나고 보니 그들의 삶은 그저 저 하나 먹고살기 바쁜 인생이었다. 그러나 '잘 노는 친구'들의 삶은 달랐다. 대체로 잘 노는 친구들은 노는 일에 진심이었고, 노는 일에 시간을 쓸 줄 알았다. 잘 놀기 위해 닥치는 대로 행복하게 살며, 자신의 선택에 후회하지 않았다.

공부 잘하는 친구들은 대개가 최선을 다해 열심히 일할 뿐, 놀 줄 모르고 노는 일에 시간을 쓰지 못하였다. 잘 노는 친구들의 삶의 행복의 지수가 공부 잘하는 친구들보다 훨씬 높다는 것을 뒤늦게 깨달았다.

산업화 시대에 교육을 받고 자란 세대는 대개 부지런히 일하는 것을 미덕으로 삼고 노는 일을 죄악시하는 경향이 있다. 놀이의 미학을 배워보거나 체험하지 못했기 때문이다. 인생은 일하기 위하여 태어난 로봇이 아니다. 더글러스 태프트가 말한 것처럼 "인생은 경주가 아니고 그 길의 한 걸음 한 걸음을 음미하며 걸어가는 여행"인 것이다.

우리는 모두 지구라는 별에 여행을 온 나그네일 뿐이다. 인생은 경험해야 할 신비로 가득 차 있다. 늙어서는 놀 줄 알고, 잘 노는 친구가 최고의 외우이다.

이광사석(李廣射石)

　중국 전한 때의 맹장 이광(李廣)은 비장(飛將)이라 불렸으며, 신궁의 기예를 지녔던 사람이다. 그가 하루는 사냥을 나갔다가 취중에 야심한 밤 산길에서 맹호를 만났다. 그는 정신을 가다듬고 혼신의 힘을 다해서 호랑이를 쏘아 맞혔다. 다음 날 그 자리로 찾아가 살펴보니 화살에 맞은 것은 호랑이가 아니라 호랑이를 닮은 바위였다. 자기가 한 일이었지만 너무나 신기한 일이어서 다시 한번 바위에 화살을 쏘았으나 튕겨 나갈 뿐 두 번은 들어가지 않았다.

　'이광사석' 즉 "이광이 돌을 쏘다"라는 말은 정신을 집중하면 화살이 바위를 뚫는다는 일념통암(一念通巖)의 뜻으로서, 중석몰촉(中石沒鏃), 사석성호(射石成虎)로도 불린다.

　『사기(史記)』의 작가 사마천은 잘 알려진 바대로 이광의 손자 이릉(李陵)을 변호하다 무제의 노여움을 사 궁형에 처해졌고, 이를 계기로 불후의 명작 『사기』가 탄생하였다. 그는 사기에서 이광 장군(李廣將軍)을 평하기를 '도리불언 하자성혜(桃李不言 下自成蹊)'라 하였다. 곧 복숭아나 자두나무는 굳이 말하지 않아도 꽃이나 열매의 향기에 끌려 사람들이 찾아들므로 그 아래에는 자연히 길이 생긴다는 것이다. 아무 말 하지 않아도 뛰어난 사람이라면, 사람들이 점차 모여든다는 경우에 쓰이는 성어(成語)이다. 한 인간을 평하는 최고의 찬사가 아닐 수 없다.

궁술을 배워 사대에 오른 지 어언 한 달이다. 사대에 선 첫날에 일중례(一中禮)를 하고 둘째 날 삼중례(三中禮)를 아슬아슬하게 비켜나가던 날로부터 슬럼프가 시작되었다. 새로 산 활의 탄성의 강도를 이기지 못한 탓이다. 사범님은 내 완력이 성장할 것을 고려해 내 체급보다 1~2파운드 높은 것으로 사용할 것을 권하셨다. 그러나 나는 '만작(滿酌)' 이후에 '지사(遲射)'할 여력이 없어 줌손과 발시의 자세가 항시 불안정하였다.

화살도 중량이 낮고 다소 짧은 것을 쓰다 보니 월촉(越鏃)의 위험도 있고 번번이 과녁 중앙을 넘기기가 일쑤였다. 목수는 연장을 탓하지 않는다는데, 이 무능한 궁수는 활과 화살 탓만을 하다가 마침내 내 체력과 체형에 꼭 맞는 장비를 기어이 또 새로 장만하였다.

'일시이무(一矢二無)'
한번 떠난 화살은 두 번 다시 불러들일 수 없다. 마지막 화살에 최선을 다해야 한다. 딱 한 번의 화살로 끝내야 한다. 존경하는 이광 장군의 기를 모아 한 발 한 발에 천금의 가치를 부여하며 최선을 다하였다.

마침내 오늘, 우리 정(亭)에서 가장 불리한 신체적 핸디캡을 극복하고,

가장 단기간에, 가장 낮은 파운드의 활로 '삼중례(三中禮)'의 쾌거를 이룩해 냈다. 육십 년 묵은 열등감이 이 한방으로 해소되었다. 내가 작호한 '노을에 밭을 갈다'의 '하전(霞田)'이라는 나의 호가 스스로 자랑스럽게 느껴지기는 오늘이 처음이다. 드디어 인생 2막의 길이 새롭게 시작된 것이다. 남들이 하지 못하는 것을 내가 해내서 자랑스럽다는 말이 아니니 오해하지 마시라. 남들이 모두 할 수 있는 것을 나 또한 불리한 신체적 핸디캡을 극복하고 포기하지 않고 기어이 해내었기에 스스로가 대견스럽다는 말이다.

대체로 활의 장력은 47~48파운드 정도는 되어야 화살촉을 과녁의 홍심(紅心)에 직접 조준할 수 있는데, 나는 경량급 체형인지라 38파운드를 사용하기에 줌손 아래로 과녁을 조준해야 한다. 그 때문에 정확도가 떨어질 수밖에 없고 탄도 역시 고각의 포물선이 될 수밖에 없다. 방향과 거리, 신체적 조건에서 모두 불리할 수밖에 없다는 말이다.

그간 대략 스무 번쯤 이중(二中)을 하였는데, 때로는 깻잎 한 장 차이로 삼중(參中)을 놓치고, 때로는 김 한 장 차이로 삼중을 놓치는 일이 빈번하였다. 아무래도 장기전으로 돌입 하나 싶었는데, 마침내 오늘 사고를 친 것이다. 이젠 첫눈이 오기 전에 오시오중(伍矢伍中)인 '몰기(沒技)'를 하고 싶다. 그동안 마님 몰래 새벽에 궁정(弓亭)엘 다녔는데, 이젠 아무래도 마님께 이실직고하고 정식으로 허가를 받아야 할 듯싶다.

오늘 밤은 나의 사숙이신 '이광 장군'과 '니체 선생'을 모시고 한잔 해야겠다.

"무슨 일을 하더라도 자기 자신을 사랑하는 것으로부터 시작하라. 자신을 항상 존귀한 인간으로 대하라."

— 니체의 『이 사람을 보라』 중에서

종오소호(從吾所好)

공자는 왜 "자기보다 못한 사람과 벗 삼으려 하지 말라" 했을까? 학창 시절 논어를 처음 접하였을 때, '무우불여기자(無友不如己者)'라는 대목을 보고 깊은 고민에 빠진 적이 있었다. 당시 나는 이 말을 나보다 잘난 사람이나 능력이 월등히 뛰어난 사람과 사귀라는 말로 이해하였다. 그렇다면 공자는 계급주의자나 성공 지상주의자였단 말인가?

훗날 후대 학자들이 쓴 다양한 주석을 보고 나니 그 뜻은 대략 이러했다. "벗은 인(仁)을 돕는 것이니, 자기만 못하면 유익함은 없고 손해만 있게 된다"라든가 "재능이 자기보다 못한 사람이라는 말이 아니라 지기(志氣), 곧 의지나 기질이 자기와 같지 않은 사람이다"라든지 "배울 것이 있는 사람과 사귀어야 한다는 말씀이다"라든지 "나와 도(道)를 같이 하지 않고 다른 길로 가는 사람과는 사귀지 말라는 의미이다"라든지 "억지로 맞지 않는 사람들과 친구 삼으려 노력하지 말고, 뜻이 맞고 가치관이 비슷한 사람들과 어울리라는 말씀이다"라는 등등의 다양한 견해가 있었다.

모두가 다 일리 있는 말씀이다. 그러나 내 견해는 이렇다. '무우불여기자(無友不如己者)' 다음에 나오는 말이 '과즉물탄개(過則勿憚改)'인데, 이는 "잘못이 있으면 고치기를 꺼리지 말아야 한다"라는 의미이다. 그런데 '무우불여기자(無友不如己者)'와 '과즉물탄개(過則勿憚改)'는 별개의 문장이 아니라 이어진 하나의 문장이다. 그렇다면 "자기보다 못한 사람과 벗 삼으려 하지 말라"와 "잘못이 있으면 고치기를 꺼리지 말아야 한다" 사이에는 대화의 당사자들만 알고 있는 무언가가 생략된 말이 있는 것이다.

유학의 정신은 '불귀무과귀개과(不貴無過貴改過)'이다. 즉 과실이 없는 것을 귀하게 여기는 것이 아니라 과실을 고치는 것을 귀하게 여긴다는 말이다. 사람은 누구든지 과실이 없는 사람이란 있을 수 없다. 그러나 대체로 타인의 과실을 보고서 그 허물을 비난하는 사람일수록 자신을 성찰하는데 게으른 법이다. 그러므로 위의 말은 "친구를 거울삼아 자신의 허물을 고치라"는 의미가 된다. 거울삼을 수 있는 친구란 도덕적 역량과 수양이 뛰어난 인물을 의미한다.

나는 그 의미가 어쨌든 '성(聖)'과 '속(俗)'을 한 몸에 지니고 사는 인생으로서 굳이 공자의 윤리 의식이나 경건 생활에 목숨을 걸고 살고 싶은 마음은 전혀 없다. 그저 나와 뜻이 통하면 그만이고 무엇보다 서로 교학상장하여 지적 호기심을 충족해 주고 편협한 안목의 균형을 잡아줄 새로운 무언가가 있는 친구라면 불원천리하고서라도 벗 삼고 싶을 뿐이다. 고만고만한 사람끼리의 부질없는 논쟁은 언제나 상처를 낳고 시간을 낭비할 뿐임을 잘 알고 있기 때문이다.

남한강이 한눈에 내려다보이는 전망 좋고 조용한 곳에 별장을 갖고 있는 친구가 있다. 그 별장은 엘리베이터까지 갖추어진 4층짜리 단독 건물이다. 수중에서 하는 온갖 스포츠를 섭렵한 그 친구는 자신의 경비행기도 있어서 인근의 강변을 따라 활주로까지 마련해 두고 있다. 조선 천지에 이런 천혜의 환경과 시설이 있을 줄은 꿈에도 몰랐다.

봄이 되면서 말을 타고 산과 들을 달리고 싶은 생각으로 가슴이 마냥 부풀었는데, 지난겨울부터 알 수 없는 이유로 자고 나면 자꾸 허리가 아파 도저히 엄두를 내지 못하였다. 그런데 오늘, 올봄에 "동쪽에서 귀인을 만날 것"이라는 주역의 시초점이 내게 적중을 한 모양이다. 친구의 전화를 받고 새벽같이 그 친구의 별장에 도착하였다. 처음 보는 네 바퀴 모터사이클을 타고 한 시간가량 남한강 변을 달렸다. 처음 타보는 것인데도 내 안에서 질주 본능이 작렬하였다. 이윽고 멋진 카페 같은 그의 별장에서 남한강을 내려보며 라면으로 새벽 성찬을 하였다. 그러고서 그에게 '카누'와 '카약'에 관한 강의를 들었다. 일찍이 논어에서 배우지 못했던 묘한 희열이 샘솟았다.

'카누'와 '카약'은 둘 다 물에서 이동하는 수단이지만 '카누'는 2인 이상이 각기 다른 한 방향으로 노를 젓는 방식이고, '카약'은 개인이 양방향으로 패들을 젓는 방식이다. '카약'을 생전 처음 타보는 초보가 겁도 없이 왕복 10킬로미터에 가까운 거리를 유영하였다. 마치 내가 물 찬 제비가 된 기분이었다. 이 넓은 원시 자연에 아무도 없이 둘이서만 천지를 배회하노라니 태고의 신비가 이런 것인가 싶은 생각이 들었다. 내 인생에 기념비적이고 역사적인 날이다. 이 고마운 친구가 별장을 놀려두고 있다고 하기에 내가 별장지기 종신회원을 자임하였다.

시쳇말로 "별장과 요트는 친구에게 있는 것이 좋다"고 하였다. 그것은 관리하기가 매우 까다로운 데다 때때로 힘든 노동력이 필요하여 성가시고 비용 또한 만만찮기 때문이다. 그러니 나는 그야말로 횡재를 한 것이다. 암만해도 "전생에 나라를 구했을 것"이라는 평소 아들놈의 핀잔이 오늘만큼은 왠지 뿌듯하게만 느껴졌다. 이 전망 좋은 곳에 아지트를 갖게 된다는 것 자체가 내겐 로또를 맞은 행운인 셈이다.

일찍이 공자께서도 이렇게 말씀하시지 않았던가?

"만약 부귀를 구해서 될 수 있다면 채찍을 잡는 직업의 일이라도 나는 할 것이다. 만약 구하여도 될 수 없다면, 나는 내가 좋아하는 바를 따르겠다.[子曰: 富而可求也, 雖執鞭之士, 吾亦爲之. 如不可求, '從吾所好.]"

인생의 전반전이 '해야 할 일'을 위해 살았던 시간이라면, 인생의 후반전은 '하고 싶은 일'을 위해서 살자. 프랑스의 아베 피에르 신부가 그랬다잖은가 "인생은 사랑하는 법을 배우기 위해 주어진 얼마간의 자유시간이다."

사랑하기 위해선 나를 구속하지 않는 자유가 필요하고, 무엇보다 대상을 사랑하기 이전에 자신을 사랑하는 일이 우선되어야 한다. 이제부턴 볼품없이 모자란 내 인생을 열심히 사랑해야겠다. "모두 다 사랑하겠다"라든가 "원수도 사랑하겠다"라는 위선적이고 가증스러운 말은 결코, 하지 않으리라. 그저 사랑할 만한 사람을 사랑하고, 미워할 만한 사람을 미워할 뿐이다.

"인생에 기쁨을 누린 날이 얼마나 되었던가?" 이백이 「춘야연도리원서 (春夜宴桃李園序)」에서 탄식하였던 것처럼, 내 인생 또한 기쁨을 누린 날이 얼마나 되었던가? 무엇이 되든, 어떻게 살든 그것은 더 이상 내게 중요한 바가 아니다. 나는 그저 '내가 좋아하는 바를 따르리라.'

좋은 벗은 금과 은보다 낫다.

화이불치 검이불루(華而不侈 儉而不陋)

지난달 말 '혹한기 동계 훈련'에서 있었던 일이다. 나를 잡으러 대만에서 날아온 아무개 교수와 요트 선장이며 선주인 마도로스 킴 부부와 함께 통영에서 밤새 술을 마셨다. 취중에 성리학과 실학의 태동에 관한 조선과 중국의 견해 차이와 학자들의 오해와 오류에 관해 열띤 토론을 벌였다. 흥이 무르익을 즈음 한·중·일 삼국의 문화 차이에 대한 담론을 벌이다가 주제가 마침내 '활'에 관한 이야기로 이어졌다.

"활은 당연히 조선의 활이 세계 최고지."

이제 겨우 국궁에 입문한 초보 신사(新射)가 잘난 척을 엄청나게 해대니 다들 그 실력을 못 믿겠다고 하여 결국, 다음 날 현지에 있는 어느 정(亭)에 올라 직접 시범을 보이고 점심 내기를 하였다.

남의 정에 올라 양해를 구하고 두 순(巡) 즉 열 발을 쐈는데, 과녁 좌측으로 10센티미터를 벗어난 것이 두 발, 우측 10센티미터가 두 발, 코앞에 떨어진 것이 네 발, 과녁을 월담한 것이 두 발이었다. 결국, 두 순 모두 '불

(不)'을 쓰고 만 것이다. 내용은 무지하게 잘 쓴 것이라고 극구 변명을 해
봤지만, 일행은 끝내 고개를 내저었다. 결국, 개망신에 피박의 덤터기를
쓰고 감기까지 된통 걸리는 신세가 되고 말았다. 지친 몸을 이끌고 거제
에서 백제의 수도 공주로 차를 달렸다.

"화려하되 사치하지 아니하고 검소하되 누추하지 아니하다."
'화이불치(華而不侈), 검이불루(儉而不陋)'는 삼국사기에 전하는 말이다.
백제의 건축 양식을 표현하는 말 중에 이보다 간명하고 적확한 표현이 또
있을 수 있을까?

백제의 외교는 당당하되 교만치 아니하였고 겸손하되 비굴하지 아니
하였다.
백제의 군사는 용맹하되 사납지 아니하였고 유연하되 허약하지 아니
하였다.
백제의 문화는 화려하되 사치하지 아니하였고 검소하되 누추하지 아
니하였다.

관찰사 김제갑(金悌甲)의 영세불망비로부터 시작되는 50개 남짓한 공
덕비를 차례로 읽고 공산성에 올라 공주의 전경을 바라보다 문득 인절미
에 대한 고사가 떠올랐다. 함께한 대만 교수에게 오전의 개망신을 만회할
요량으로 우리나라 '인절미'에 관한 이야기를 전해 주었다.

조선 인조 때 반정 공신의 차별에 대한 불만으로 '이괄'이 난을 일으켰
다. 인조는 도성을 버리고 공주의 공산성으로 피신하였다. 난을 일으킨 세
력이 도성을 점령하고 임금이 피난 갔던 것은 조선사에 처음 있는 일이었

다. 피난 길에 수척하고 허기진 임금을 위해 마을의 어떤 이가 콩고물에 묻힌 떡을 진상하였다. 게 눈 감추듯 맛있게 먹고 난 임금이 물었다.

"이 음식의 이름이 무엇이냐?"

"목천리에 사는 임(任)씨 성을 가진 백성이 만든 떡이라 하옵니다."

"오라 그래, 임 씨가 만든 천하의 절미(絶味)로구나."

그로부터 '임절미(任絶味)'라는 이름이 붙여져 지금의 '인절미'가 되었다는 이야기이다. 인절미는 이두(吏讀)로는 '인절병(印切餠)', '인절병(引切餠)', '인절미(引絶味)' 등으로도 불렸는데, 잡아당겨 자르는 떡이라는 의미에서 생긴 이름이다. 「임원경제지(林園經濟志)」, 「증보산림경제(增補山林經濟)」, 「성호사설(星湖僿說)」 등에도 콩고물을 묻힌 인절미가 기록되어 있으며, 「주례(周禮)」에는 인절미를 떡 중에서 가장 오래된 것이라 하였다.

또 그와 함께 무령왕릉을 돌아보며 백제 시대 왕족의 장례 문화와 제천의식에 관한 담론을 이어갔다. 내가 그에게 '능(陵)'과 '분(墳)'과 '총(塚)'의 차이를 아느냐며 또 잘난 체를 하였다.

일반적으로 사람이 죽어 장사를 지내기 위해 만든 무덤을 '묘지(墓地)'라 한다. 그러나 '능(陵)'이란 왕이나 왕비의 무덤을 말하며, '원(園)'은 후궁이나 왕세자, 왕세자빈 등의 무덤을 말한다. 서오릉을 예로 든다면 명종의 아들 순회세자의 무덤인 '순창원(順昌園)'과 사도세자의 생모인 영빈 이씨의 무덤인 '수경원(綏慶園)' 그리고 숙종의 두 후궁 가운데 경종의 생모인 장희빈의 무덤인 '대빈묘(大嬪墓)'가 있다. 또 한 사람 영조의 생모인 숙빈 최씨의 무덤인 '소령원(昭寧園)'은 파주에 있다. 참고로 조선 왕릉은 총 120기가 있는데 능이 42기, 원이 14기, 묘가 64기가 있다.

한편, '총(塚)'과 '분(墳)'은 무덤의 주인이 누구인지는 알 수 없을 때 쓰는 명칭인데, '총(塚)'은 무덤 안에서 부장품이 발견되었을 경우를 말하며 그 부장품의 내용에 따라 천마총, 장군총, 금관총 등으로 호칭한다. 그러나 누구의 무덤인지 알 수 없고 부장품마저 없는 경우에는 '분(墳)'이라 칭하는데, 대개 '고분(古墳)'이라 한다. '백제 고분'이 그 대표적인 경우이다.

해가 저물어 공산성 인근의 '초이 한옥 호텔'에 여장을 풀었다. 여기서 또 잘난 체 병이 도졌다. 아마 이 호텔 사장의 이름이 분명 '최(崔)' 씨 성을 쓰는 사람일 것이며, 미국 생활을 좀 한 사람 같다고 하였더니, 그걸 어찌 아느냐고 물었다. '초이'는 미국 사람들이 최 씨를 영어식으로 발음하기 때문이라고 설명해 주었더니 자신은 '초이'가 풀 초(草) 자를 쓰는 어느 지역의 지명인 줄 알았다면서 내게 어찌 그리 모르는 게 없냐고 연신 감탄을 해댄다.

어제 아침 활쏘기의 개망신을 어떻게든 만회해 보려는 처절한 몸부림이었다는 것을 그는 알 턱이 없었을 것이다.

나비야 청산(靑山) 가자

나비야 청산 가자, 범나비 너도 가자
가다가 저물거든 꽃에 들어 자고 가자
꽃에서 푸대접하거든 잎에서나 자고 가자

白胡蝶汝靑山去 黑蝶團飛共入山 - 백호접여청산거 흑접단비공입산
行行日暮花堪宿 花薄情時葉宿還 - 행행일모화감숙 화박정시엽숙환
　　　　　　　　　　　　　　—「청구영언」 작자 미상

　나비에게 청산엘 가자 한다. 의인화로 노래를 시작하는 기법부터가 심
상치 않은 비범함이 숨어있다. 화자가 말하는 청산은 눈에 보이는 아름다
운 자연일 수도 있고, 마음의 안식처를 의미하는 이상향의 세계일 수도
있다.

　곁에 있던 범나비에게도 함께 가자 한다. 청산이 얼마나 먼 길이길래

가다가 날이 저물면 꽃에 들어 자고 가자 한다. 게다가 행여 꽃이 푸대접을 한다면 그때는 또 잎에서나 자고 가자 한다.

어찌 보면 무위자연(無爲自然) 하는 도가(道家)적 선풍이 진하게 느껴지는 작품이기도 하다. 청산(靑山)은 동네에서 흔히 볼 수 있는 일반적인 푸른 산이나 막연히 높은 산을 얘기하는 것이 아니다. 그 청산은 세속과 멀리 떨어져 인간의 발길이 함부로 닿지 않은 태고의 신비를 간직한 원시적 자연의 세계를 말하는 것으로 읽어야만 깊은 맛이 있다.

초장에서는 나비에게 가자 했다가 범나비에게도 가자고 한다. 이것은 '함께'라는 의미를 강조한 것으로 '특별한 사람'을 말하는 것이 아니라 우리의 이웃 '모두'를 뜻하는 것이다.

중장에서는 저물거든 꽃에 들어가 자고 가자 했는데, 그것은 청산 가는 길이 그리 가깝지만은 않은 먼 나그네의 여정이라는 것을 의미한다.

종장에서는 '푸대접'이란 말이 등장한다. 이는 청산에 가는 길이 소풍 가듯 즐거운 여행길이 아니라 서럽고 고달픈 길이라는 것을 암시하고 있다.

이백은 '별천지(別天地)'를 이렇게 노래했다.

"어찌하여 푸른 산속에 사느냐 묻기에, 대답지 않고 그저 웃으니 마음 자연 한가롭구나. 복사꽃 물에 떠서 아득히 흘러가니, 인간 세상이 아닌 별천지가 따로 있구나."

問余何事栖碧山 – 문여하사서벽산
笑而不答心自閑 – 소이부답심자한

桃花流水杳然去 - 도화유수묘연거
別有天地非人間 - 별유천지비인간

송(宋)나라 관사복(管師復)이 숭산(崇山)에 은거하였는데, 혹자가 그에게
물었다.

"산에 사는 것은 무슨 즐거움이 있소?"

"언덕에 덮인 흰 구름은 갈아도 다함이 없고, 연못에 가득한 밝은 달은
낚아도 흔적이 없다오."

滿塢白雲耕不盡 - 만오백운경부진
一潭明月釣無痕 - 일담명월조무흔

명(明)나라 팽대익(彭大翼) 때문에 유명해진 '경운조월(耕雲釣月)'의 고사
가 여기서 나왔다. 구름을 갈고 달을 낚는 신선의 나라가 바로 이곳이 아
니었을까 싶다. 이곳은 아시아 최초의 '슬로시티'요, 국제슬로시티연맹에
서 공식 인증한 '세계 슬로길 1호'라는 데 난 그런 건 잘 모른다. 나는 여
행 작가도 아닐뿐더러 공식이니, 정식이니 최초니, 1위니 하는 이따위 순
위 매기기 좋아하는 중생들의 경쟁이 딱 질색이다. 그저 외로운 나그네에
게 잠시라도 안식처가 되어 삶의 상처를 보듬어 줄 '위로'와 남은 생에 대
한 '각성'을 주는 곳이라면, 그곳이 내겐 이 땅의 천국이다.

섬에 사는 사람은 섬을 떠나 봐야 비로소 섬의 모습을 알 수 있다. 속세
에 사는 사람은 세속을 떠나 봐야 비로소 자신의 내면세계를 볼 수 있다.
동파는 '제서림벽(題西林壁)'에서 여산(廬山)의 진면목(眞面目)에 대해 이렇
게 노래했다.

"가로로 보면 마루 같고, 세로로 보면 봉우리로다. 멀고 가까운 곳 높고 낮은 곳, 보는 모습이 서로 다르구나. 여산의 참모습을 알지 못하는 것은, 단지 내 몸이 산속에 있어서라네."

横看成岺側成峰 – 횡간성령측성봉

遠近高低各不同 – 원근고저각부동

不識廬山眞面目 – 불식여산진면목

只緣身在此山中 – 지연신재차산중

고립된 섬에서 바닷속으로 석양이 가라앉고 어둠 속에 달이 떠오르자 그리운 얼굴들이 하나둘 떠올랐다. 신기하게도 학교나 직장의 동료들은 하나도 생각나지 않았다. 보고 싶은 순서대로 전화번호를 누르고 싶었다. 그러나 그 번호는 이미 내게 없다는 걸 깨달았다. 그제야 나는 내 속에 그리움의 정체가 무엇인지를 알게 되었다.

섬에서의 절대 고립은 그 자체가 기도이고 호흡이다. 눈을 뜨면 천지만물과의 교감이요, 눈을 감으면 신과의 소통이다. 사십 년 새벽기도가 헛되고 부질없는 것이었음을 이제야 깨닫는다. "일체중생(一切衆生)이 개유불성(皆有佛性)이요, 산천초목(山川草木)이 실개성불(悉皆成佛)이라" 이보다 더 큰 기도와 깨달음이 어디에 있겠는가?

공산에 비바람이 몰아치는데, 꽃은 떨어져도 쓸 사람이 없다네. 맑은 하늘에는 기러기 한 마리 빠져있고, 푸른 바다에는 삼봉이 솟아있다네.

空山風雨多 – 공산풍우다

花落無人掃 – 화락무인소

青天一雁沒 – 청천일안몰

碧海三峯出 - 벽해삼봉출

어떤 풀이라고 시들지 않는 꽃이 있겠으며, 어떤 날이라고 흐르지 않는 시간이 있겠는가? 꽃은 시들고 세월은 흐른다. 구름이 허공 속에 소멸되어 가듯, 인생도 세월 속에 소진하리라.

신선이 살 것 같은 오복동천(伍福洞天)의 선원(仙源)에 속인들이 자본주의의 분비물을 흘려 놓았다. 잃어버린 것은 지평선만이 아니었다. 샹그릴라는 여전히 내 안에 있었지만, 눈을 감아야만 만날 수 있는 피안이었다. 오늘도 나는 여전히 죽을 자리를 찾아다니는 싸구려 낭만주의자일 뿐이다.